# 라캉의 질서론과
## 실재의 텍스트적 재현

내일을여는지식 / 어문 24

# 라캉의 질서론과 실재의 텍스트적 재현

김경순 지음

KSI 한국학술정보㈜

라캉은 정신분석학의 창시자인 프로이트 이래로 가장 권위 있는 정신분석가이며, 세계의 반 이상의 정신분석가들이 라캉의 방법론을 이용하고 있다. 또한 라캉의 사고는 문학과 영화 연구, 여성 연구, 사회 이론에 퍼져 있으며, 교육, 법, 국제 관계에도 적용되고 있다.

"프로이트에게로 돌아가라."는 라캉의 주장은 그의 모토이기도 한 "무의식은 언어처럼 구조되어 있다."라는 선언과도 관계가 있다. 70년대 중반을 전후하여 라캉의 관심은 상상계, 상징계, 실재계라는 세 범주 중에서 실재계 쪽으로 쏠리게 된다. 실재(Real)란 존재하는 것과는 달리 재현될 수 없는 것, 죽음, 성의 문제를 나타낸다. 라캉은 언어처럼 구조되어 있는 무의식, 상징계와 주체의 관계, 트라우마적 이미지, 괴기한 효과와 같은 주체의 경험에 관하여 사고했으며, 그의 사고는 텍스트에 드러나는 무의식적 욕망에 대한 이해를 가능하게 한다. 상상계, 상징계를 포함하여 실재계 또한 인간 경험의 영역이며, 그러한 실재계적 경험은 사회 현실 속에서 정체성의 문제와 관련하여 주체가 느끼는 불안, 저항과도 관계가 있다. 라캉에 따르면, 실재계적 응시·목소리인 '오브제 $a$'는 주체가 경험하는 기괴한 주체의 타자성으로, 그러한 응시는 상징계적 구조의 한계를 꿰뚫어보는 동시에 독자의 시선을 끌어당기는데 바로 이 책이 다루는 문제의 핵심이기도 하다. 알렉스 프로야스의 영화『암흑의 도시』에서 주인공 머독은 상징계 너머에 있는 어떤 것에 대한 욕망으로 인하여 이방인들의 이데올로기적 지배체계인 튜닝과정으로부터 깨어난다. 또한 토머스 하디의 소설『무명의 주드』에서 상징계가 부여한 정체성 너머에 있는 어떤 것을 바라보는 여성 주체 수의 욕망의 응시가 드러난다. 알프레드 히치콕의『사이코』는 실재계적 응시인 '부재하는 자' – 서사에 내재되어 있는 욕망하는 주체, 즉 실재계적 주체가 이에 속한다 – 를 분명하게 인식하도록 하고 있으며, 주체 노먼은 죽은 어머니의 음성에 의해 직접적으로 조종되며 카메라와 관객인 독자는 이러한 목소리의 지점에서 만난다. 따라서 실재계적 응시인 '오브제 *a*'는 시각적 영역의 것으로 축소될 수 없으며, 절대적 타자성으로 존재하는 '불가시성the unseen', '불가시성reverse side of the visible'과 조우하는 주체의 경험이자 동시에 독자가 경험하는 영역이 된다.

정신분석 과정에서 환자들의 담론이 와해된다든지 침묵하고 '아니오'라고 말하는 등의 저항, 부정, 광기와 같은 반응은 정신분석학적 견지에서는 실재계적인 응시가 원인이며, 또한 그러한 실재는 상징계 속에서 타자로 존재한다. 라캉에 따르면 그러한 실재계는 침묵의 자리로 좌천되어 있다가 다시 상징계 속으로 귀환하는데, 그러한 반응들은 억압이 실패했음을 입증해 주고 있다. 푸코는『광기와 문명』(*Madness and Civilization*)에서 광기와 이성은 그 근원이 같음을 시사하고 있으며, 이성은 이미 표준으로 확립되어 있으며, 그 표준 안에서 광기가 나타난다는 것이다. 그에 따르면 위반, 광기, 비이성과 같은 것은 언어의 층위에서 드러난다. 따라서 라캉의 정신분석학은 갈등이 없는 주체 혹은 조화로운 사회를 지향하는 닫힌 구조를 거절할 뿐만 아니라, 문화의 근저에 드러나는 불안정과 분열의 상태, 문학 서사에 드러나는 욕망을 분석하고 그러한 텍스트에 참여하는 독자의 욕망을 열어둔다는 점에 있어 높이 평가되고 있다. 아울러 이 책의 집필에는 라캉의 텍스트뿐만 아니라 자크-알랭 밀레르, 슬라보예 지젝, 브루스 핑크, 찰스 셰퍼드슨 같은 현대의 주요한 라캉 이론가들의 글에 많은 것을 빚지고 있다.

2009년 여름
김 경 순

# I. 서론

자크 라캉(Jacques Lacan)은 문학 텍스트를 통해 인간의 본질을 체계적으로 설명하려고 시도한다. 그의 주요한 개념들, 즉 '오브제 *a*'(*objet petit a*), 주이상스(*jouissance*), '여성의 성'(feminine sexuality)은 문학 텍스트에서 드러나는 기본적인 쟁점과 관련되어 있으며, 또한 문학 텍스트에 대한 그의 이해는 언어를 통해서만 가능한 분석가와 피분석가의 상호 작용에 의한 정신분석적 경험에 바탕을 두고 있다.

우선 라캉은 프로이트(Sigmund Freud)와 그 밖의 정신분석가들이 사례 연구에서 드러나는 서사학적 문제들과 함께 그러한 사례 연구의 문학적 효과에 주목해 왔음을 입증할 뿐만 아니라 문학과 실제의 분석 사례들 사이의 상보성을 제시하기도 한다. 소포클레스(Sophocles)의 드라마에서 주인공의 운명이 다양한 현상을 설명해 주고 있음을 발견한 프로이트처럼, 라캉은 문학 텍스트 읽기를 시도하면서 에드거 앨런 포(Edgar Allan Poe)의 뒤팽 스토리뿐만 아니라 제임스 조이스(James Joyce)의 작품으로 돌아가 실재계적 주이상스를 이해하는 새로운 방식을 발견하였다. 또한 라캉은 셰익스피어(Shakespeare)의 『햄릿』(*Hamlet*)에서 인간의 욕망은 수수께끼와 같은 어머니의 욕망에 좌우된다는 사실에 대한 어떤 통찰력을 얻게 되며, 게다가 소포클레스의 『안티고네』(*Antigone*)에서 전통적 윤리학과 다른 차원의 실재계적 윤리학을 발견하게 된다. 그러한 발견은 인간 욕망에 대한 새로운 설명과 함께 윤리적 및 비극적 비전을 제시해 준다. 문학 및 영화가 독자와 관객의 욕망과 상호 작용한다는 점을 고려해 볼 때, 환상(fantasy)이 태어나는 장소가 되는 문학이나 영화는 새로운 욕망을 만들어 내기도 하며 혹은 이데올로기에 대해 이의를 제기하는 효과들을 지니고 있다.

알튀세르(Louis Althusser)는 「프로이트와 라캉」("Freud and Lacan")[1]에서 정신분석학이 정치학, 이데올로기 및 주체성에 관한 사고에 중요한 역할을 한다는 인식을 하면서, 마르크스주의와 정신분석학은 오인의 구조, 즉 이데올로기의 문제 위에 수렴하고 있음을 시사하고 있다. 라클라우(Ernesto Laclau)와 무페(Chantal Mouffe)는 라캉의 주장을 따라 1990년대 사회 이론가들과는 달리 주체와 사회는 결핍 때문에 구성된다는 인식을 하면서, 주체의 위치의 다양성이 새로운 사회 운동의 장을 이루게 됨을 주장하게 된다.[2] 또한 정치성을 어떤 유형의 제도로 국한할 수 없는, 사회의 모든 측면에 퍼져 있는 어떤 것으로 재고한 라캉의 사고에 영향을 입은 탈식민지주의 이론은 바바(Homi Bhabha)의 『문화의 위상』(*The Location of Culture*)에서 전개된 바 있다. 정치 이론이 주체가 어떻게 사회 규범들을 성공적으로 내재화하는가에 관한 문제를 설명하는 것이라면, 우리는 무의식의 문제, 즉 주체와 상징질서의 간극을 드러내는 진실의 문제에 대한 정신분석학적 이해를 통해 바로 그러한 내재화가 필연적으로 실패하게 되는 이유를 인식하게 된다. 로즈(Jacqueline Rose)는 『시역에서의 성』(*Sexuality in the Field of Vision*)에서 정체성에 대한 저항은 바로 정신분석학의 페미니즘과의 상관성을 말해 주는 것임을 시사하고 있는데, 그러한 저항을 통한 주체의 위치의 다양성은 잡지 『스크린』(*Screen*)과 관련하여 정신분석학적 영화 이론에 지대한 영향을 미쳤다. 또한 라캉의 정신분석학을 대중화시킨 지젝

---

1) Louis Althusser, "Freud and Lacan", *Essays on Ideology*(London: Verso, 1984) 141 – 71.

2) Chantal Mouffe, *The Return of the Political*(London: Verso, 1993) 12.

(Slavoj Žižek)은 『삐딱하게 보기』(*Looking Awry*)와 『당신의 징후를 즐겨라』(*Enjoy Your Symptom*)에서 문학, 영화, TV, 꿈 등이 라캉의 이론에서 제시되는 개념들에 의해 이해될 수 있다는 사고를 전개하면서, 알프레드 히치콕(Alfred Hitchcock)의 영화와 셰익스피어의 비극, 공상 과학 스토리, 공포 영화 등의 다양한 분야에 대한 분석을 시도해 왔다.

라캉의 저작의 여러 가지 흥미로운 부분들 중 하나는 끊임없이 변형을 거치며 자기 수정을 하거나 관점에 있어서 어떤 반전을 보이고 있다는 데 있다. 가령 세미나 Ⅰ, Ⅱ에서 말하는 그의 주체 이론은, 정신분석학의 네 가지 기본 개념을 말하는 세미나 Ⅺ이나 그의 말년에 쓴 성과 지식에 관한 세미나 XX에서 다루는 주체 이론하고는 그 속에 흐르는 어떤 논리적 일관성에도 불구하고 논점의 범위나 비중 면에서 상당한 편차를 드러낸다.

라캉의 모든 이론은 정신계의 질서를 형성하는 상상계(the Imaginary), 상징계(the Symbolic), 실재계(the Real)에 대한 설명에서 나온다. 그는 30－40년대에 상상계에 대한 관심에서부터 그의 이론화 작업을 시작했다가, 50년대에는 재현과 의미화 과정에 관한 상징계를 크게 부각시켰으며, 1964년의 세미나 Ⅺ을 기점으로 실재계에 관한 문제를 다루게 된다. 실재계는 이러한 상징 질서의 한계점에 있는 재현될 수 없는 것이며, 끊임없이 상징계와 긴장 관계 속에 있다. 그의 관심이 실재계 쪽으로 옮아가면서, 상징적으로 재현된 것과 그 상징적 재현에 절대적 저항을 보이는 비재현체인 실재계 사이의 관계에 쏠리게 된다.

라캉의 글쓰기는 프로이트가 다루어왔던 언어와 해석의 문제에서 출발하면서, 말할 수 없는 것, 즉 언어 너머에 있는 주체의 무의식적 욕망의 문제를 제시한다. 라캉은 무의식을 대타자의 담론이라고 정의하고 있는데, 그것은 주체의 위치가 대타자와 관계가 있는 한 타자성이 무의식의 핵심을 이루게 됨을 말하고 있다. 라캉에 관한 한 타자성의 범위는 무의식(언어로서의 대타자), 욕망으로서의 대타자에서부터 초자아(주이상스로서의 대타자)에 이른다. 이러한 타자성의 개념으로 상징계의 구조가 멈추고 그러한 구조에 이의를 제기하는 어떤 것이 출현하게 되는데, 그의 저작에서 이의를 제기하는 지점은 주체와 욕망의 원인 '오브제 $a$'이다.

프로이트의 무의식의 발견은 데카르트(René Descartes) 이후의 서구 철학이 중심의 자리에 놓았던 자아(ego)를 중심의 자리로부터 옮겨 놓았다. 프로이트 정신분석학의 계승자라고 주장하는 자아 심리학은 자아를 중심에 놓음으로써 프로이트를 배반해 왔으며, 이러한 배반으로 라캉의 프로이트에로의 복귀는 필요불가결했다. 그러한 복귀는 프로이트의 정신분석학이 주체에 관한 전통적이고 철학적인 개념, 즉 자의식적(self-conscious)이고도 자기명징한(self-transparent) 주체를 전복시킨 방식을 보다 분명히 보여주어야만 했다.[3] 사고의 주체는 주인이 아니라 노예와도 같은 주체라는 '전복된 데카르트적 주체'를 의미한다. 주체는 언어 효과에 종속되며 기표들의 시스템에 의해 전복된 주체라는 것이다. 라캉은 적응과 자율적인 자아와 같은 자아 심리학의 모든 중요한 개념에 이의를 제기하고, 자아를 현실에 잘 적응하도록 하는 데 정신분석적 치료의 목적이 있다는 자아 심리학의 견해를 거절한다. 자아는 대상의 자리, 환상

---

3) Jacques Lacan, *Écrits: A Selection*, trans. Alan Sheridan(New York: Norton, 1977) 293.

의 자리에 불과한 것으로,4) 그것을 강화하는 것은 주체의 소외를 증가시킬 뿐이라는 것이다. 자아가 상상계 편에 있다면, 주체는 상징계와 실재계의 경계선에 존재하며 자아로부터 생겨난 단순한 착각인 자의식과 동일하지 않고 무의식과 동일하다. 바로 무의식은 본능적 에너지가 언어의 그물에 걸리게 되면서부터 생겨나게 되는데, 그렇다면 그러한 본능적 에너지와 언어의 두 차원은 시간을 초월하는 무의식의 문제와 어떠한 관련이 있는가?

인간은 자신의 집에서 주인이 아니라는 프로이트의 주장은 주체 내부에 타자가 있다는 주체의 탈중심화 현상을 가리키는 것으로, 그러한 탈중심화는 공백의 형태를 띠며 의식 내부에 있는 무의식의 다른 이름이 된다.5) 주체는 본질상 자의식적인 것으로 이해될 수 없으며, 그 대신 자의식적 주체가 이해할 수 없는 무의식적 힘들에 의해 좌우되는 주체이다. 프로이트는 분석적 치료과정에서 지식 너머에 있는 영역, 상징계 너머에 있는 영역, 즉 말로 표현될 수 없는 어떤 것에 직면하게 된다. 그는 분석적 활동의 초기 단계에서는 최종적인 지식, 즉 진실은 발견될 수 있다고 확신하였지만, 후기에 이르러서는 언어에 의한 표상(verbalisation)은 어떤 지점까지만 가능할 뿐이라고 결론내리면서, 그러한 어떤 지점 너머에는 다른 영역, 즉 '쾌락 원칙 – 현실 원칙 – 너머의' 영역이 있음을 시사한다. 그러한 영역은 재현(*Vorstellungen*, representation)의 영역을 넘어서는, 즉 기표의 시스템 속으로 흡수되지 않는 '주체의 존재(being)'

---

4) Jacques Lacan, *The Seminar of Jacques Lacan Ⅰ: Freud's Papers on Technique, 1953 – 54*, trans. John Forrester(New York: Norton, 1988) 62.

5) Stephen Frosh, "The Other", *American Imago* 59(Baltimore: Johns Hopkins UP, 2002) 393.

의 차원을 의미하며, 프로이트는 이것을 트라우마적 경험으로 간주하게 된다. 그러나 이후로 그는 다시 그것을 '균사'(mycelium), '존재의 핵심'(nucleus of our being), '원초적으로 억압된 것'(originally repressed)으로도 부르게 되는데, 상징계의 기표를 통해 드러나는 지식은 최종적인 지식이 아니라는 사실을 시사하고 있다. 여기에서 우리는 라캉의 '진실'의 차원과 만난다.

라캉에 따르면 진실은 '반쯤만 말해질'(half-telling, *mi-dire*) 수 있다.[6] 진실은 지식과 어떻게 다른가? 진실은 항상 주이상스-현실원칙 너머의 영역으로서 무의식적인 치명적 쾌락-와 관계가 있으며, 그러한 진실 때문에 주이상스에 관한 지식, 즉 말로 표현될 수 없는 궁극적 지점과 직면하게 된다. 지식 자체는 항상 기표의 영역 안에 머물게 되며, 진실은 이러한 영역에서 출발하지만 그것 너머의 한 차원을 환기시킨다는 것이다. 기표 너머의 차원은 재현의 한계를 말하는 라캉의 실재계이며, 보다 구체적으로 말하자면 말하는 주체에게 영원히 결핍되어 있는 상실한 대상, 욕망의 대상·원인인 '오브제 *a*'이다. 라캉이 세미나 XI『정신분석학의 네 가지 기본 개념』(*The Four Fundamental Concepts of Psychoanalysis*)에서 말하고 있는 것은 언어와 스피치의 효과로서의 주체, 즉 기표들의 시스템에 의해 전복되는 주체와 '주체의 존재'의 차원, 즉 주이상스와의 관련성이다.

라캉이 존재의 결핍(lack of being)으로 간주하고 있는 것은 주체성의 핵심에 있는 존재론적 공백 혹은 원초적 상실로서, 무의식을

---

6) Jacques Lacan, *The Seminar of Jacques Lacan XX : Encore: On Feminine Sexuality, the Limits of Love and Knowledge, 1972-73*, ed. Jacques-Alain Miller, trans. Bruce Fink(New York: Norton, 1998) 93.

가장 적절히 표현하고 있다.[7] 라캉은 무의식을 태어나지 못한, 구체화될 수 없는, 이해할 수 없는, 그리고 존재론 이전의 것으로 설명한다. 그것은 이해할 수 없는 것이며, 공백이나 커트(cut)가 그것을 대표하며, 그것은 원인적 방식으로 작용한다는 것이다. 언어가 무의식을 구성하는 한에서, 라캉적 무의식은 언어처럼 구조되어 있을 뿐만 아니라 언어이다. 이러한 점으로 말미암아 언어가 의미하는 것을 재고하게 되며, 라캉에 관한 한 언어는 스피치 혹은 문어적 텍스트뿐만 아니라 의미화 시스템이다. 무의식은 부호화하고 해독하는 것을 의미하는 의미화 과정이라는 의미에서, 언어처럼 구조되어 있으며 또한 기표와 기의의 공백을 통해 태어난다. 무의식은 기표 아래로 기의의 미끄러짐을 통해서 태어나는데, 이것은 의미가 고정될 수 없는, 의미가 실패하고 와해되는 것을 말한다. 라캉이 세미나 XX『앙코르』(*Encore*)에서 제시하고 있는 신조어 *la linguisterie*는 언어학이 간과하는 언어의 측면, 즉 의미가 실패하고 와해되는 지점을 가리키는 것으로, 그것은 무의식의 유희성을 강조하며 무의식이 항상 의식적 사고에 속임수를 쓰면서 주체를 방해하는 방식을 강조하고 있다.

프로이트는 무의식을 '타자의 장'(other scene)으로, 즉 인간 욕망의 영역으로 표현하고 있는 반면, 라캉은 무의식을 '대타자의 담론'(discourse of the Other)이라고 말하면서, 소타자(other)와 대문자로 표현된 대타자(Other) 사이를 구별하고 있다. 소타자는 항상 상상적 타자를 가리키는 반면에, 대타자는 주체인 아이가 동화할 수

---

7) Jacques Lacan, *The Seminar of Jacques Lacan XI: The Four Fundamental Concepts of Psychoanalysis*, trans. Alan Sheridan(New York: Norton, 1981) 22 – 23, 26, 29.

없는 절대적 타자성이며 상징계이다. 라캉에 따르면 무의식적 욕망
은 대타자-언어, 상징계-와 관련하여 출현한다. 그것은 우리가
언어를 통해 그리고 타자들의 욕망을 통해 우리의 욕망을 말할 운
명에 놓여 있는 한, 대타자의 담론이다. '아버지의 이름'(Name-of-
the-Father)의 개입으로 아이는 어머니와 자신과의 상상적 공생관
계에서 벗어나 결핍의 상징계로 진입한다. 바로 오이디푸스 콤플렉
스는 상상계에서 상징계로의 변화, 자연에서 문화로의 변화를 나타
내며, 이때 상상적 공생관계를 깨뜨리는 팰러스(phallus)는 존재의
결핍을 나타낸다. 상징계와 의미화 과정은, 라캉에 따르면 팰러스
적이며, 어머니에 대한 욕망을 아버지의 법으로 대체하는 '부성적
메타포'(paternal metaphor)와 부성적 법에 의해 지배된다. 이 순간
이 무의식이 확립되는 지점이며, 팰러스는 무의식을 구성하는 중심
기표로 자리잡게 된다. 라캉적인 무의식적 주체는 자의식적인 확신
이 없으며 존재를 상실한 결핍된 주체이다. 라캉에 관한 한 주체는
무의식과 동일하며 욕망과 동일한데,8) 이러한 사고는 주이상스의
전형인 초자아의 역할과 관련되고 있다.

　라캉이 언어가 주체의 존재를 '가로막는다'(eclipse)라고 말했을
때, 그리고 그 존재는 기표 밑으로, 뒤로 미끄러진다고 했을 때, 그
것은 언어에 의한 존재의 '타살'을 염두에 두고 한 말이며 '구멍
뚫린 주체'9)라는 표현도 이와 같은 맥락에서 이해될 수 있다. 이러
한 사실은 인간의 상징적 주체화 과정에서 주체가 존재의 차원을
박탈당함으로써 소외될 수밖에 없는 구조적 조건을 말하고 있다.

---

8) Sean Homer, *Jacques Lacan*(New York: Routledge, 2005) 71.

9) Lacan, *Seminar XI* 184.

르메르(Anika Lemaire)에 의하면 정신분석학적 의미의 소외는 주체가 '자기 자신의 일부를 포기하는 것' 혹은 '자신 밖에서 사는 것'이라고 정의된다.[10) 언어화 과정에서 사라진 존재(being)는 그것을 대표하는 글자, 즉 기표에 대해서 '존재'(existence) – 언어의 산물 – 하고 있다기보다는 '외존재'(ex – sistence), 즉 글자의 밖에 존재한다고 보아야 하는 것은, 주체의 언어화, 의미화 과정에서 주체의 존재적 차원은 배제되고 소외되기 때문이다.

그러나 이러한 인간 존재의 언어 결정론과는 달리, 상징화되기 이전의 자연과 같은 상태 혹은 상징계에 저항하는 원초적 단계는 실재계로 규정될 수 있다. 정신분석학에서 주체의 문제는 생물학적 본질주의나 사회적·역사적인 성역할(gender) 개념의 주체와는 구별되는, 바로 상징화 과정에 저항하는 트라우마적 잉여, 즉 실재계와 관련하여 이해되고 있다. 아직 상징화, 기호화의 발길이 닿지 않은 전인미답의 미지의 땅, 해도가 그려져 있지 않은 수로와 같은 메타포들은 프로이트가 한때 무의식을 정의하면서 사용한 비유적 표현들인데, 라캉의 실재계를 서술하는 데도 효과적이다. 실재계는 충만이며 균열 없이 존재하며, 이러한 자연 상태에 문화의 작업, 곧 상징화 과정이 시작된다. 이 과정을 통해서 상징계가 전면에 부상하고, 실재계는 그 아래로 사라지게 된다.

라캉은 언어 이전의 존재 혹은 상징화 과정을 거치지 않은 존재에 대해서 하이데거(Martin Heidegger)의 용어를 빌려 '외존재'라는 표현을 쓰고 있다. '외존재'란 상징계 내부에 있는 모순, 즉 상징적

---

10) Anika Lemaire, *Jacques Lacan*, trans. David Macey(New York: Routledge & Kegan Paul, 1977) 176.

법의 작용에 뒤따르는 위반이나 저항과 같은 차원인 실재계와 관련이 있으며, 실재계 속에 정박되어 있으며 상징계의 범위를 넘는 '오브제 *a*', 타자 주이상스(Other jouissance)가 이러한 외존재에 속한다.11) 외존재 개념은 이미 라캉의 세미나 II에서 가시화되고 있었다. 세미나 II에서 "모든 존재의 어딘가에 일어날 성싶지 않은 어떤 것이 있어 누구든 사실상 그것의 현실에 관하여 끊임없이 의심하고 있다."12)는 라캉의 지적은 비재현체인 외존재를 시사하고 있다. 그러므로 라캉의 용어로 '존재'(existence)와 '외존재'(ex-sistence)의 차이는 '현실'(reality)과 '실재계'(the Real)의 관계에 조응한다.

헤겔(G. F. W. Hegel)의 표현을 빌리면 문화는 자연의 타살 위에서 있다. 그것은 상징화 과정을 통한 실재계적인 본능, 육체, 존재에 대한 상징 질서의 타살을 말한다. 타살된 존재, 타살된 육체, 타살된 사물은 타살의 주역인 상징계와 뛰어넘을 수 없는 간극을 형성하는데, 이것이 곧 주체의 분열의 시작이다. 라캉의 경우 주체의 분열은 언어에 의해서, 언어를 통해서만 이루어지며, 그러한 분열은 '말하는 존재'(speaking being)를 전제로 한다. 라캉은 주체(subject)를 상징하는 S에 빗금을 긋게 되는데, 이러한 빗금당한 주체($)는 주체가 본질상 분리, 분열, 소외된다는 사실과 공백(gap)으로서의 주체를 말하고 있다. 이 말하는 주체가 결과적으로 가져오는 주체의 분열적 구조는 바로 무의식의 생성하고 맞물려 있다. 무의식의

---

11) Bruce Fink, *The Lacanian Subject: Between Language and Jouissance*(Princeton: Princeton UP, 1995) 122.

12) Jacques Lacan, *The Seminar of Jacques Lacan II : The Ego in Freud' Theory and in the Technique of Psychoanalysis, 1954-55*, ed. Jacques-Alain Miller, trans. S. Tomaselli(New York: Norton, 1991) 229.

주체는 상징계에 단속적으로 작용하는 어떤 전복적 힘, 즉 욕동 (drive)과 같은 것이다. 라캉식의 주체 개념의 특수성은 전통적 주체, 즉 자의식적 주체의 전복에 있으며, 그의 사고의 틀에서 실재계적 존재(being) 차원과 상징계적 의미(meaning) 차원은 선택적이며 상호 배타적이다.

언어, 상징계로의 진입은 주체의 탄생을 예고하며, 이것은 주체가 존재 차원에서 의미 차원으로, 자연 상태에서 문화 상태로의 일대 전환을 의미하는 것으로, 이 과정의 실패, 즉 '아버지의 이름'의 메타포의 '폐제'(foreclosure)는 곧 정신병으로 연결되어 인간 조건의 기본적 박탈을 가져온다. 우리는 이에 대한 전범적 실례를 프로이트의 슈리버(Schreber) 케이스에서 보고 있다. 이런 점에서 아버지의 이름을 받아들여 승인하느냐 아니면 그것을 원천적으로 봉쇄하여 폐제시키느냐는 실로 주체 형성의 운명적 교차로라고 할 수 있다. 아버지의 이름은 단순한 이름이 아니라 아버지의 금제의 목소리가 갖는 법이었고 강력한 언어적 기호이다.

라캉은 세미나 Ⅶ 『정신분석학의 윤리학』(*The Ethics of Psychoanalysis*)에서 "우리는 더 이상 아버지의 보증에 의존할 수 없다."[13]고 말하고 있다. 그의 이론에서 나타나는 주이상스, 사물(*das Ding*, the Thing), '오브제 *a*'와 같은 실재계와 관련된 일련의 용어 모두가 상징계 내의 모순, 즉 상징적 법의 작용에 병행되는 위반이나 기능부전과 같은 차원과 관계가 있다. 상징적 법의 망을 피하는 어떤 것, 즉 상징 질서에서 배제되는 어떤 것은 주체는 더 이상 아버지의 보

---

13) Jacques Lacan, *The Seminar of Jacques Lacan Ⅶ: The Ethics of Psychoanalysis, 1959-60*, ed. Jacques-Alain Miller, trans. Dennis Porter(New York: Norton, 1992) 100.

증에 의존할 수 없다는 사실을 드러내고 있다.

세미나 XI에서 전개되고 있는 '오브제 *a*' 개념은 프로이트의 견해로부터 벗어나 라캉 고유의 정신분석학적 개념을 전개할 수 있었던 획기적인 지점이 된다. 라캉은 '오브제 *a*'를 아포리아, 모순, 그리고 수수께끼에 이르는, 구조의 순조로운 작용을 전복시키는 원인으로 설명하고 있다. 그것이 우리가 세계를 상징화하기 위해 사용하는 언어가 와해되는 지점에서 만나는 실재계이다. 대타자 혹은 어머니의 욕망은 어떤 다른 것을 추구하면서 아이 주체로부터 벗어나지만 그럼에도 불구하고 주체로 하여금 계속 욕망하게 하는 어떤 것이 있는데, 그것이 '오브제 *a*'이다. 따라서 '오브제 *a*'는 상실한 대상이 아니라 오히려 주체가 느끼는 결핍과 관련된다. 욕망을 만족시키려 하고 지식과 사랑을 추구하면서 목적을 달성하려 할 때마다 항상 그 이상의 어떤 것을 욕망한다. 이것이 바로 라캉의 실재계가 우리의 존재의 핵심에 있는 끊임없이 채우고자 하는 상징계의 공백으로 이해되고 있는 지점이다. 그러나 부성적 역할의 작용에 의해 대타자 혹은 어머니로부터 분리된 욕망의 원인 '오브제 *a*'는 주체의 환상 속에서 다시 발견되고 기억되는데, 이것은 주체가 주체의 욕망을 일으키는 '대타자 혹은 어머니의 욕망, 즉 오브제 *a*'와의 환상적 관계 속에서 존재감(sense of being), 주이상스를 획득하는 것을 말하고 있다.

환상은 반드시 어머니의 욕망으로부터 분리됨으로써만 가능하며, 여기에서 분리가 바로 존재 – 욕망의 존재(being of desire), 욕망하는 존재 – 를 부활시키고 있음을 알 수 있다. 이러한 분리 개념을 통해 라캉에 대한 비판 – 라캉은 모든 것을 언어로 환원시킨다는 사실-이 그의 초기 세미나에 대한 부분적 이해에 기초하고 있었음을 알 수 있는데, 분리란 욕망의 영역에서 일어나며 상징적 구조 밖에 있는, 언어 혹은 대타자 너머에 있는 것을 알고자 하는 욕망을 의미한다. 그러나 이 경우에는 대타자는 소외의 대타자와 같은 것이 아니다. 1960년대 중반 이전에는 대타자는 기표들로 구성되어 있는 것으로 간주되었지만, 분리의 대타자는 무엇보다도 결핍되어 있는 대타자이다. 욕망은 존재의 핵심에 있으며, 그것은 본래 결핍과의 관계로 욕망과 결핍은 결합되어 있다. 따라서 욕망은 항상 주체와 대타자 속에 결핍되어 있는 어떤 것, 즉 '오브제 $a$'를 명백하게 보여주고 있다.

주체의 경우와 마찬가지로 대타자 또한 결핍되어 있다는 사실이며, 전술한 대로 분리란 주체가 대타자의 결핍에 직면하게 되는 것으로, 주체가 대타자의 욕망에 대해 '나는 무엇인가'라는 물음을 제기하는 지점에서 일어난다. '오브제 $a$'는 영속적으로 주체의 욕망을 일으키는 환상적인 파트너, 주체의 보충물로서, 라캉은 이것의 예로 가슴(breast), 목소리(voice), 응시(gaze), 음소(phoneme), 상상적 팰러스(phallus), 무(nothing)를 제시하고 있다.[14] 아이는 어머니의 욕망의 공간을 채우는 데 전념하면서 어머니에게 모든 것이 되고자하며, 아이의 욕망은 어머니의 욕망에 복종하면서 태어난다. 라캉은 인간의 욕망은 대타자의 욕망이며, 인간은 대타자가 욕망하는 것을 욕망하며, 인간의 욕망은 대타자의 욕망처럼 구조되어 있으며, 인간은 타자로서 욕망하는 법을 배운다고 주장하고 있다.

라캉은 법적인 담론과 언어학적인 담론이 어떻게 욕망을 일으키

---

14) Lacan, *Écrits* 315.

는지를 설명하고 있는데, 이러한 설명은 곧 부정성-라캉의 실재계인 '오브제 *a*', 주이상스-이 새로운 인간 주체성을 만들어 내는 역할을 말하고 있다. 그는 욕망의 원인을 언어가 육체 위에 미치는 영향의 결과로 태어나는 '오브제 *a*'에서 찾는다. '오브제 *a*'는 문화의 상징적 구조가 육체-존재의 차원-를 배제한 이후에 남는 잉여, 잔여이기 때문에, 언어와 육체의 불완전한 조화를 일깨워준다. 그는 '오브제 *a*'는 외담론적이라는(extradiscursive), 즉 언어가 지배할 수 없는, 언어 내부에 포함될 수 없는 어떤 것이므로, 문화적 구성물로 이해될 수 없다고 주장한다. 또한 그의 '오브제 *a*' 개념은 욕망이 이성애에서 비롯되는 것이 아님을 입증하는데, 욕망은 반대성(opposite sex)에 의해 좌우되는 것이 아니라 '오브제 *a*'에 의해 좌우된다는 것이다. 그의 '오브제 *a*' 이론은 프로이트의 '성애적 대상 선택' 개념을 수정하며, 또한 프로이트를 계승한 클라인(Melanie Klein)과 위니콧(D. W. Winnicott) 류의 대상관계 이론을 수정하고 있다. 따라서 라캉의 '오브제 *a*' 이론은 욕망을 비이성애화하는(dehete-rosexualize) 방식이며, 인간 주체는 본질적으로 그것의 환경에 부적응하며, 무의식은 바로 이러한 부적응의 징후로서 나타난다.

라캉은 세미나 XI의 첫 장에서 법과 원인의 차이를 상세하게 설명하고 있는데, 그는 이미 여기에서 사고의 변화를 보이고 있었다. 라캉은 이전에는 모든 것이 상징계의 결정론에 따라 이해될 수 있다고 보았지만, 이후에는 원인(cause) 개념을 도입하면서 원인을 상징계에 의해 결정되지 않는 어떤 것으로 간주하였다. 그 어떤 것은 법과 시스템에 의해 결정되지 않으며, 이러한 결정되지 않는 원인이 트라우마적 실재계-이것은 재현될 수 없는 욕동으로 본능의 자연적 경로에서 벗어나 있다 – 로 간주된다. 트라우마적 사건이란 상징계와 실재계의 갈등적 관계를 나타내는, 다시 말해 실재계가 상징계의 순조로운 작동을 붕괴하는 지점을 보여주며, 그러한 균열을 통해 나타나는 욕동은 법의 밖에 존재하며 주이상스를 제공하는 실재계의 작은 조각인 '오브제 *a*'와 관련이 있는 활동이다. 바꿔 말하면 그것은 상징계로부터 해방되어 '오브제 *a*'를 쫓아간다.[15]

이것은 상징계의 효과적 작용에 불가피하게 실패가 뒤따른다는 것을 말하고 있다. 상징계는 끊임없이 그것의 완만한 작용을 분열시키는 장벽, 즉 실재계에 대항하는데, 이러한 장벽은 상징적 구조에 내재한다는 것이다. 그러한 장벽은 끊임없이 새로운 상징화 과정을 일으킨다는 점에서 실재하는(real) 것이다. 바로 라캉적 실재계는 엄격히 말해서 기표의 영역 너머에 존재하는 사물이 아니라 상징계의 작동이 실패하는 지점을 말한다. 그러한 상징 질서 내부에 공백이 생겨난다는 것으로, 이러한 공백은 상징계의 작용을 방해할 뿐만 아니라 그것의 작용에 필요불가결한 요소로 작용하고 있다. 라캉은 이러한 공백의 구조가 의미, 고통, 환상, 주이상스, 증상들을 만들어 낸다고 주장하고 있는데, 이러한 견지에서 주체는 부정성($)으로 이해되고 있다.

언어는 주체를 실재계로부터 차단하는데, 그러한 실재계는 주체 자신의 '존재'로 구성되어 있다. 일단 주체가 상징 질서에 진입하면, 주체의 유기체적 욕구는 의미화 과정의 그물을 통과해서 변형의 과정을 거치게 되기 때문에 그러한 유기체적 욕구를 만족시키

---

15) Bruce Fink, *A Clinical Introduction to Lacanian Psychoanalysis: Theory and Technique* (Cambridge, Mass.: Harvard UP, 1997) 208.

는 것은 불가능하다. 주체는 상징계로의 진입과 더불어 대타자의 영역에 있는 기표의 지위로 환원되며, 어떤 방식으로든 그것의 존재(being)에 대해서 아무 말도 하지 못하는 언어적 구조에 의해 정의된다. 이것이 라캉이 주체는 언어에 의해 억압되어 무의식의 층위에 있다고 주장하는 이유이다.

무의식의 문제와 더불어 본 연구의 목적은 라캉의 세 질서, 즉 실재계적 차원, 상상계적 차원, 및 상징계적 차원이 인간의 경험과 상호관련이 되어 있는 방식을 살펴보는 데 있다. 의사소통할 능력이 없이 세계 속으로 태어나는 감각적 존재로서의 주체는 상징화되지 않은 감각적인 실재계에 의해 지배되며, 따라서 실재계에서만 존재하는 주체는 사회적 관계의 영역인 상징계와 완전히 분리된다. 그러한 실재하는, 순수한 존재는 곧 현상학적인 의식의 차원에 의해 대체되는데, 여기서 상상계는 실재계적 주체와 상징계를 중계하는 역할을 한다. 특히 본 연구의 관심은 '상징적으로 재현된'(symbolically represented) 것과 그 상징적 재현에 절대적 저항을 보이는 비재현계(non – representation)인 실재계 사이의 모순적 관계를 토대로 하여, 상징 너머에 있는, '현실 원칙 너머에' 존재하는 실재계적 개념들, 즉 욕동, '오브제 $a$', 주이상스를 드러내는 작업과 관련된다. 소외와 분열의 주체가 한편으로는 상징 질서에 존재하는 기표들로서의 대타자와 관계를 형성하는 동시에, 다른 한편으로는 주체 안에 내재하는 비재현적, 비언어적 실재계와 관계를 유지한다는 것이다. 이러한 사실은 기표들의 질서에만 전적으로 의존함으로써 인간 존재를 이해할 수 없으며 또한 주이상스의 관점에서만 인간 존재를 설명할 수도 없는, 차라리 이 두 양 극단 사이의 근본적 긴장 관계를 통해서만 우리의 존재를 살아가고 있음을 말해 주고 있다. 이런 점에서 인간은 '사이의 존재'(in‑between being)[16]로 이해될 수 있다.

제Ⅱ장에서는 부성적인 법을 상징하는 '아버지의 이름'과 상징계 간의 상관성을 살펴보고 팰러스의 문제를 살펴보고자 한다. 팰러스의 기능은 성적 정체성을 결정하는 계기가 된, 즉 라캉의 남성적 구조와 여성적 구조에 대한 정의에 있어 중요한 기능을 한다. 또한 라캉식의 구조화 작업인 네 가지 담론, 즉 주인 담론, 대학 담론, 히스테리 담론, 분석가 담론을 살펴보고자 한다. 라캉은 이 모든 담론은 불가능한 욕망에 근거하고 있음을 밝히고 있다.

라캉은 상징계라는 개념을 레비스트로스(Claude Lévi‑Strauss)의 인류학적 연구로부터 차용한다. 즉 그는 레비스트로스로부터 사회적 영역은 친족 관계와 스피치 교환, 즉 커뮤니케이션을 규정하는 어떤 법칙에 의해 구조되어 있다는 사고를 차용한 것이다. 사회의 구조가 곧 상징계이며, 여기서 법과 구조의 개념은 언어 없이는 생각할 수 없기 때문에, 상징계는 본질상 언어적 차원을 가지고 있다는 것이다. 상징계는 오이디푸스 콤플렉스로 구체화되는 욕망을 통제하는 법의 영역이며, 자연의 영역과는 대립되는 문화의 영역이다. 알튀세르는 '호명'(interpellation) 개념을 통해 문화를 호명현상으로 보면서, 개인들이 문화가 제공하는 재현들과 동일시해야만 하는 과정을 설명하고 있다.

제Ⅲ장에서는 실재계의 문제를 살펴보고자 한다. 우리는 왜 실재계의 문제를 고려해야만 하는가? 결국 우리가 상징계 속에 살아가

---

16) Philippe Van Haute, *Against Adaptation: Lacan's "Subversion" of the Subject*, trans. Paul Crowe, Miranda Vankerk(New York: Other P, 2002) 280.

야 할 운명에 놓여 있다면, 그것은 실재계에서 일어나는 것들에 어떤 영향을 미치는가? 라캉에 따르면, 상징계는 무수한 다양한 방식으로 실재계를 분할하며, 그러한 실재계는 절대적으로 상징화에 저항한다. 여러 가지 방식으로 해석된다는 사실은 실재계의 존재를 입증하고 있다. 지젝에 따르면 실재계는 '모순이 모든 정체성의 내재적 조건'이 되는 변증법의 세계이며, 변증법은 결코 완전하게 해결될 수 없다. 라캉적인 실재는 단순히 트라우마적 귀환의 형태로, 상징 질서 내에 갑작스레 출현하는 비상징화된 중핵을 말할 뿐만 아니라 상징적 형식 속에 내재되어 있는 모순이다.[17] 바로 본 연구는 그러한 상징계 안에 내재되어 있는 모순을 입증하는 실재계적 차원에 속한 '오브제 $a$', 주이상스 및 '여성의 성'을 살펴보고, 정신분석학에 있어서의 '윤리적 행위'(ethical act) 혹은 정치적 행위의 문제를 살펴보고자 한다.

정신분석학은 다른 이론적 접근방식들이 경시했던 성(sexuality)과 성차(sexual difference)의 문제를 강조할 뿐만 아니라 유럽과 영미의 철학적 논쟁의 핵심이 되어 왔다. 최근 정신분석학적 이론은 성역할 이론과 사회 이론 분야에서 연구의 수단이 되어 왔으며, 문학과 문화는 사회·역사적인 분석 방식들과 주체성의 문제를 보다 정확하게 설명하고자 하는 접근방식들 간의 난국을 타개하기 위해 정신분석학에 의존하였다. 영미 학계에서 성차의 문제는 성(sex)과 성역할의 차이, 즉 자연과 문화의 차이를 말하는 것으로 수용되어 왔는데, 이것은 프랑스 페미니스트들이 미국에서 환영을 받지 못하는

---

17) Slavoj Žižek, *Looking Awry: An Introduction to Jacques Lacan through Popular Culture*(Cambridge, Mass.: MIT P, 1992) 39.

이유이기도 하였다. 미국에서 정신분석학은 성차가 상징적 구성물임을 입증하는 것으로 이해되거나 아니면 그것은 일종의 생물학적 본질주의라는 식의 비판의 대상이 되어 왔다. 라캉의 성 담론은 성차가 생물학적 법칙에 의해 지배되지 않을 뿐만 아니라 언어적 재현－성역할에 관한 문화적 구성－의 산물도 아님을 제시하고 있는데, 프로이트는 초기 저작에서 히스테리 증상은 어떤 점에서는 재현이 원인임에 주목하고 있다. 정신분석학의 개념적 특수성은 바로 재현이 육체에 미치는 영향의 문제와 관련하여 정의되고 있으며, 정신분석학에서 육체는 자연적 사실도 아니며 동시에 재현의 산물도 아니다. 바로 이러한 점이 정신분석학의 수수께끼가 되고 있으며, 또한 그러한 자연과 문화의 대립적 논의로 인하여 정신분석학의 이론적 특수성은 왜곡으로 이어지게 되었다.

마지막으로 제IV장에서는 생물학적 본질주의나 문화적 구성물로 설명될 수 없는 라캉의 '오브제 *a*', 주이상스, 죽음욕동(death drive), 정신분석의 윤리적 행동과 같은 실재계 개념을 원용하여, 토머스 하디(Thomas Hardy)의 『무명의 주드』(*Jude the Obscure*), 영화 텍스트 알프레드 히치콕(Alfred Hitchcock)의 『사이코』(*Psycho*)와 알렉스 프로야스(Alex Proyas)의 『암흑의 도시』(*Dark City*)와 같은 텍스트를 통해서, 상징계에 내재하는 실재계의 문제, 즉 사회적 관계들의 구조에 역행하는 주체의 행위의 문제를 논하고자 한다. 이러한 문학 및 영화 텍스트를 이해하는 데 있어서 라캉의 실재계와 관련된 개념들, 즉 '오브제 *a*', 주이상스, 죽음욕동, 정신분석의 윤리적 행동 등의 정신분석학적 개념이 시사하고 있는 점을 살펴보고자 한다. 라캉의 실재계 개념은 환상의 역할, 즉 '오브제 *a*'와 주이상스에 대한 이해와 분리할 수 없는 것으로, 무의식적 욕망은 환상을 통해 드러나며, 그러한 환상은 문학, 영화, TV와 같은 매체 속에서 순환한다. 이것은 실재계가 언어 속에서 어떻게 말하는가의 문제를 입증하는 것으로, 실재계에 정박되어 있는 '오브제 *a*'가 환상으로 말함을 시사하고 있는 것이다.

따라서 본 연구는 이론적 논의 방식에 있어서 프로이트와 라캉의 정통 정신분석 이론을 토대로 정신분석학과 문학 및 영화 텍스트가 만나는 지점을 제시하고자 한다. 윌리엄스(Linda Ruth Williams)는 토머스 하디의 『무명의 주드』를 정신분석에 대한 저항의 관점에서 전개한 바 있는데,[18] 본고는 『무명의 주드』를 라캉의 실재계적인 측면, 즉 타자 주이상스 혹은 여성성과 관련하여 이해하고자 한다. 또한 이 소설은 휴머니즘적 관점에 의하여 주드(Jude)의 자기인식에 관한 소설로 이해되어 왔을 뿐만 아니라, 마르크시즘에 의거하여 개인의 계급 구조와의 관계를 다루는 소설로 이해되어 왔다. 또한 영화 텍스트 『사이코』, 『암흑의 도시』에서는 각각 지젝, 맥고번(Todd McGowan)의 분석[19]을 토대로 상징계 내부에 모순으로 드러나는 실재의 문제가 다루어질 것이다.

정신분석학의 관심사는 무의식적 욕망과 같은 정신적 현실에 있지 사회적 현실에 있는 것이 아니다. 이러한 무의식적 욕망은 환상을 통해 드러나는데, 라캉에 따르면 환상은 주체와 '욕망의 원인인

---

18) Linda Ruth Williams, *Critical Desire: Psychoanalysis and the Literary Subject*, eds. Patricia Waugh and Lynne Pearce(New York: Edward Arnold, 1995) 188.

19) Todd McGowan, "Fighting Our Fantasies: Dark City and the Politics of Psychoanalysis", *Lacan and Contemporary Film*, eds. Todd McGowan and Sheila Kunkle(New York: Other P, 2004) 145-71.

오브제 *a*'의 불가능한 관계를 보여주고 있으며, 그러한 환상은 욕망의 대상이 아니라 욕망의 무대(*mise −en −scène*)[20]이다. 주체는 대타자의 욕망의 수수께끼에 직면하여 '대타자의 욕망 속에서 나는 무엇인가'라는 물음을 제기하게 되는데, 환상이란 바로 그러한 물음에 대한 응답인 것이다. 이것은 실재계가 언어 속에서 어떻게 말하는가의 문제를 입증하고 있는 것으로, 상징 질서 내부의 공백의 구조가 의미, 고통, 환상, 주이상스를 만들어 내는 문제와 관련되고 있다. 아울러 '오브제 *a*'는 대상 그 자체가 아니라, 우리의 상징적 현실 속의 균열 혹은 공백을 덮어 가리는 역할을 하게 됨을 이해하게 될 것이다. 이것은 욕망의 패러독스를 말하는 것으로, 바로 욕망은 사후적으로(retrospectively) 작용함을 시사하고 있는 부분이다. '오브제 *a*', 타자 주이상스, 환상과 같은 라캉의 모델에 근거하여 본고에서 다루어지고 있는 텍스트 읽기는 문학뿐만 아니라 영화에 대한 논의도 병행되어 있는데, 이것은 문학, 영화 모두 정신분석학의 특수성이 드러나는 지점이 되기 때문이다.

---

20) J. Laplanche and J. −B. Pontalis, "Fantasy and the Origins of Sexuality", *Formations of Fantasy*, eds. V. Burgin, et al(London: Routledge, 1986) 26.

# Ⅱ. 상징 질서와 주체의 탄생

　　라캉은 상징계 개념을 레비스트로스의 글에서 차용하고 있는데, 레비스트로스는 『친족관계의 기본 구조』(*Elementary Structures of Kinship*)에서 상징적 네트워크를 통해 근친상간 금지라는 보편적 의무에 대해 설명하고 있다. 여기서 그는 자연과 문화 사이를 구별하고 있는데, 근친상간 금지의 본질은 그것의 통제적 위치이며, 그러한 위치는 그것을 사실상 문화와 동일시하는 데 있다. 게다가 근친상간 금지라는 단순한 의무는 자연의 상태를 문화의 상태로 바꾸어 놓고 있다.

　　언어, 상징 질서로의 진입은 주체의 탄생을 예고하며, 이것은 주체가 자연 상태에서 문화 상태로 전환하는 것으로, 주체는 상징계 안에서 욕망하는 법을 배울 뿐만 아니라 무엇을 욕망할지를 배운다. 문화에 의해 충만하고 완전하다고 간주되는 대상들만을 소중히 여기도록 배우는 것은, 주체의 욕망이 주체의 정체성처럼 대타자의 자리에서 시작된다는 것이다. 라캉에 관한 한 무의식은 우리가 통제하기가 어려운 의미화 과정이다. 이것은 우리가 언어를 말한다기보다는 언어가 우리를 통해 말한다는 것으로, 이러한 의미로 라캉은 무의식을 대타자의 담론이라고 정의하고 있다. 대타자는 언어, 상징 질서이며, 이러한 대타자는 결코 완전하게 주체가 동화할 수 없는 것으로, 그러한 타자성이 무의식의 핵심을 이루고 있다는 것이다. 라캉이 여기서 제시하고 있는 것은 주체는 기표에 의해 좌우되며 주체의 욕망은 제조된다는 것으로, 그러한 생산의 장소, 공장이 상징계이다. 뒤에서 살펴보게 되겠지만 가족은 의미화 과정이 그렇듯이 상징계에서 중요한 역할을 한다. 게다가 라캉의 논의에서 언어와 오이디푸스 콤플렉스는 항상 제휴하고 있다.

오이디푸스 콤플렉스는 상징계 구조에 구체적인 의미를 부여해 주고 있다. 그러한 구조는 법의 성립과 관계가 있으며, 법은 욕망의 완전한 충족을 불가능하게 한다. 아버지가 그 법을 대표하는데, 라캉에 따르면 이러한 법은 살해된 최초의 아버지의 법으로, 아들은 아버지가 죽고 난 후에야 아버지의 법에 복종한다는 사실은 주목해야 할 부분이다. 아들이 복종하는 아버지는 죽은 아버지로서, 아들은 오히려 실제로 법을 집행할 수 있는 사람이 아무도 없는 순간에 복종한다.

이러한 의미로 법의 근원에 있는 아버지는 단순히 상징적인 준거점(reference point)이 되며, 그는 결코 실제적인 사람이 아니다. 그 대신 그는 하나의 이름, 즉 아버지의 이름으로만 존재한다. 보다 라캉적인 용어로 말하면 하나의 기표로서만 존재한다.[1] 아이에게 아버지로 지명된 사람은 그가 대표하는 것, 즉 언어와 상징계 때문에 중요하며, 아버지는 타자 주이상스 혹은 여성 주이상스 — 이것은 팰러스적 주이상스(phallic jouissance)를 보충하는 다른 주이상스이며, 라캉이 타자 주이상스를 말했다는 것은 성 담론에서 새로운 전기를 마련한 것이다 — 에 부과하는 규제 때문에 중요하다. 이와 관련하여 Ⅱ장에서는 상징계에서의 팰러스의 기능과 네 가지 담론을 통해 상징계의 구조적 결핍의 문제에 주목하고자 한다.

---

1) 프로이트의 오이디푸스 콤플렉스와 원시 부족 신화에 관한 통찰력은 프로이트가 제기한 'What is a Father?'라는 문제와 'It is the dead Father'이라는 해답과 관련된다. 라캉은 그것을 '아버지의 이름'이라는 제목으로 다시 논하는데, 그에 따르면 상징적 아버지는 '죽은' 아버지다. 상징적 아버지는 살해 이후의 시체에 불과하며, 아들의 죄의식의 형태로만 존재하는, 이름뿐인 무의미에 불과하다.

# 1. 아버지의 이름과 메타포

라캉은 정신분석이론의 초기 단계에서 상징계를 완전하게 작용하는 기계로, 아주 철저하게 주체들의 존재를 결정하는 기계로 보았기 때문에, 그러한 주체들은 이것을 깨달을 수 없다고 보았다. 그러한 이해는 라캉의 에드거 앨런 포(Edgar Allan Poe)의 「도난당한 편지」("The Purloined Letter")의 분석에 잘 드러나고 있다. 이러한 분석에 따르면, 스토리의 각각의 작중인물들은 기표(signifier) - 편지(letter) - 와 관련된 위치를 토대로 행동한다.

포의 스토리에서 보여주는 반전은 편지는 결코 감추어져 있는 것이 아니라 항상 드러나 보이는 데 있다는 것이다. 라캉은 「도난당한 편지」는 두 개의 다른 장면의 기본 구조를 드러내고 있다고 주장한다. 첫 번째 장면에서 남편인 왕이 보기를 원하지 않는 문제의 편지를 받은 왕비가 그것을 다 드러나 보이는 곳에 숨겨 놓는다. 대타자의 위치에 있는 왕은 그것을 볼 수 없다. 그리고 장관은 기표의 작용을 이해하는 정신분석가의 위치를 점하고 있어, 그 편지를 왕비로부터 훔친다. 여기서 도난당한 편지는 기표의 위치를 점하고 있으며, 그것의 역할은 주체를 결정하고 좌우하는 데 있다. 각 작중인물은 구조 속에서 차지하는 위치로부터 생겨나는 역할을 수행한다. 상징적 구조의 힘은 그와 같은 역동성이 이후의 두 번째 장면에서, 즉 다른 작중인물들로 구성되어 있는 스토리에서 반복되어 나타난다. 이번에는 장관이 편지를 소유하며, 경찰은 면전에 있는 것을 볼 수 없는 위치에 있다. 장관은 첫 번째 장면에서 도둑의 역할을 할 때에는 날카로운 명석함을 드러내지만, 두 번째 장면에서 왕비의 역할을 떠맡을 때는 여성적 특성을 띠게 된다. 두 번째 장면에서 뒤팽의 성공은 또한 그의 탁월한 지능의 결과가 아니라 단순히 두 번째 장면에서 그가 점하고 있는 위치의 기능에 불과하다.

라캉의 포 스토리에 대한 해석은 두 개의 주제에 초점이 맞추어져 있다. 첫째로는 편지의 익명적 본질은 진정한 주체와 같은 역할을 하며, 두 번째로는 상호주관적 관계 패턴이 반복되어 나타난다. 이러한 상호주관적 관계는 편지의 위치가 바뀌는 것을 중심으로 이루어진다. 편지의 내용은 이러한 상징적 교환 과정 내내 드러나지 않듯이, '편지는 기의 없는 하나의 기표'임을 지적할 수 있다. 라캉에 관한 한 「도난당한 편지」는 기표 - 편지 - 가 주체를 좌우한다는 그의 사고를 예증하고 있다. 라캉의 논의에서 드러나고 있듯이, 기표가 주체들의 진로를 결정한다는 것이다. 주체는 기표들의 장소, 즉 상징계에 의해 재현되며, 기표의 출현 이전에는 주체는 존재하지 않는다. 기표가 주체를 재현할 때에만, 살아 있는 존재의 차원은 주체가 된다. 따라서 기표의 출현 이전에는 주체는 무에 불과하다. 그에 따르면 주체들이 할 수 있는 최대한의 것은 - 이것은 정신분석학이 주체가 다음에서 제시되는 일들을 할 수 있도록 도와주는 것이기도 하다 - 자신들을 자유에 관한 상상적 의식으로부터 해방시키는 것이며, 자신들이 기표에 종속되어 있음을 깨닫는 것이다. 그러나 라캉은 실재계 쪽으로 사고의 방향을 바꾸어, 기표가 새로운 주체가 들어갈 수 있는 공간을 열어놓기 위해서는 기표 작동의 실패는 필요불가결함을 시사하고 있다.

기표는 구조의 개념과 관련되어 있기 때문에 상징계의 구성단위이며, 또한 구조 개념과 기표 개념은 분리될 수 없다.[2] 즉 기표의 영역은 대타자의 영역이다. 나의 육체가 대타자의 육체라고 주장한 라캉에 의하면, 육체는 기표들로써 쓰일 그리고 각인될 표면에 불과하다. 대타자는 기표들의 영역, 즉 상징계로서 육체의 표면에 영향을 미치게 되는데, 이것은 상징계의 결정적 역할을 말하고 있다. 그러나 그에 의하면, 언표(enunciation)의 주체와 발화(utterance)의 주체 간에는 항상 분열이 일어난다. 다시 말해 말하는 주체와 말해지는 주체 사이에 분열이 일어난다는 것이다. 라캉은 언어학자 방브니스트(Emile Benveniste)의 '속이는 사람'(shifter)으로서의 '나'(I)의 개념을 따라, 스피치에서의 '나'(I)는 언어에서 견고한 어떤 것을 가리키지 않는다고 주장하였다. '나'는 다양한 현상들, 즉 주체, 자아 혹은 무의식에 의해 점유될 수 있다는 것이다. 예를 들면, 이른바 '텅 빈 스피치'(empty speech)에서 '나'는 자아에 해당하며, '충만한 스피치'(full speech)에서 그것은 주체에 해당한다. 반면에 그것은 주체도 아니며 또한 자아도 아니다. 이것이 라캉이 '나'가 하나의 타자(other)라고 말하는 이유이다. 주체는 개인적인 사람과 같은 것이 아니며 개인과 관련하여 탈중심화되어 있다. 따라서 라캉은 '나'를 비본질화하고(de-essentialize) 있으며, 주체에 대해 상징계, 기표를 우선시하고 있다.

라캉은 또한 기표는 다른 기표를 위해 주체를 재현한다고 설명한다. 이와는 반대로 기호는 어떤 사람을 위해 어떤 것을 재현한다. 보다 정확히 말해 하나의 기표-지배 기표-가 다른 모든 기표-지

---

2) Jacques Lacan, *The Seminar of Jacques Lacan Ⅲ : The Psychoses, 1955-56*, trans. Russell Grigg(London: Routledge, 1993) 184.

식과 같은 결과물 – 를 위해 주체를 재현한다는 것이다. 자기부정성 (self – negativity)을 말하는 칸트식의 주체도 다름 아닌 라캉의 빗금 당한 기표의 주체, 결핍(*manque – à – être*, want – to – be)의 주체이며, 자유롭다고 생각되는 주체 또한 대타자에 의해 좌우되는 생명 없는 대리인에 불과한 것이다.

기표의 차이적 본질은 기표에는 어떤 단일한 혹은 고정된 의미가 없음을 의미한다. 차이에 의해 결정되는 기표들의 시스템으로서의 언어는 의미생산의 닫힘을 허용하지 않는다. 이것은 '어떤 것'이 모든 언어적인 명료한 진술로부터 남게 되는 것을 의미하는데, 그것은 언어적 영역에 흡수되지 않는 '어떤 것'이다. 모든 언어적인 명료한 진술은 상징계 속으로 통합될 수 없는 '어떤 것'을 연기한다는 것이다. 라캉은 이 점에서 실재계를 말하고 있으며, 그것은 구조적으로 의미세계 속에서의 어떠한 회복에도 저항한다.

상징계는 실재계를 소멸시키는 일을 수행하며, 실재계가 사회적으로 용인될 수 없다면 그것을 사회적 현실로 바꾸는 역할을 한다. 여기에서 부성적 역할을 수행하는 '아버지의 이름'은 실재계적인 그리고 미분화된 '어머니 – 아이의 공생관계'를 금지하고 변화시키는 역할을 한다. '아버지의 이름'은 아이에게 아버지의 유형이나 어머니가 용인하는 통로들을 통해 쾌락을 추구하도록 요구하면서, 어머니와의 유쾌한 접촉을 하지 못하도록 막는다. 따라서 라캉의 '아버지의 이름'은 근친상간 금지와 상징적 법을 선동하는 문제와 관련된다. 라캉에 따르면 상징계와 의미화 과정은 팰러스적이라고 말할 수 있는데, 이때 팰러스란 아이가 어머니의 욕망을 인정해야만 할 때 생겨나는 아이와 어머니와의 이자 관계의 균열을 말하는 동시에 상징적 교환의 질서를 확립시키는 것으로, 그러한 상징 질서는 부성적 법에 의해 지배된다. 프로이트적 견지에서 아버지의 이름은 현실원칙 – 쾌락원칙 – 과 상호관계에 있으며, 그러한 현실원칙은 쾌락원칙의 목적들을 부정한다기보다는 그것들을 사회가 지시하는 방향으로 돌린다는 것을 의미한다.

라캉의 소외(alienation) 개념은 상징계의 확립과, 주체가 그 속에서 '위치 점유자'(place – holder)로서 존재(existence)하는 문제와 관련된다. 본질적으로 소외는 상징계, 즉 대타자에 직면한 주체가 그것의 존재(being) – 실재계적 존재 – 를 배제해야만 하는 강요된 선택을 특징으로 하고 있다. 주체가 상징계 속에 등록되기 위해서는 그것의 존재는 상실될 수밖에 없는 강요된 선택이다. 라캉 유산의 정신적 계승자인 밀레르(Jacques – Alain Miller)는 소외과정을 설명하면서, 하나의 위치 점유자로서 존재하는 무(nothingness)에 불과한 주체를 공집합(Ø)에 비유하고 있다.

부성적 역할은 아버지의 이름이 '대타자 혹은 어머니의 욕망'((m)Other's desire)을 소멸시키는, 주체로부터 분리시키는 작용을 말한다. 라캉은 이러한 어머니의 욕망을 아이를 집어삼키는 이미지로 묘사하면서 아이에게는 위험한 것으로 간주하고 있는데, 바로 이러한 대타자의 욕망이 새로운 역할을 떠맡게 된다. 그것이 바로 '오브제 *a*'의 역할이다. 대타자의 욕망은 어떤 다른 것을 추구하면서 아이 주체로부터 벗어나지만, 주체는 주체의 욕망을 일으키는 '대타자의 욕망, 즉 오브제 *a*'와의 환상적 관계 속에서 존재감을 획득한다. 이러한 환상은 반드시 분리를 통해서만 가능하며, 여기에서 분리가 바로 존재를 부활시키고 있음을 알 수 있다. 라캉의 존재에 관한 논의는 하이데거의 사고의 영향을 받는다. 즉 존재는 대타자와의 관계이므로 상징계 속에 내재되어 있다는 것으로, 결핍이 바로 이러한 관계를 특징짓고 있으며, 주체는 이러한 존재의 결핍에 의해 구성된다. 존재의 결핍이 욕망을 일으키게 되므로, 욕망은 본질적으로 존재에 대한 욕망이다. '오브제 *a*'는 영속적으로 주체의 욕망을 일으키는 환상적인 파트너, 주체의 보충물이 되며, 소용돌이처럼 맹목적으로 움직이는 위반적인 욕동은 끊임없이 '오브제 *a*' 주위를, 즉 주체의 상실을 회복하려는 환상 주위를 맴돈다. 라캉의 표현에서 나타나는 가장 중요한 점은 욕망은 사회적 산물이라는 것이다. 욕망은 개인적 사건이 아니라 항상 다른 주체들의 욕망과의 변증법적 관계 속에 구성된다.

여기에서 가정되고 있는 것은 어머니의 결핍과 아이의 결핍이 일치한다는 점이다. 그러나 아이는 어머니의 욕망의 공간을 독점하도록 허용될 수도 없으며 허용되지도 않는다. 그것은 환상 속의, 실현할 수 없는 순간이다. 뒤에서 살펴보게 되겠지만 환상을 횡단하는 문제는, 주체가 욕망의 원인인 '대타자의 욕망'이 있었던 자리에 주체 자신이 있는, 즉 트라우마적 원인을 '대타자의 욕망'에 돌리지 않고 자신이 그 트라우마적 원인을 혹은 주이상스를 내재화하는(internalize) 과정과 관련된다. "그것이 있었던 곳에 주체는 '나'라고 말하는 것이다."(*Wo Es war, soll Ich werden*,[3]) where the Other pulls the strings, I must come into being as my own cause). '그것이 나에게 일어났다'라거나 '그들이 이것을 내게 했다', '그것

---

3) Sigmund Freud, *New Introductory Lectures on Psycho‐Analysis and Other Works*, vol. 22 in *The Standard Edition of the Complete Psychological Works*, 24 vols., trans. James Strachey(London: The Hogarth P, 1953) 80.

은 나를 대신하는 운명의 장난이었다'가 아니라 '내가 있었으며', '내가 했으며', '내가 보았고', '내가 외쳤다'라고 말하는 것이 주체가 트라우마적 원인을 내재화하는 것이다. 나를 원인의 자리에 되돌려 놓는, 즉 주체인 내가 그러한 타자성을 주관화, 내재화해야만 하는 과정이다.

세미나 XVII에서 라캉은 어머니의 역할은 욕망에 있으며, 그녀의 욕망은 아이가 감당할 수 있는 문제의 것이 아니라 오히려 그것은 마치 아이와는 아무런 상관도 없는 것처럼 보인다고 말하면서, 어머니의 욕망을 커다란 악어에 비유한다. 그러나 라캉은 아버지의 이름이, 즉 팰러스가 어머니의 욕망을 대신함으로써 아이를 그러한 위험한 상황으로부터 보호할 수 있음을 지적하고 있다.[4] 바꿔 말하면 아이는 대타자(혹은 어머니)의 결핍에 직면하여 '아버지'라는 형태로 대답을 제공한다는 것이며, 그러한 아버지의 본질적 역할은 대타자의 결핍에 한계와 자리를 부여하는 상징적 준거점, 하나의 기표, 하나의 이름을 제시하는 데 있다.[5] 언어가 아이를 위험한 상황으로부터 보호한다는 것으로, 아버지의 이름은 어머니의 욕망을 대신하게 된다. 라캉의 분리(separation)의 개념은 상징계, 언어로서의 대타자가 아니라 이번에는 욕망으로서의 대타자에 직면하여 주체가

---

4) Jacques Lacan, *L'envers de la Psychanalyse, 1969-70*, ed. Jacques-Alain Miller (Paris: Seuil, 1991) 129. Cited in Bruce Fink, *The Lacanian Subject: Between Language and Jouissance*(Princeton: Princeton UP, 1995) 57.

5) 프로이트는 그의 저서 『쾌락원칙을 넘어서』에서 아이가 실패를 던지고 다시 끌어당기는 반복적인 'fort-da' 게임을 예로 들어, 아이가 아무런 이의 제기도 하지 않고서 어머니를 떠나보내는 아이의 본능적 포기 혹은 아이의 문화적 성취를 설명하고 있다. 아이가 이 게임을 반복적으로 즐긴다면 그것은 아이가 본능을 포기하는, 모성적 대상을 상실하는, 근친상간적 욕망을 포기하는, 그리고 상징적 중재의 법칙을 받아들이는 증거라는 점이다. 여기에서 라캉은 'fort-da' 게임과 언어의 근원을 연결하면서 부성적 역할의 상징적 측면을 말하고 있다.

소외되는 과정을 의미하며, 이것은 부성적 역할의 작용과 상응한다.

라캉의 이론에서 부성적 역할은 언어의 문제로, 본질적으로 상징적인 문제로 이해되어 왔다. 즉 아버지의 법은 상징 질서의 문제로 이해되고 있다. 라캉은 「정신분석학의 스피치와 언어의 역할과 영역」("Function and Field of Speech and Language in Psychoanalysis")이라는 에세이에서 아버지는 상징계의 옹호자 역할을 한다는 사실을 분명하게 말하고 있다.[6] 법의 근원에 있는 아버지는 단순히 상징적인 준거틀이 되며, 결코 실제적인 사람이 아니다. 그 대신 그는 하나의 이름, 즉 아버지의 이름으로만 존재하는, 보다 라캉적인 용어로 말하면 하나의 기표로서만 존재한다.

주이상스를 금지하는 것은 언어의 상징계적 구조의 고유한 성질이며, 주체의 상징계로의 진입은 주이상스 포기를 조건으로 한다. 부성적 역할은 하나의 역할에 지나지 않는다. 아버지는 순수하게 기표이며 문화적 법을 대표한다. 언어만이 그에게 권위를 부여한다. 아이가 태어나서 주체가 되기 이전의 상태, 즉 분명한 자의식이나 타자에 대한 의식을 가지고 있지 않은 상태는 불안, 죄의식, 질투, 사랑과 같은 인간의 감정이 발달되기 이전의 상태이다. 이러한 상태는 아이가 어머니와 결합되어 있는 상태, 즉 차별화되지 않은 상태로서 성적 정체성의 문제가 출현하지 않은 상태이며, 그러한 상태는 오이디푸스 콤플렉스의 메커니즘을 통해서 새롭게 변화되고 새로운 일련의 관계를 형성하기 시작한다. 아이는 자율성을 개발시켜 나가는 분리의 과정을 시작하면서, 어머니와의 근친상간적 애착을 포기하고 중재나 차이의 정도를 받아들이게 된다.

---

6) Jacques Lacan, *Écrits: A Selection*, trans. Alan Sheridan(New York: Norton, 1977) 65.

프로이트의 설명에 따르면 이러한 차별화 과정은 부성적 인물에 기인한다. 곧 알게 되겠지만 이러한 과정은 라캉의 경우와는 다르다. 프로이트에 관한 한 아버지는 제3자로 개입하면서 차이의 원칙을 끌어오며, 어머니의 관심에 대해 어떤 권리를 요구하며, 아이의 어머니에 대한 독점적 소유를 박탈한다. 오이디푸스적 갈등은 이때부터 시작하며, 아이는 아버지를 자신의 행복에 대한 위협, 즉 경쟁자로 경험하면서, 아버지와의 관계 속에서 증오나 공포를 느끼며 아버지에 대한 살인판타지에 이른다. 프로이트는 이것을 어머니에 대한 근친 상간적 욕망의 상관물로 간주한다. 이때 아이는 자신이 어머니의 유일한 대상이 아니라는 트라우마적 사실과 조우하는데, 이러한 사실을 통해 우리는 부성적 역할에 상상적으로 투자하는 것과는 별개로 부성적 역할의 상징적 측면을 보다 분명하게 이해할 수 있다.

아이로 하여금 어머니의 욕망을 아이 자신 너머의 다른 곳에 두게 하는 부성적 역할이 없다면, 아이는 자신을 대타자의 결핍을 채우기 위한 희생적 노력 속에서 자신을 대상으로 바친다고 라캉은 주장하고 있다. 따라서 이러한 '부성적 메타포'의 역할은 대타자의 결핍의 수수께끼를 어머니와 아버지의 관계로, 보다 정확히 말해서 어머니의 욕망과 상징적 역할의 관계로 변화시키는 의미화 대체과정(signifying substitution)이 된다.[7) 1957년에 라캉에 의해 소개된 부성적 메타포는 한 기표(아버지의 이름)가 다른 기표(어머니의 욕망)에 대신하는 것을 의미한다. 모든 의미화 과정은 이러한 부성적 메타포에 달려 있으며, 이러한 이유로 모든 의미화 과정은 팰러스적이다.

---

7) Lacan, *Écrits* 198.

여기에서 우리는 프로이트와 라캉의 차이에 직면하게 된다. 프로이트는 아버지를 어머니의 관심을 주장하거나 아이에게 거세로 위협하면서 아이를 좌절시키는 상상적 대리인으로 설명하는 반면, 라캉은 이와는 대조적으로 어머니의 욕망이 아이와는 별개로 제3의 차원 – 부성적 역할의 상징적 측면 – 을 열어 놓는다고 설명한다. 임상 보고서에 따르면 아이는 어머니의 욕망 너머에 어머니가 순종하는 어떤 것, 즉 아버지의 법과 조우한다고 한다. 아이는 어머니와 같은 대상을 포기하고 아버지를 상상계에서 이루어지는 경쟁자로 받아들이는 것이 아니라, 이제는 중재와 차이의 법칙, 즉 상징계적 법으로 받아들여야만 한다는 것이다. 그러한 법에 의해서 어머니의 욕망뿐만 아니라 아이의 욕망은 그것의 자리를 얻게 되며, 이러한 어머니의 욕망과 아이의 욕망의 차이를 토대로 아이의 자율성은 보장되며 새로운 대상 선택의 가능성이 열리게 된다.

또한 아버지의 출현과 더불어서만 성차의 문제가 생겨나기 시작한다. 여자 아이의 경우는 남자 아이와는 다른 경로를 택하고 있다. 프로이트는 「여성의 성」("Feminine Sexuality")에서 여자 아이는 일차적 동일시의 지점 – 자아와 타자적 자아의 구별이 이루어지기 전의 관계, 즉 대상관계 이전 시기로서, 이때 어머니는 아이로부터 분리되지 않은 상태로 바로 성애적 대상 선택이 이루어지기 전이다8) – 인 최초의 대상인 어머니와 관련하여 어머니로부터 분리되어 자신의 여성성을 형성해야만 하는 상황에 직면해 있음을 설명하고 있다.9) 여자 아이의 경우에는 자신의 여성성을 보장하는 그러한 과

---

8) Jean Laplanche and J. – B. Pontalis, *The Language of Psychoanalysis*, trans. Donald Nicholson – Smith(New York: Norton, 1973) 336.

정 뒤에는 항상 전 오이디푸스적 어머니와의 퇴행적 동일시의 위협이 뒤따른다는 것이다. 여자 아이는 어머니가 되느냐 아니면 남자가 되느냐의 불충분한 선택에 직면해 있다는 것은 정신적 현실에서 그리고 정신분석에서 여자의 위치가 충분하게 드러나지 않음을 말하는 것이다. 어떤 의미로는 남자 아이가 어머니로부터 분리되는 것이 훨씬 수월하다. 남자 아이는 그의 최초의 애착의 대상이었던 사람과 동일시할 필요가 없는 한, 전 오이디푸스적 어머니와의 퇴행적 동일시로 위협당하지 않기 때문이다. 여자 아이와는 달리 남자 아이는 어머니와의 일차적 동일시를 포기하고 부성적 인물과 동일시한다는 점이다.

이러한 동일시 과정은 성차, 성적 차이를 생물학적 결정론과 분리시킬 뿐만 아니라 성 차이의 비대칭적 구조가 드러나는 지점이다. 남자가 되는 문제와 여자가 되는 문제가 어머니나 아버지와의 동일시 과정에 의해서 해결되지 않는다는 것을 말한다. 어머니와 아버지의 차이는 남자와 여자의 차이로 바꾸어 말해질 수 없다는 것이며, 그러한 상징적 번역과 같은 시도는 항상 잔여를 남기는데, 이것이 바로 라캉이 말하는 성차의 실재계이다.

프로이트는 자신도 모르게 아버지를 살해하고 어머니와 근친상간을 범하는 『오이디푸스 왕』 신화와 문화와 도덕적 법의 근원에 관한 신화인 『토템과 타부』(*Totem and Taboo*)에서 이러한 부성적 역할을 설명하고 있다. 『토템과 타부』에 따르면 모든 여자를 자신의 소유로 삼는 원시 부족의 아버지는 아들들에 의해 살해당하며, 그

---

9) Sigmund Freud, *The Future of an Illusion, Civilization and Its Discontents and Other Works*, vol. 21 in *The Standard Edition of the Complete Psychological Works*, 24 vols., trans. James Strachey(London: The Hogarth P, 1953) 225.

러한 아들들의 집단적 살해로 결혼 제도가 생겨났으며 교환이라는 합법적 질서와 친족 관계 구조가 확립된다. 위의 두 서사 모두는 살해와 근친상간에 중점을 두고 있으며, 아버지는 본질적으로 죽은 아버지임을 드러내고 있다. 물론『오이디푸스 왕』의 경우에는 살해는 궁극적으로 근친상간적 대상에 이르게 되는 반면,『토템과 타부』에서 살해는 근친상간을 끝내며 법의 질서를 확립한다.

그러나 두 스토리는 다를 뿐만 아니라 오히려 법이 소위 칸트가 말하는 이율배반의 요소를 일으킨다는 구조를 표현하고 있다.[10] 라캉의 세미나 Ⅶ에 따르면『토템과 타부』신화는 어떤 정신적 역할, 즉 초자아의 모순을 말하는 것으로,[11]『토템과 타부』의 원시 부족의 아버지는 주이상스를 희생시킬 필요가 없는 법에 대한 예외로서 존재하고 있다. 법, 상징 질서는 이러한 예외에 의해서 확립된다는 모순을 드러내 보여주고 있으며, 그러한 아버지는 모든 여자를 소유하며 완전한 만족에 이를 수 있는 신화적 존재로 드러난다.

라캉이 부성적 메타포에 관해서 말할 때, 바꿔 말하면 그가 오이디푸스적 갈등에 관한 프로이트의 설명을 해석할 때, 그는 오이디푸스적 갈등은 본질상 상징적 문제, 대체 행위, 메타포적 작용이라고 주장하면서, 부성적 역할과 언어의 관계를 강조한다. 정확히 말하자면 그것은 아버지와 죽음의 관계를 강조하기 위해서며, 실제의 사람으로서의 아버지와 상징적 작용, 즉 은유적 대체를 구별하기

---

10) Slavoj Žižek, *Tarrying with the Negative: Kant, Hegel, and the Critique of Ideology* (Durham, NC: Duke UP, 1993) 45 – 80.

11) Jacques Lacan, *The Seminar of Jacques Lacan* Ⅶ : *The Ethics of Psychoanalysis, 1959 – 60*, ed. Jacques – Alain Miller, trans. Dennis Porter(New York: Norton, 1992) 143.

위해서다. 라캉도 지적하듯이, 부성적 역할(paternal function)은 실제로 아버지가 부재한 아이에게서조차도 완전하게 수행될 수 있다. 따라서 아버지의 존재 자체가 부성적 역할을 보증하지는 못한다는 것으로, 라캉은 이러한 주장을 『에크리』의 「주체의 전복」("Subversion of the Subject")이라는 에세이에서 전개하고 있다.[12]

프로이트는 왜 『오이디푸스 왕』 신화에서 『토템과 타부』 신화로 전환해 가는가? 『토템과 타부』에서의 최초의 아버지 신화는 쾌락 – 근친상간 – 의 아버지라는 외설적인 형상으로, 즉 금지의 대리자 역할을 취하는 바로 그 형상으로 이 불가능한 쾌락을 구현함으로써 오이디푸스 신화를 보완하고 있다. 최소한 충분히 쾌락을 즐길 수 있었던 하나의 주체 – 모든 여성을 소유하는 최초의 아버지 – 가 존재했다는 사실은 남성 주체의 신경증적 환상에 불과함을 라캉은 지적하고 있는데, 이러한 원시 부족의 아버지와 오이디푸스 자신의 관련성에 대해서는 제Ⅲ장에서 보다 자세히 다루고자 한다.


## 2. 이데올로기와 팰러스


지젝은 기표들이 불안정하고 의미의 미끄러짐으로부터 면할 수 없다면 이데올로기는 어떻게 일관성을 유지하는가의 물음에 대한 해답으로, 어떤 이데올로기든지 상징계의 제1기표에 의해 고정된다고 말하고 있다. 이때 제1기표, 즉 팰러스는 의미의 영역, 재현의

---

12) Lacan, *Écrits* 311.

영역으로서의 이데올로기가 미끄러지지 못하게 막는 한계 역할을 하며 이데올로기를 통합하고 있다.

알튀세르가 「이데올로기와 이데올로기적 국가 장치들」("Ideology and Ideological State Apparatuses")에서 제기하는 이데올로기란 재현 시스템이다.[13] 알튀세르는 라캉의 시스템을 전통적인 마르크스주의적 사고의 수직적 구조에 적합시키고 있는데, 라캉의 상징계―기표 고리―는 사회, 역사적 발전의 유물론적 토대―생산 관계―를 점하고 있는 반면, 상상계는 상부구조의 자리를 차지하고 있다. 그러나 그러한 과정에서 이데올로기, 즉 상상계의 공적 형태는 라캉의 관점에서는 해체되어야 할 환상이다. 지젝은 『이데올로기의 숭고한 대상』(The Sublime Object of Ideology)에서 "주체는 대타자 속에 있는 공백이며 구멍이다."라고 주장하고 있는데,[14] 그것은 주체가 대타자 속에 필요불가결하게 끊임없이 나타나는 공백이라는 점이다. 주체는 상징계가 불완전하게 분열되어 있기 때문에 나타나며, 상징계가 장애가 없이 순조롭게 작용한다면 주체성(subjectivity)의 문제는 결코 나타나지 않는다는 것이다. 그 결과로서 이데올로기는 주체를 만들어 내기보다는 주체인 공백을 감추는 작용을 하는, 즉 그것은 상상적 내용으로 이러한 공백을 채우는 역할을 한다.

알튀세르는 「프로이트와 라캉」("Freud and Lacan")이라는 에세이에서 유물론적, 사회적 재생산의 과정들에서 나오는 상징계는 "인간 주체는 역사의 중심이 아니다."는 마르크스의 통찰력을 분명하

---

13) Louis Althusser, *Lenin and Philosophy*, trans. Ben Brewster(New York: Monthly Review P, 1971) 164 – 65.

14) Slavoj Žižek, *The Sublime Object of Ideology*(New York: Verso, 1989) 196.

게 말하고 있으며, 또한 그것은 "인간 주체는 자아의 형태를 띠고 있지 않는, 보다 정확히 말하면 탈중심화되어 있다."는 프로이트의 통찰력을 이론적으로 표현하고 있다고 주장하고 있다.[15] 라캉의 상상계는 알튀세르에게 개인의 잘못된 인식과 이데올로기-이것은 주체가 그것의 자리를 얻는 데 있어 중계 역할을 한다-에 대한 집단적 신비화가 서로를 살찌우는 방식의 소외의 이론을 제공하며, 상징계는 알튀세르에게 성적 존재이건 사회적 존재이건 간에 우선 인간이 되는 문제와 관련하여 보다 극단적인 소외 이론을 제공하고 있다.

알튀세르의 호명 개념은 이데올로기의 기본 작용을 설명한다. 이데올로기는 나의 이름을 부름으로써 작용한다는 것이다. 이러한 새로운 사고는 사회적 대타자에 의해 호명된 주체의 이미지 속에서 자신을 인식 혹은 오인함으로써 사회적 정체성을 획득하는 개인을 상상하는 것으로, 여기에서 상상계와 상징계가 제휴하고 있다. 알튀세르의 호명의 인물은 경찰이며, 그의 부름-"Hey, you there!"-은 사회적 더블 역할을 하며 아버지의 법을 융합하고 있다. 바꿔 말하면 권위의 목소리는 상상적/이데올로기적 자아를 구성하는 작인 역할을 한다. 따라서 주체는 문화의 법, 상징계적 법이 지시하는 것들에 순응하기 위해 부름을 받을 뿐만 아니라 이러한 부름을 인식 혹은 잘못 인식하게 되기도 한다. 여기에서 알 수 있듯이 알튀세르의 이론에서는 실재계적 저항의 공간이 사전에 닫혀 있다.

알튀세르의 호명 이론에서 경찰의 부름에 지나가는 행인이 대답하는 과정은 상징계의 이데올로기적 호출의 완벽한 효율성을 상징

---

15) Althusser, 218.

하고 있다. 이러한 완벽함은 상상계 / 이데올로기의 초역사적 위치에서 생겨난다. 알튀세르는 아직 태어나지 않은 아이가 사전에 아버지의 이름을 가지게 되는 상징계적 각인의 문제를 예로 들면서, 이데올로기는 항상 이미 개인들을 주체들로서 호명해 왔다는 그의 주장을 입증한다.

알튀세르는 생산 관계, 생산의 힘이라는 범주 안에 영화적 발화 장치들을 포함하면서, '보는 주체'(viewing subject)는 영화의 발화 장치의 허구적 재현 혹은 이데올로기적 재현과 관계를 확립하도록 설득당하는 접합(suture) 이론가들에 동의한다. 여기에 데이언(Daniel Dayan)과 같은 접합 이론가에 따르면 영화는 하나의 담론으로서 보는 사람으로 하여금 주체성의 반영에 지나지 않는 영화의 이미지들을 받아들이도록 설득함으로써, 이데올로기적 강요를 한다는 것이다. 바꿔 말하면 보는 주체가 영화와 가지는 실재계적 관계는 상상적 관계 혹은 이데올로기에 의해 가려진다는 사실이다.[16]

그러나 알튀세르가 놓치고 있는 요소로서의 라캉의 상징계의 핵심은 상징계가 긍정적 의미의 법을 구성하고 있는 것이 아니라, 그것이 파죽지세로 압도적이라 할지라도 그것은 초월적 의미의 법, 즉 '거절'의 가능성을 야기하는 부정이 내재되어 있는 의미의 법이다. 상징계는 어떠한 상황들에 금기를 지시하는 동시에 욕망에 배출구를 만들어 주고 유연하게 하는 역할을 할 뿐만 아니라, 의미화 대체과정을 용이하게 하는 근본적으로 한계를 확립하는 역할을 하고 있다. 이와 관련하여 라캉의 상징계에서 제1기표, 즉 팰러스는

---

16) Terry Eagleton, *Criticism and Ideology: A Study in Marxist Literary Theory*(London: Verso Editions, 1978) 44–101.

주체에게 어머니와의 공생관계의 주이상스를 허용하지 않는 거세, 한계 기능을 하며, 그러한 최초의 공생관계의 위험한 요구로부터 주체를 보호한다는 것은 주목할 부분이다.

라캉의 이론에서 상징계 내부에 부정이 포함되어 있다는 의미의 법, 즉 상징계에 모순이 내재되어 있다는 것은 상징계와 실재계가 비늘 모양처럼 겹쳐 있음을 보여주고 있다. 알튀세르는 바로 이러한 점을 간과하고 있으며, 이러한 모순은 엄격히 말해서 빗금당한 주체($)와 상관이 있다. 상징계 속에 끊임없이 나타나는 장애는 영원히 새로운 상징화 과정을 일으킨다는 점에서 볼 때 실재하는 것이다. 상징계는 주체성의 접합을 요구하는 집단적인 공간을 이루고 있으며, 실재계는 항상 이미 초개인적인 사적 보류지로 이루어져 있다.

상징계의 모순과는 대조적으로, 알튀세르는 상징계의 일관성을 상상한다.[17] 라캉에 따르면, 상징계의 일관성을 상상하는 이러한 견해는 편집증적 특징을 이루고 있으며, 또한 이것은 모든 것이 닫힌 전체 속에, 균열 없는 전체 속에 서로 연관되어 있다고 보는 해석학적 관점으로, 이러한 관점은 상상계 / 이데올로기는 다름 아닌 문화의 법 혹은 상징계를 반영하거나 보강, 강화하는 것임을 말하고 있다. 알튀세르가 상징계의 일관성을 상상하는 것은, 이데올로기는 항상 이미 개인들을 주체들로 호명해 왔으며, 개인들은 항상 이미 주체들, 즉 이데올로기의 주체들이라는 그의 주장을 뒷받침하고 있다. 그에 따르면 모든 이데올로기가 구체적 개인들을 주체들로 구성하는 한, 주체의 범주는 모든 이데올로기를 구성한다는 것이다. 알튀세르는 「이데올로기에 관하여」("On Ideology")라는 에세

---

이에서 이데올로기는 존재의 상황에 대한 착각에 기인한 재현이므로 상상적임을 설명하고 있으나,[18] 이러한 상상적 관계는 유물론적 토대, 즉 상징계의 본질적인 부분이 될 때에만 리얼리티를 가질 뿐임을 밝히고 있다. 그것은 곧 주체들이 세계와의 상상적 관계를 경험하는 방식이 된다.

알튀세르의 호명 개념은 그의 이데올로기 논의에 있어 핵심이 되고 있는데, 그의 호명 개념이 시사하고 있는 점은 개인들은 문화가 제공하는 재현들과 동일시해야 한다는 점이다. 여기에서 이데올로기의 존재와 개인들을 주체로 호명하는 것은 동일하다. 호명은 상상계와 상징계적 거래의 결합을 나타내며, 그것은 곧 주체가 이미 존재하는 담론의 궤도 속으로 들어가는 것이 된다. 문화에 의해 호명된 개인은 스피치의 주체와 동일시하며 그러한 주체의 위치를 정의하는 신텍스 속에서 자리를 차지한다.

우리 모두는 처음부터 '항상-이미' 주체이며, '나'와 '너'처럼 주체는 '어머니', '아버지', '딸', '아들'이라는 가족 기표와 동일시한다는 것이다. 가족은 프로이트와 라캉의 도식에서처럼 알튀세르의 도식에서도 중요한 역할을 한다. 가족 담론-현재의, 펠러스 중심적인 상징 질서의 영속화에 절대적으로 필요한 담론-은 이데올로기적 재현으로서 주체들을 필요로 하기 때문이다.

가족 담론은 아버지와 어머니라는 상징적 위치에 주체들을 고정시켜 놓음으로써, 그것이 필요로 하는 주체들을 만들어 낸다는 것이다. 문화는 근친상간 금지의 산물로 보이기 때문에 부성적(paternal)인데, 주체가 오이디푸스적 한계들을 넘는 것은 불가능하며, 그렇

---

18) Althusser 162.

게 하려는 어떠한 시도이든지 간에 그것은 질병과 퇴행으로 끝난다. 알튀세르에 따르면 가족은 이데올로기적 국가 장치이며, 그러한 가족은 문화적 영역에 성적으로 차별화된 주체들을 제시함으로써 그것을 재생산하는 작인이 된다.

알튀세르가 이데올로기가 항상 가지는 구체적 형태들을 강조하는 것은 그의 이론과 접합 이론과의 상관성을 말해 주고 있다. 접합 이론가들에 따르면 담론을 통해서만 이데올로기적 동일시가 일어나며 주체가 출현한다. 그들 모두 담론은 그것에 의해 말해지도록 허용하는 주체들을 통해서만 활성화될 수 있음에 동의하고 있다.

주체와 영화의 담론이 결합하는 것은 영화의 쇼트(shot)의 층위에서 일어날 뿐만 아니라 스토리의 층위에서도 일어난다. 영화는 서사의 끌어당기는 힘을 통해서 보는 사람을 재호명해서 이미 만들어진 담론의 위치들 속으로 다시 들어가게 한다. 영화 텍스트는 존재하는 상징 질서를 분열시키고 그 내부에 위치하는 주체들을 혼란시키며 일관성과 충만함의 상징계적 이상에 이의를 제기하지만, 결국에는 그러한 질서를 재확인하며 주체들의 위치들과 그러한 이상들을 재확인하는 것으로 끝난다. 이것은 영화의 끝에 상징 질서가 회복되는 것으로,[19] 새로운 질서가 균열을 드러내는 질서를 대체할 것처럼 보이지만 다시 상징 질서가 회복된다는 것으로, 오이디푸스 서사가 그 대표적인 예가 되고 있다. 새로운 질서는 결국 항상 원래의 질서로 돌아간다는 것이다. 비록 일시적으로 중단되기는 하지만 말이다. 접합 시스템과 이데올로기적 시스템은 '보는 주체'를 재호명해서 담론의 위치들 속으로 들어가게 하며 존재하는

---

19) Kaja Silverman, *The Subject of Semiotics*(New York: Oxford UP, 1983) 221.

상징 질서를 재확인한다. 그렇게 함으로써 그러한 주체에게 안정된 정체성에 관한 착각을 계속 제공하며, 또한 그러한 담론과의 동일시가 주체의 성차를 만들어 낸다. 따라서 이데올로기적 시스템은 성차와 별개로 생각될 수 없다는 것이다.

알튀세르는 거울 메타포를 사용하여 상상계와 이데올로기의 관계를 분명하게 보여주고 있다.

이데올로기가 친근하고 이미 잘 알려진 신화가 아니라면 무엇이겠는가? 그러한 신화 속에서 사회나 시대는 자인식을 하게 되며, 이데올로기는 사회나 시대가 자기 인식을 위해 들여다보는 거울과 같은 역할을 한다. 그러나 그것이, 정확히 말해서 진정 자인식을 위한 것이라면, 반드시 거울을 깨뜨려야 한다(Althusser 144).

알튀세르가 이 구절을 통해 설명하고자 하는 것은 주체는 끊임없이 이데올로기적 재현을 통해 자신을 재발견하는 과정을 겪는다는 것이다. 거울을 통해 주체는 미리 제조된 정체성을 발견하는데, 알튀세르가 그러한 거울을 깨뜨려야 한다고 말하는 것은 주체가 그러한 과정에 의해 이데올로기를 초월한다는 것을 말하려고 한 것이 아니라, 이데올로기의 작용을 인식하는 문제와 관련된다. 그는 주체가 이데올로기 밖에 있는 순간은 없다고 주장할 뿐만 아니라 미래에도 그러한 순간은 없다고 주장한다. 그러한 순간을 가정하는 그 자체는 이미 인간의 본질을 주장하는 것이나 마찬가지라는 것이다.

라캉은 프로이트가 제시하는 것과는 다른 성차에 대한 설명, 즉 성 담론을 제공해 주고 있다. 특권적 용어는 음경이 아니고 팰러스라는 설명이다. 라캉은 팰러스의 해부학적 위치보다 담론적인 위치를 강조하고 있으며, 팰러스는 부성적 사회 안에서 남성 주체성을 정의하는 문화적 특권들과 긍정적 가치들에 대한 기표이며, 그러한 기표로부터 여성 주체는 소외되어 있다. 따라서 팰러스는 라캉의 문법 안에서 다른 두 개의 특권적 용어, 즉 '상징적 아버지'와 '아버지의 이름'과 함께 같은 일직선상에 놓여 있다. 이 세 개의 용어는 부성적 힘과 권위의 기표이며, 여성 주체는 또한 이데올로기적인 문화적 가치들을 되풀이하는 소설, 영화 안에서 결핍을 나타내고 있다. 여성 주체는 팰러스의 부재, 즉 자제하는 능력, 힘, 특권의 부재를 의미하고 있기 때문이다. 『무명의 주드』에서는 여성 주체 수(Sue)가 결핍을 만들어 내는 팰러스의 기능에 전적으로 예속되어 있지 않음이 드러나고 있다.

서사의 끝에 이르러서 다시 상징 질서가 회복되는 『오이디푸스 왕』(*Oedipus Rex*) 신화에서도 이데올로기가 항상 이미 주체를 호명해 왔음을 확인할 수 있다. 펠만(Shoshana Felman)에 따르면 드라마의 플롯은 정신분석과 유사한 과정을 드러내는 과정에 다름 아니다.[20] 『오이디푸스 왕』이 그리스 독자를 움직였던 것처럼 현대 독자를 움직인다면, 그것은 우리 안에 있는 목소리로 하여금 오이디푸스의 운명의 '무심코 끌리게 하는' 혹은 강제적인 힘을 인정하도록 함에 틀림없다고 펠만은 말하고 있다. 오이디푸스의 운명은 우리의 운명이었을지도 모르기 때문에 독자를 움직인다는 것이다. 펠만은 신탁이 그에게 내린 것과 같은 저주를 우리에게도 내렸기 때문이라고 말한다. 이데올로기가 항상 이미 주체를 호명해 왔듯이 우리가 태어나기도 전에 말이다. 펠만은 우리가 어머니를 향한 성

---

20) Maud Ellmann, ed., *Psychoanalytic Literary Criticism*(New York: Longman, 1994) 79.

애적 충동과 아버지를 향한 살인 욕망에 이르게 되는 것은 우리 모두의 운명이라고 지적하면서, 우리의 꿈이 우리에게 이것을 확신시켜 주고 있다고 말하고 있다. 시인은 오이디푸스의 죄를 드러내는 동시에 우리들로 하여금 우리들 자신 내부의 정신적 실체를 인정하도록 위압하고 있다는 것이다.

『오이디푸스 왕』 신화가 왜 우리의 관심을 끌며, 우리는 왜 그러한 서사를 따라가는가? 오이디푸스 이야기가 우리 안에 있는 어떤 것을 인정하도록 우리를 위압하고 있기 때문에 그 스토리는 우리를 압도하고 있다. 그 이야기가 우리로 하여금 인정하도록 압도하는 것은 무엇인가? 정신분석학적 이론과 실제에 있어서 오이디푸스의 의미를 탐색, 재고하기 위해서는 다음과 같은 문제, 즉 서사가 실제로 우리에게 미치는 영향을 고려해 볼 필요가 있다. 『오이디푸스 왕』 신화는 라캉 정신분석학을 이해하는 데 중요한 열쇠가 되며, 프로이트가 발견한 사실에 대한 라캉의 혁신적인 통찰력의 중요한 열쇠가 된다.

라캉은 오이디푸스 콤플렉스라는 정신분석학적 개념을 어떻게 이해하는가? 그리고 오이디푸스가 임상적 사건과 어떤 관련이 있는가? 프로이트는 이미 오이디푸스 드라마를 정신분석학의 실제에 비유해 왔으며, 또한 문학 작품과 환자의 분석과정을 비교함으로써 자신의 이론 - 근친상간 금지와 부친살해 - 과 오이디푸스적 욕망 이론을 확신하기에 이르렀다. 라캉이 오이디푸스와 임상 의학자의 실제와의 관련성을 강조한 것은 욕망에 있다기보다는 드라마에서 스피치, 언어 - 『오이디푸스 왕』 신화에서는 부성적 담론이 이에 해당한다 - 가 하는 역할, 즉 이데올로기성을 강조하는 데 있었다.

프로이트가 오이디푸스의 욕망의 무의식적 본질을 통해 발견한 것은 라캉의 견해에서는 언어와 욕망의 구조적 관계를 의미하며, 그러한 욕망은 대체과정, 즉 상징적, 환유적 언어를 통해서 분명하게 말해진다는 사실이다. 『오이디푸스 왕』은 욕망의 원초적 장면을 극화할지라도, 사실상 언어라는 타자의 장(other scene)에서 일어난다. 이 드라마는 라캉의 명제, 즉 무의식은 대타자의 담론이라는 공식을 극화한 것에 다름 아니다. 대타자의 담론, 즉 신탁에 의해 오이디푸스의 무의식이 구체적으로 나타난다는 것으로, 오이디푸스의 무의식은 다름 아닌 이러한 기본적 담론이며, 이러한 담론에 의해 오이디푸스의 욕망은 씌여진다. 우리는 오이디푸스의 운명을 알고 있지만, 오이디푸스는 그것을 모른다. 심지어 그가 처음부터 자신의 역사에 의해서 재연될 때조차도, 모든 것이 신탁의 작용을 통해서 일어난다는 것이다.

오이디푸스가 라이오스와 요카스타의 아들임을 모르고서 자신의 삶을 출발한다는 사실 속에 모든 것이 일어나며, 오이디푸스의 정신분석은 콜로누스(Colonus)에서 끝난다. 오이디푸스가 진정으로 자신의 운명을 받아들이는 것은 비극 작품 『콜로노스의 오이디푸스』(*Oedipus at Colonus*)에서 일어나기 때문이다. 오이디푸스가 자신의 운명을 인정하는 차원을 넘어서 받아들이는 것은 바로 대타자다. 오이디푸스는 자신도 모르게 대타자를 받아들이며 자신의 대타자의 담론, 즉 '서사 이데올로기'와의 관계를 받아들인다. 이것은 그가 자신의 자아로부터의 탈중심을 받아들이는 것으로, 극단적으로는 자신의 자아파면(self-expropriation)을 받아들이는 것과 같다.

오이디푸스 콤플렉스는 죽음에 대한 두 가지 상상적 비전, 즉 아

버지의 죽음－상상적 살인－과 주체 자신의 죽음－상상적 거세－
을 포함한다. 오이디푸스 콤플렉스는 아이가 아버지와 동일시하면
서 해결되고, 그 결과로 초자아가 생겨나게 된다. 라캉의 견지에서
오이디푸스 콤플렉스에 대한 해결은 아버지의 이름의 내재화를 통
해서 이루어지며, 아버지의 이름은 아이의 무의식을 구성하게 된
다. 어머니에 대한 욕망을 억압하고 추방하는 언어적 상징(이름)으
로서의 아버지의 이름은, 사실상 아이가 포기에 대한 조건으로 죽
음을 받아들이는 문제이다.

아이는 사랑과 관심을 추구하면서, 자신이 부모의 유일한 관심의
대상이 아니라는 사실에 직면하게 된다. 이때 한 기표가 아이를 초
월하는 부모들의 욕망의 한 부분을 의미하게 되는데, 라캉은 이것
을 욕망의 기표라고 부르고 있으며, 그것은 또한 대타자의 욕망의
기표라고도 불린다. 정신분석학적 실제는 다른 실제들과 마찬가지
로, 그러한 기표가 팰러스임을 시사하고 있다. 팰러스는 임상적 실
제 속에서 반복적으로 입증되었기 때문에 일반화된 것이지 필연적
인 규칙이 아니다. 라캉에 따르면 그것이 어떤 다른 것이 될 수 없
는 이론적 근거는 없으며, 어떤 다른 기표가 욕망의 기표 역할을
하는 사회들이 있을 수 있다. 그는 세미나 XX에서 팰러스 기능의
필연성은 결국에는 단순하게 일시적으로 끝난다고 말하고 있다.[21]

욕망의 기표는 욕망의 원인인 '오브제 $a$'와 같지 않으며, 욕망의
원인은 의미화 작용(signification) 너머에 있는 것으로 의미화할 수
없는 것이다. 라캉의 이론 안에서 '오브제 $a$'는 주체의 욕망의 원인

---

21) Jacques Lacan, *The Seminar of Jacques Lacan XX : Encore: On Feminine Sexuality, the Limits of Love and Knowledge, 1972－73*, ed. J. A. Miller, trans. Bruce Fink(New York: Norton, 1998) 87.

역할을 하며 실재계에 속한 것으로 어떤 것도 의미하지 않는다. 그것은 대타자의 욕망이며 실재계적인 것이다. 이에 반해서 팰러스는 기표 외에 아무것도 아니다. 라캉의 이론 안에서 그것은 욕망의 기표이다. 따라서 '오브제 $a$'는 욕망의 실재계적인, 말할 수 없는 원인인 반면, 팰러스는 욕망의 이름이다.

욕망이 항상 결핍과 상관이 있는 한, 팰러스는 결핍, 상실의 기표이다. 구조 안에서 욕망의 전치와 변화는 이러한 결핍의 움직임을 나타낸다. 거세가 구조를 작동시키는 원초적 상실을 가리키는 반면, 팰러스는 그러한 상실의 기표이다. 팰러스는 주체가 기표와 관련을 맺은 뒤에 따라오는 존재(being)의 상실을 가리키는 기표이다. 처음부터 주체가 있는 것은 아니며, 기표는 주체가 태어나게 될 빈 공간을 말한다. 주체는 존재와 사고 사이에 위치하고 있으며, 주체와 사고의 핵심에 있는 빈 공간은 언어와 문화 속에서 저 너머의 세계를 미리 예견해 주고 있다. 실재계로부터 추방된 주체가 상징계 속에서 소외된 채로 있는 것은 상징계 속에서의 주체의 결핍을 말하며, 그러한 주체가 빗금당한 주체, 공백으로서의 주체로 명시되는 이유이기도 하다. 이러한 주체가 바로 실재계에 반응하며 거세-주이상스의 희생-와 동일시된다. 거세라는 이름은 주체의 욕망을 일으킨 대상이 육체 곧 유기체와 분리될 수 없는 것처럼 보이는 순간에 육체에 새겨진 자국에 대한 이름이다.

라캉에 따르면 팰러스의 기능(phallic function)은 결핍을 만들어 내는 기능, 즉 언어의 소외시키는 기능이다. 알게 되겠지만 팰러스의 기능은 성적 정체성을 결정하는 계기가 된, 즉 라캉의 남성적 구조(masculine structure)와 여성적 구조(feminine structure)에 대한 정의에 있어 중요한 역할을 한다. 왜냐하면 후자는 소외, 즉 언어 사용에 의해 야기된 분리에 의해 만들어진 상실, 결핍과 관련하여 다르게 정의되기 때문이다. 라캉에 따르면 상징계는 팰러스-거세-에 토대를 두고 있으며, 그 결과로 모든 것은 하나의 성(sex), 즉 팰러스에 의하여 표현되고 재현되어야만 한다. 남성은 전체적으로 팰러스의 기능, 즉 상징적 거세에 예속되어 있지만, 여성은 상징적 거세에 전적으로 예속되어 있지는 않다. 여성이 팰러스의 기능에 '비전체적으로'(not-all) 예속되어 있다는 것은 거세라는 부정적 기표 말고는 여성성에 대한 적절한 기표가 없음을 의미하며, 여성성에 대한 기표가 없기 때문에 성적 관계에 대한 적절한 재현도 없다.

또한 영화 이론가 존스턴(Claire Johnston)은 이데올로기적 작용으로서의 접합체계는 성차와 별개로 생각할 수 없음을 지적하고 있다.

> 하나의 과정, 하나의 의미화 작용으로서의 접합은 부성적 이데올로기와 관련하여 어떤 역할을 하는 이데올로기적 작용이다. 그것은 이러한 상상적 조화이며 접합된 일관성이며 상상적으로 정체성을 인식하는 것이다. 페미니스트적 영화는 이러한 정체성의 상상적 인식에 대해 이의를 제기하면서, 이데올로기와 관련되어 있는 주체를 다르게 구성하고자 시도한다.[22]

존스턴은 이데올로기적 작용으로서의 접합체계의 하나인 서사는 여성 주체의 팰러스의 부재 상황을 입증하고 있으며, 그러한 서사의 궁극적 목적은 남성 작중인물과 '보는 주체'의 권위와 완전함에 대한 인식을 회복시키려 하는 데 있다고 지적한다. 그에 따르면 이

---

22) Claire Johnston, "Towards a Feminist Film Practice: Some Theses", *Edinburgh Magazine* 1(1976): 50-59. Cited in Kaja Silverman, *The Subject of Semiotics* (New York: Oxford UP, 1983) 222.

러한 서사 구성은 이데올로기와 같은 접합 시스템이 상징 질서를 확립하는 패러다임을 반영하고 있다.

라캉은 세미나 XX에서 여성 주체는 실재계로부터 완전한 소외를 겪지 않으며, 남성 주체처럼 상징계와 완전하게 긍정적 관계를 맺지 못한다고 주장하고 있다. 따라서 여성 주체는 실재계와 특권적 관계를 맺고 있는데, 실재계와 특권적 관계를 맺고 있는 여성성의 문제 혹은 여성적 구조는 제Ⅲ장 실재계를 논하는 부분에서 자세히 다루어질 것이다.


## 3. 라캉의 네 가지 담론


라캉의 네 가지 담론은 라캉식의 구조화 작업으로 보여지고 있다.[23] 라캉이 담론이라는 용어를 사용할 때마다, 그것은 언어의 초개인적 본질을, 다시 말해 스피치는 항상 다른 주체를 암시한다는 사실을 강조하기 위함이다. 그러므로 "무의식은 대타자의 담론이다."라는 그의 유명한 명제는 무의식을 스피치가 주체에 미치는 영향으로 제시한다. 그의 이론은 발신인과 수신인 사이에 어떠한 잡음도 없애면서 커뮤니케이션을 완벽한 수준에 이르게 할 수 있다는 커뮤니케이션 이론과는 대립된다. 그는 커뮤니케이션은 항상 실패로 끝날 수밖에 없다는 가정에서부터 출발하는데, 그것은 우리가

---

23) 라캉의 네 가지 담론 이론은 1969-70년 세미나 과정 동안 만들어졌으며, 이것을 보다 더 정교화시킨 것이 세미나 XX이다.

계속해서 이야기하는 이유이기도 하다.

라캉의 이론은 푸코(Michel Foucault)의 이론과도 다르다. 푸코는 담론의 내용에 초점을 맞추고 있는 데 반해서, 라캉은 내용 너머에 있는 것을 탐구하며 말하기 행위를 통해 담론이 만들어 내는 형식적 관계들에 초점을 맞추고 있다. 이것은 라캉의 담론 이론이 말해진 말과는 별개로 하나의 시스템으로 이해되어야 함을 시사하고 있다. 언어에 바탕을 두고 있는 다음의 각각의 담론은 기본적 관계들을 말해 주고 있으며 사회적 유대를 만들어 낸다. 네 가지 담론이 있듯이, 네 가지 다른 사회적 유대가 있다.

라캉은 네 가지 담론을 통해서 각 담론의 살이 없고 뼈만 앙상하게 남아 있는 내용의 공허함(emptiness)을 강조한다. 각각의 담론은 특별한 형태를 띠고 있는 텅 빈 가방들에 지나지 않는다. 이 텅 빈 가방들, 즉 담론들은 사물들을 넣을 수 있는 네 개의 다른 구획으로 이루어져 있으며, 구획들은 위치(position)에 해당하며, 사물들은 관계항(term)에 해당한다. 서로에 대한 고정된 관계를 나타내는 네 개의 위치가 있는데, 첫 번째 위치는 대단히 논리적이다. 각각의 담론은 누구에겐가 말하는 어떤 사람으로 시작되며, 그 어떤 사람은 대리인(agent)이 된다. 어떤 사람이 이야기한다면, 그 사람은 누군가에게, 즉 제2의 위치에 있는 타자(other)에게 말하고 있는 것이다. 제1, 제2의 위치는 다름 아닌 스피치 행위의 의식적 표현이며, 그러한 의미로 모든 커뮤니케이션 이론에서 제1, 제2의 위치를 발견할 수 있다.

대리인 → 타자

이러한 화자와 수신인 사이의 최소한의 관계 안에서, 즉 대리인과 타자의 관계 안에서 사람은 어떤 효과를 기대한다. 담론의 결과는 이러한 효과에서 드러나며, 그것은 우리가 다음의 위치로 나아가도록 하고 있다. 그것은 곧 산물(product)이 된다.

$$\text{대리인} \rightarrow \text{타자}$$
$$\downarrow$$
$$\text{산물}$$

예를 들어 아이에게 학교에서 열심히 공부하라고 말할 때, 그것은 실패를 초래할 수밖에 없다. 이 지점까지는 우리는 아직도 정통적인 커뮤니케이션 이론 안에 있기 때문이다. 네 번째 위치만이 정신분석학적 관점을 소개하고 있는데, 그것은 진실(truth)의 위치이다. 프로이트는 말하는 동안은 우리는 우리 자신도 알지 못하는 진실에 의해 이끌리게 된다는 사실을 보여주었으며, 그러한 진실의 위치가 담론의 원인 역할을 하며 담론의 출발점 역할을 한다.

$$\text{대리인} \rightarrow \text{타자}$$
$$\uparrow \qquad\qquad \downarrow$$
$$\text{진실} \; // \; \text{산물}$$

진실의 위치는 담론의 모든 구조에 영향을 미치는 아리스토텔레스식의 원동력(Prime Mover)에 해당한다. 진실이 모든 담론의 구조에 영향을 미침으로 말미암아, 대리인은 대리인에 불과하다. 대리인인 자아는 말하는 것이 아니라 말해진다. 내가 말할 때 나는 내가 말하고자 하는 것을 알지 못한다는 것이다. 만약 내가 그것을 암기하거나 혹은 나의 스피치를 한편의 글에서 읽지 않는다면 말이다. 다른 모든 경우에서도 나는 말하지 않고 나는 말해진다는 것으로, 이러한 스피치는 나의 의식적 동의가 있든 없든 진실을 구성하고 있는 한, 욕망에 의해 이끌린다는 사실이다.

이러한 사실은 인간의 나르시시즘에 커다란 상처를 주게 되는데, 이러한 사실에 대해 프로이트는 "나는 나 자신의 집에서 주인이 아니다."(The I is not master in its own house)24)라고 말하고 있으며, 이와 상응하여 라캉은 "기표가 다른 기표를 위해서 주체를 재현한다."(The signifier is what represents the subject for another signifier)25)라는 명제로 표현하고 있다. 이러한 명제에서 맨 처음에 위치하는 것은 주체가 아니라 기표이다. 오히려 모든 중요성은 기표에게로 향하고 있다. 라캉은 주체를 의미화 고리의 주인이 아니라 수동적인 효과로 정의하고 있으므로, 담론의 대리인은 가짜 대리인(*un semblant*)과 같다는 것이다. 실제로 조종하는 힘(driving force)은 진실이 차지하는 위치에 있으며, 이러한 조종하는 원동력 때문에 담론의 연속성은 단절되는 것이다. 거의 논리적 방향에 따라 대리인은 진실을 메시지로 바꾸어 버리는데, 그 결과는 위에서 말한 산물이 된다. 위의 도식에서 이중 종선(double bar, //)은 산물이 진실을 말할 수 없는 불가능성(impossibility)을 의미한다.

---

24) Sigmund Freud, *The Ego and the Id and Other Works*, vol. 19 in *The Standard Edition of the Complete Psychological Works*, 24 vols., trans. James Strachey(London: The Hogarth P, 1953) 221.

25) Lacan, *Écrits* 316.

라캉의 이론에서 완전하게 말로 표현될 수 있는 진실과 같은 그러한 것은 없다. 라캉은 진실의 이러한 특징에 대해 '반쯤 말해진 진실'(*le mi-dire de la vérite*, half-speaking of the truth)이라는 표현을 쓰고 있다. 이것은 근본적으로 프로이트의 사고이며, 진실에 대한 완전한 언어화는 불가능하다는 것이다. 왜냐하면 원초적 억압(primary repression)은 원초적 대상을 언어 영역 밖에 두고 있기 때문이다. 원초적 대상이 언어의 영역 밖에 있다는 것은 쾌락원칙을 넘는 것이며, 그 결과로 주체는 끝없이 반복하고자 하는 강박충동에 사로잡혀 비언어적인 것을 말로 표현하려고 끝없이 시도한다는 것이다. 그것의 결과는 '반쯤 말해진 진실'의 끝없는 자기주장(insistence)과도 같다. 따라서 모든 담론은 열린 구조이며, 그러한 열림은 원인과 같은 역할을 한다. 모든 담론은 주체가 욕망과 주이상스의 문제에 직면하여 적절한 대답을 제공하지 못하는 불가능성을 입증하고 있다. 이러한 구조적인 결핍 때문에 담론은 계속 선회할 수밖에 없다는 것이다. 1964년에 이미 세미나 XI에서 라캉은 무의식을 원인적 작용을 하는 '공백'(*béance causale*)으로 설명하였는데, 그는 바로 담론 이론에서 무의식에 관한 사고를 사용하고 있다.

말로 완벽한 커뮤니케이션을 하는 것은 사실상 논리적으로 불가능하다. 이것은 첫 번째 불가능성으로 볼 수 있으며, 또한 제3의 위치인 산물과 제4의 위치인 진실도 아무 관련이 없다. 이것은 두 번째 불가능성을 보여주고 있는 것으로, 산물은 진실의 위치에 있는 것과 일치할 수 없다는 것이다. 이러한 두 가지 불가능성은 프로이트의 발견, 즉 쾌락원칙의 실패를 요약하고 있다. 라캉에 따르면 이러한 불가능성의 본질은 상징계에 의해서는 이해될 수 없다.

바꿔 말하면 라캉의 표현대로 "그것은 쓰이지 않기를 멈추지 않는다."라는 것이다. 정신분석적 치료-이것은 자유연상과 재현에 토대를 두고 있다-는 불가피하게도 이러한 상징계의 결핍에 직면해야만 하며, 진실로 종결될 수 없는 사실과도 관계된다. 그것의 목적은 창조성으로 나아가는 데 있으며, 주체가 상징계의 구조적 결핍에 직면하여 자신의 고유한 해결 방식을 만들어 내는 것은 라캉의 의미 너머에 있는 주이상스를 포함하고 있는 '징환'(symptom / *sinthome*)의 차원이다. 라캉은 제임스 조이스가 이러한 징환을 구체화하고 있다고 주장하고 있다. 그는 조이스의 텍스트를 욕망의 원인-대상인 '오브제 *a*'의 위치에 두면서, 분열된 주체를 독자의 위치에 두고 있다.[26] 그는 조이스를 징환으로 부르면서 조이스를 문학적 성인으로 간주하고 있는데, 그는 독자가 탐닉하게 될 잉여 주이상스로서의 문자(letter)와 조이스를 동일시하면서, 조이스 텍스트의 끝없는 언어유희를 강조한다. 라캉은 말이 세계를 창조하고 있다는 조이스의 믿음을 공유하고 있는 것이다.

인간은 최초의 만족의 경험으로 돌아갈 수 없다는 사고는 프로이트의 저작에 관류하고 있는 것으로, 주체는 처음부터 언어로 인하여 분열되기 때문에 인간은 최초의 만족의 경험으로 되돌아갈 수 없다는 것이다.[27] 그러나 그럼에도 불구하고 인간은 지속적으로 되돌아가려고 시도한다. 이러한 인간 조건을 애도하는 대신에 이러한 불가

---

26) Jean-Michel Rabaté, *Jacques Lacan: Psychoanalysis and the Subject of Literature* (New York: Palgrave, 2001) 160.

27) Sigmund Freud, *Pre-Psycho-Analytic Publications and Unpublished Drafts*, vol. 1 in *The Standard Edition of the Complete Psychological Works*, 24 vols., trans. James Strachey(London: The Hogarth P, 1953) 317-20.

능성에 관한 중요한 사실을 이해하는 것이 보다 중요한 이유는, 구조는 방어적인 속성을 갖는다는 사실 때문이다. 우리가 이러한 최초의 주이상스의 경험으로 되돌아갈 수 있다면, 즉 최초의 상실한 대상과의 완벽한 공생적 관계가 실현될 수 있다면, 그것은 주체로서의 우리의 존재의 파멸을 가져온다. 그것은 정신병적 주체가 이러한 담론 구조를 공유하지 않는 이유이기도 하며, 상징 질서 가운데 있는 타자에 대해 근본적인 불신을 특징으로 하는 관계를 맺고 있는 유일한 주체는 정신병자, 편집증 환자이다. 예컨대 그들을 둘러싸고 있는 의미의 상징적 그물망 속에서 어떤 악한 가해자가 무대에 올린 플롯을 보는 사람이 바로 그러한 주체들이며, 정상적인 주체, 즉 언어로 인해 분열되는 주체는 주체의 존재의 파멸로부터 보호된다.

우리가 라캉의 네 가지 담론을 이해하기 위해서는 네 개의 관계 항을 연구할 필요가 있다. 우리가 적어도 최소한의 언어적 구조를 가지기 위해서는 두 개의 기표 $S_1$과 $S_2$가 필요하다. $S_1$은 제1기표이면서 프로이트가 말하는 최초의 상징, 최초의 증상이며, 또한 그것은 지배기표로서 결핍을 채우려고 시도한다. 그것은 결핍을 덮어 가리려는 과정에 대한 보증인으로 자처하는데, 지배기표의 가장 좋은 예가 기표 '나'(I)이며, 기표 '나'는 우리 자신의 정체성에 대한 착각을 제공하고 있다. $S_2$는 나머지 기표들을 지칭하는 것으로 기표 고리, 의미화 고리이며, 그러한 의미로 볼 때 그러한 고리 속에 포함되는 지식(*le savoir*)을 가리킨다.

다음의 두 항은 분열된 주체 $, 욕망의 원인인 상실한 대상 '오브제 *a*'이며, 이 두 항은 기표의 효과로 드러나는 것이다. 일단 두 개의 기표만 있다면, 주체를 소개하는 필요조건은 충족된다. 기표

- 아버지의 이름 - 는 다른 기표 - 어머니의 욕망 - 를 위해 주체를
재현하기 때문이다. 그리고 관계항 중 마지막은 '오브제 $a$', 즉 욕
망의 원인이다.

　요약해서 말하자면 언어 획득의 결과는 자연이라고 불리는 최초
의 상황의 상실이다. 말하는 순간부터 인간은 언어의 주체, 분열된
주체가 된다. 이러한 분열된 주체는 계속해서 언어 너머에 있는 대
상, 즉 상실한 대상을 이해하려고 한다. 보다 정확히 말해서 주체와
대상의 분리 너머에 있는 상황을 계속해서 이해하려고 한다는 것이
다. 언어 너머에 있는 대상은 욕망의 끝, 즉 주이상스를 나타내는데,
그것은 기표 영역 너머에 있기 때문에, 즉 쾌락원칙 너머에 있기 때
문에 회복할 수도 없는 상실한 것이다. 그러한 의미로 그것은 우리
로 하여금 계속 되찾게 하는 작동요인 역할을 하며, 라캉에 관한 한
그것은 인과관계(causality)를 이루고 있다. 이러한 네 개의 관계항은
회전하면서 네 가지 다른 형태의 담론을 형성하고 있다.

$$\uparrow \frac{S_1}{\$} \quad \Rightarrow \quad \frac{S_2}{a} \downarrow$$
<주인 담론>

$$\uparrow \frac{S_2}{S_1} \quad \Rightarrow \quad \frac{a}{\$} \downarrow$$
<대학 담론>

$$\uparrow \frac{a}{S_2} \quad \Rightarrow \quad \frac{\$}{S_1} \downarrow$$
<분석가 담론>

$$\uparrow \frac{\$}{a} \quad // \quad \overset{\mathbf{\Rightarrow}}{\phantom{x}} \quad \frac{S_1}{S_2} \downarrow$$

<히스테리 담론>

### 〈주인 담론〉

오이디푸스 콤플렉스와 주체의 구성을 표현하는 주인 담론은 상징계를 건설하기 때문에 제1담론이다. 이 주인 담론에서는 네 개의 관계항과 네 개의 위치가 일치하는 것처럼 보인다. 대리인은 완전한 체하며 분리되지 않은 체하는 지배 기표로서, 라캉에 따르면 그 지배 기표는 나에게 나는 나 자신의 주인이라는 사고를 제공하는 특별한 기표라는 것이다. 이러한 담론의 욕망은 완전한 것이라 생각되는 것과 분리되지 않는 것으로, 지배 기표가 타자의 자리에 있는 $S_2$와 결합하려고 시도하는 이유이기도 하다.

이러한 욕망은 불가능하다. 제2기표가 있다면 주체는 그 둘 사이에서 필요불가결하게 분열되며, 그것이 우리가 분열된 주체를 진실의 자리에서 발견할 수 있는 이유이다. 주인이 숨기고 있는 진실은 주인조차도 분열되어 있다는 사실이다. 아버지 또한 거세과정을 겪는다는 것으로, 최초의 아버지는 주체의 욕망의 구성물에 불과하며, 이러한 분열되지 않고자 하는 최초의 아버지의 불가능한 욕망의 결과는 영원히 계속해서 '오브제 $a$'를 만들어 낸다.

욕망의 원인인 '오브제 $a$'는 분열된 존재($\$$)와 관계를 맺을 수 없는데, 라캉은 이러한 불가능성에 대해 $\$\diamondsuit a$라는 환상(fantasy) 공식으로 표시하고 있다. 주인은 이러한 관계를 받아들일 수 없는데, 이

러한 점에서 주인이 구조적으로 무분별한(눈가림만 하는) 이유이며, 주인은 자신의 정체성이 상상적인 것임을 인정할 수 없다는 것이다.

이러한 담론에 관한 흥미로운 사실들 중 하나는 대리인의 자리에 있는 지배 기표 $S_1$과 타자의 자리에 있는 $S_2$ 간의 관계이다. 지식이 타자의 자리에 있는 것은 타자가 주인으로 하여금 주인이 이러한 지식과 일치한다는 착각을 계속 유지하도록 해야만 한다는 것을 의미한다. 헤겔적 의미로 제자들은 스승을 만들며, 노예는 자신의 지식으로 주인의 위치를 인증한다는 것이다.


## 〈히스테리 담론〉


대리인의 자리에 분열된 주체를 발견할 수 있는데, 이것은 이러한 담론의 욕망은 어떤 만족도 할 수 없는 욕망 자체임을 의미한다. 이러한 담론의 사회적 유대는 프로이트가 히스테리의 만족되지 못한 욕망과의 동일시로 설명하고 있는 부분이다. 전형적인 예는 『꿈의 해석』에서 발견될 수 있다. 푸줏간 주인의 아내의 연어(salmon)에 관한 꿈에서 발견될 수 있는데, 꿈의 주인공은 시장에 너무 늦게 가서 식육점이나 야채 가게에서 자기가 원하는 물건을 살 수 없게 된다. 그 여자는 자신이 원하는 것 대신, 상인들이 내놓은 물품, 특히 그녀가 잘 알지 못하는 검은 색깔의 야채를 받기를 거절한다는 내용이다.[28] 이러한 만족되지 않은 욕망과의 동일시의 문제는

---

28) Sigmund Freud, *The Interpretation of Dreams*, vol. 4 in *The Standard Edition of the Complete Psychological Works*, 24 vols., trans. James Strachey(London: The Hogarth P, 1953) 183－85.

또한 『집단 심리와 자아 분석』(*Group Psychology and the Analysis of the Ego*)에도 기록되어 있다.

이러한 방식으로 하나의 사회적 유대로서의 히스테리는 욕망의 불가능성을 전면에 드러낸다. 논리적으로 주인 담론의 당연한 결과로 드러나는 히스테리 담론은, 동시에 모든 정상적인 신경증 환자의 담론이 된다. 사람은 말하는 순간에 최초의 대상을 상실하게 되며 기표들 사이로 분열되기 때문이다. 그러한 과정의 결과는 영원히 불안정한 정체성과 계속 자기주장을 하는 욕망의 변증법적 과정을 거치며, 그것은 결코 만족될 수 없다.

이러한 욕망은 최초의 상실 때문에 생겨난 것으로 대타자에 대한 요구의 방식을 통해서 표현해야만 하며, 담론의 견지에서 사람은 해답을 얻기 위해 타자가 지배기표가 되어야 한다. 따라서 히스테리 주체는 대답을 만들어야 하는 타자 $S_1$으로부터 주인을 만들어 낸다.

주인에게 한 질문들은 다르지만 근본적으로는 같은 것이다. 내가 누군지 나의 욕망이 무엇인지 내가 남자인지 여자인지 아버지인지 어머니인지 딸인지 아들인지 말해 달라고 요구한다. 주인은 알기로 되어 있으며 대답을 제공하기로 되어 있다. 그것이 지식 $S_2$가 결과의 위치에 있는 이유이며, 슬프게도 이러한 해답은 항상 요점을 벗어나게 된다. $S_2$는 원인으로서의 '오브제 *a*', 즉 진실의 자리에 있는 '오브제 *a*'에 관하여 대답할 수 없기 때문이다. 만약 주인이 자신의 주인 자리를 유지하고자 한다면, 히스테리 주체와 주인 간의 전쟁은 끝나지 않고 계속될 수밖에 없다. 그것은 혁명이 항상 이전 주인보다 조금 더 가혹하고 잔인한 새로운 주인을 세움으로써 끝나는 이유이기도 하다.

구조적으로 히스테리 담론은 히스테리 주체에게는 소외로 끝나고, 주인의 경우에는 거세로 끝난다. 주인이 제공한 대답이 항상 요점을 벗어나는 것은, 진실한 대답은 영원히 상실한 대상 '오브제 $a$'와 관계가 있기 때문이다. 그것은 말로 표현될 수 없다. 주인은 이러한 진실한 대답을 제공할 수 없는 데 대한 반응으로 훨씬 더 많은 기표들을 만들어 낸다. 이것은 물론 진실의 자리에 있는 '오브제 $a$'와의 거리를 만들어 낼 뿐이며 주인이 조우하게 되는 의미화 고리의 결핍으로 끝난다. 의미화 고리는 궁극적 진실을 말로 표현할 수 없는 불가능성이기 때문이다.

이러한 불가능성은 주인의 실패를 가져오고 그의 상징적 거세를 가져온다. $S_1$으로서의 타자의 자리에 있는 주인은 영원히 증가하는 지식 $S_2$를 만들어 내며, 이러한 지식은 반복적으로 히스테리 주체에게 소외를 가져온다. 히스테리 주체는 그의 물음에 대한 대답으로 과학적 이론, 종교, 그리고 정신분석학적 지식 등의 것을 제공받게 되지만 소외만을 가져올 뿐이다.[29]

히스테리 주체가 그것에 따르든 따르지 않든 그리고 그것과 동일시하든 하지 않든, 그것들은 항상 요점을 벗어나 있으며, 모든 경우에서 대답은 소외시키는 대답에 불과하다. 결과로서의 지식 $S_2$는 진실의 자리에 있는 '오브제 $a$'에 관한 중요한 것은 말할 수 없기 때문이다. 이것을 도식으로 표현하면 $a//S_2$가 되며, 이중 종선은 앞에서 언급했듯이 불가능성을 말한다.

---

29) Paul Verhaeghe, *Beyond Gender: From Subject to Drive*(New York: Other P, 2001) 30.

| $a$ | $S_1$ | $S_2$ | $\$$ |
|---|---|---|---|
| ? | 성직자 | 종교 | 성인 혹은 마녀 |
| ? | 과학자 | 과학 | 믿는 자 – 치료 가능 |
| | | | 회의적인 자 – 치료 불가능 |
| ? | 분석가 | 정신분석학적 지식 | 히스테리 환자 |

## 〈대학 담론〉

지식 $S_2$는 대학 담론에서 대리인의 자리를 차지한다. 주인 담론의 요소들을 뒤로 4분의 1 회전시키면 대학 담론을 얻는다. 이 대학 담론은 주인 담론의 후퇴로 얻게 되며, 히스테리 담론의 역으로 얻게 된다. 대리인은 만들어진 지식이며, 타자는 단순한 '오브제 $a$'로 환원된다. 이것은 대학 담론에서의 사회적 유대가 지식을 통해 '오브제 $a$'에 이르고자 하는 욕망에서 생겨나기 때문이다. 이러한 지식은 텍스트로부터 우리에게 직접적으로 다가오는 것으로 축적되고 구성된 자명한 통일체로 제시된다. 이 담론에서의 숨은 진실은, 지식이라는 것은 사람이 지식에 대한 보증인, 즉 지배 기표를 가지고 있다면 효과가 있다는 사실이다. 라캉은 이런 식으로 말했으며 프로이트는 저런 방식으로 말했다는 식의 지식의 모든 영역은 보증인에 의해 작용한다는 것이다. 지식과 지배 기표의 이러한 관계의 최초의 예로서 데카르트를 들 수 있는데, 그는 자신의 과학의 정당성을 보증하기 위해 신을 필요로 했다.

타자의 자리에서 '오브제 $a$'를 발견하는 것은 이러한 상실한 대상과 의미화 고리의 관계가 구조적으로 불가능한 관계임을 시사하

고 있다. '오브제 *a*'가 사물(the Thing)이라면, 즉 그것이 기표 너머에 있다면, 의미화 고리는 그것에 이르기 위해서는 적절하지 못한 대리인이 된다. 그 결과로 이러한 담론의 결과는 주체의 분열로 끝날 수밖에 없으며, '오브제 *a*'에 이르기 위해 지식을 많이 사용하면 할수록 주체는 기표들 사이로 분열되고 진실로부터 멀어지게 된다는 것이다. 진실인 '오브제 *a*'에서 멀어진다는 사실이다.

이러한 담론에서는 주체와 지배 기표 사이의 관계가 불가능한 관계로 드러나는데, 이것은 과학의 요구조건의 하나인 객관성이 단순한 환상에 불과함을 말해 주고 있는 것으로, 라캉은 과학은 주체의 분열을 접합하는 것을 목적으로 한다고 말하고 있다. 그에 따르면 극도의 흥분(orgasm)이나 잠은 주체의 분열, 공백이 접합되는 유일한 예로 간주되고 있다. 접합에 의해 주체는 자신의 육체와, 바꿔 말하면 자신의 존재와 결합한다는 것이다. 그러나 곧 이어서 공백은 다시 생겨나고 주체가 슬퍼하는 것은 주체는 이러한 자신의 육체 혹은 존재인 '오브제 *a*'의 상실로 슬퍼한다는 것이다. 프로이트조차도 이러한 '오브제 *a*'의 상실을 우울증으로 간주하고 있다.

〈분석가 담론〉

분석가 담론이 주인 담론의 역에 해당한다는 사실은 정신분석학은 본질적으로 주인이 되려고 하는 지배에 대한 모든 시도를 전복시키려는 전복적 실제라는 사실을 강조하고 있는 것이다. 분석가가 차지하는 대리인의 자리에 '오브제 *a*'가 있음을 보게 되는데, 이것은 분석가가 치료과정 동안 환자의 욕망의 원인 역할을 하게 됨을 보여주고 있다. 분열된 주체는 타자의 자리에 있으며, 대리인과 타자의 관계는 불가능한 관계이다. 왜냐하면 분석가를 타자의 '오브제 $a$'로 만들기 때문이다. 그것은 분석가가 되는 것이 불가능하다고 라캉이 말하는 이유 중의 하나이며, 이러한 불가능한 관계, 즉 '오브제 $a$'와 분열된 주체의 불가능한 관계는 전이(transference)의 토대가 된다. 전이를 통해 주체는 '오브제 $a$' 주위를 계속 선회한다는 것이다. 주체와 '오브제 $a$'의 관계는 무의식적이 되며, '오브제 $a$'와 분열된 주체의 불가능한 관계는 효과들을 통해서만 발견될 수 있을 뿐이다. 따라서 무의식 혹은 실재계는 쓰이지 않기를 멈추지 않는다고 말할 수 있는 것이다. 이러한 담론의 결과는 지배 기표이며 진실의 자리에 지식 $S_2$가 있는데, 이러한 지식은 분석될 수 없음을 의미한다.

진실은 라캉의 담론에서 가장 중요하면서도 가장 복잡한 용어들 중 하나이다. 진실은 항상 욕망에 관한 진실과 관련이 있다. 진실은 어떤 충만한 상태로 기다리고 있다가 드러나는 것이 아니다. 정반대로 그것은 점차적으로 치료의 변증법적 과정을 통해서 구성되는 것이다. 라캉은 철학의 전통들과 대립하면서 진실은 아름다운 것이 아니며 진실을 알게 되는 것이 반드시 유익한 것은 아니라고 주장하고 있는데, 그가 진실을 말할 때는 그것은 항상 보편적 진실이 아니라 절대적으로 어떤 특별한 진실을 가리키고 있다. 모든 주체에게 내재되어 있는 특별한 진실을 말하는 것이다.[30]

여기에서 욕망과 관련되는 진실은 정확하게 측정하는 과학의 문

---

30) Lacan, *Seminar* VII 24.

제가 아니라 주체성의 문제이다. 그러므로 진실은 언어의 맥락 속
에서만 의미 있는 개념이다.[31] 언어의 출현과 더불어서 진실의 차
원은 나타난다. 정신분석 치료는 스피치가 욕망에 관한 진실을 드
러내는 유일한 수단이 된다는 것을 전제로 하고 있으며, 스피치 이
전에는 결코 진실도 없으며 허위도 없다는 것이다.[32] 라캉은 과학
이 진실의 개념을 배척하며 진실의 개념은 광기를 이해하는 데 필
수적인 것임에 주목하면서, 현대과학이 광기(madness)를 의미 없는
것으로 만들면서 진실의 개념을 무시한다고 주장한다.

31) Lacan, *Écrits* 172.

32) Jacques Lacan, *The Seminar of Jacques Lacan* I : *Freud's Papers on Technique,
1953-54*, trans. John Forrester(New York: Norton, 1988) 228.

# Ⅲ. 실재계: 비재현적 재현

라캉은 1960년대 이전에는 법과 상징계의 결정론에 의거하여 사고했으며, 그 이후로는 상징계와는 다른 영역, 상징계 '너머에' 있는 무(nothing)이며 단순하게는 상징계 안에 있는 모순인 실재계에 관하여 사고하는데, 실재계는 알 수 없는 것이며 언어 너머에 있는 그리고 절대적으로 상징화 과정에 저항한다. 그것은 본래 거울 반영과 상징화 과정에 저항하는 어떤 것이다.[1] 그것은 재현과 언어적 표현 너머에 있으며 또한 재현이 불가능하며 상징화에 절대적으로 저항하지만, 우리는 텍스트 내부의 실재계의 효과들을 통해서 그것을 알 수 있으며, 텍스트는 그러한 실재계 주위를 선회한다. 그것은 상징계와 상상계의 한계를 드러내 보여주며, 상상계와 상징계 어느 영역에도 동화될 수 없음을 말하고 있다. 바꿔 말하면 실재계는 주체가 감당하기가 불가능한 것이며, 충격의 효과를 통해서만 그것을 알 수 있으며, 그것에 관하여서는 말할 것이 아무것도 없다는 것이다. 바로 그것이 실재계의 특징이 모두 부정적인 이유이기도 하며, 그러한 실재계의 비재현적 속성은 주체로 하여금 잃어버린 대상의 자리로 되돌아가도록 요구하는 반복(repetition)을 야기한다.

라캉이 실재계 범주를 전개하는 것은 욕망의 원인인 '오브제 *a*' 개념을 놓치고 있는 '대상관계' 이론을 재구성하는 작업이며, 이러한 작업은 인식론, 존재론, 고전적 논리학, 고전적 정신분석학으로 분류되는 사고·지식의 철학적 전통들과의 단절을 가져오는 것이다.

라캉은 '오브제 *a*' 개념을 프로이트의 욕동 이론에서 끌어내고 있는데, 본능(instinct)이 생물학적 층위에 있다면, 프로이트의 욕동

---

1) Sean Homer, *Fredric Jameson: Marxism, Hermeneutics, Postmodernism*(New York: Routledge, 1998) 51.

은 그러한 본능이 언어의 그물망 속에 갇힘으로 말미암아 남게 되는 어떤 것이다. 상징계의 잔여인 욕동은 관습적인 성애 개념이 거짓임을 밝히는 방식으로 방위 감각을 상실케 하는 어떤 공황을 일으킨다. 성애－이성애와 동성애－에 관한 사고는 욕망이 단 하나의 방향으로 통제될 수 있다는 사실을 가정한 것에 불과하며, 성애의 개념적 상관물은 성적 정체성이다. 따라서 본능, 규범적 성애, 그리고 정체성은 심리학적 개념들이지 정신분석학적 개념들이 아니라는 점이며, 프로이트가 본능과 욕동을 구별하면서, 성(sexuality)의 생물학적 개념을 버린 것을 알 수 있다. 라캉은 '오브제 $a$' 개념을 전개하면서, 프로이트가 논의한 구순적, 항문적 그리고 시각적 욕동들에다 음성적 욕동－목소리도 대상, 즉 '오브제 $a$'로 간주된다－을 덧붙이고 있다. 그러나 라캉이 강조하는 욕동들, 즉 응시, 목소리와 같은 '오브제 $a$'에서, 남자와 여자와 같은 대상의 성역할은 '오브제 $a$'와는 아무 관련이 없음을 알 수 있다.

프로이트의 욕동 이론과 라캉의 '오브제 $a$' 이론은 성애의 상보적 관계를 불신할 뿐만 아니라 주체의 조화의 가능성을 불신한다. 성애적 본능과는 대조적으로, 욕동은 상징적 존재의 결과로 주체 내부에 일어나는 주체의 반자연주의적, 반휴머니즘적 방식을 폭로하며, 또한 주체의 삶을 위협하는 지점까지 무의식의 층위에서 계속 자기주장을 한다. 이러한 이유로 라캉에 관한 한 모든 욕동의 본질은 성(sexuality)이며, 그것은 동시에 죽음욕동이며, 죽음욕동은 주이상스와 관련되고 있다. 라캉은 인간 주체성을 언어학적인 관점에서 개념화함으로써 전통적인 정신분석학이 주장해 온 생물학주의의 잔재를 없애고 있다. 그는 이러한 정신적 부정성, 즉 죽음욕동 혹은 주이상스 이론을 전개하면서, 정신적 부정성을 실증하는 주이상스는 고통 속에 얻는 쾌락의 모순적 형태임을 말하고 있다.

정신분석학에서 성차의 문제, 즉 성 담론은 생물학적 '성'(sex)이나 문화적 '성역할'에 호소함으로써 해결될 수 없으며, 여성적 구조는 부성적 역할이 한계를 지니고 있으며 기표, 언어가 전부가 아님을 입증해 보인다. 인간의 성(sexuality)은 자연 법칙에 의해 지배되지 않으며 출산을 목적으로 하는 정상적인 생식기와 관련된 성애로 끝나지 않으며, 또한 문화적 관행과 규범의 층위에서처럼 구성되는 성역할 정체성의 사회적 차원 또한 여성 주체에 관하여서는 아무런 사실도 말해 주지 못한다는 것이다. 아버지의 "아니오!"(No!) 혹은 부성적 기능은 남자에게는 쾌락에 대한 한계 역할을 하는 반면, 여자에게는 선택적 파트너가 된다. 라캉에 따르면 여자 ─ 여성적 구조 혹은 여성성 ─ 는 언어, 상징 질서가 정해 놓은 경계를 넘을 수 있으며 언어가 허용하는 소량의 쾌락을 넘을 수 있기 때문이다.

라캉 저작의 근저에 있는 기본 가정들 중 하나는 남자와 여자 사이에 물리적 차이가 있는 것처럼, 정신적 차이도 있다는 것이다. 다시 말해 남성성이라는 정신적 특징이 있으며 여성성이라는 정신적 특징이 있다는 것이다. 인간 주체가 남성성 혹은 여성성이라는 정신적 특징을 획득하는 것은 본능적이거나 자연적 과정이 아니라, 해부학적 차이가 사회적 및 정신적 요소와 상호 작용하는 복잡한 과정이다. 아이는 맨 처음에는 성차에 관한 사실을 모르기 때문에 성적 위치를 받아들일 수 없다. 아이가 성적 위치를 받아들이기 시작하는 것은 오이디푸스 콤플렉스를 통하여 성차를 발견할 때이다. 라캉에 관한 한, 오이디푸스 콤플렉스는 항상 아버지와의 상징적

동일시를 의미하므로 오이디푸스적 동일시는 성적 위치를 결정할
수 없다. 그에 따르면 성적 위치를 결정하는 것은 오이디푸스적 동
일시가 아니라 주체의 팰러스와의 관계이다. 정신계에서는 아무것
도 주체로 하여금 남자 혹은 여자의 위치를 차지하게 할 수 없다.
상징계에서는 성차에 대한 기표는 없다. 성차에 대한 유일한 기표
는 팰러스이며, 여자는 이러한 팰러스에 대해 비대칭적 관계를 이
루고 있다. 엄격히 말해서 여성에 대한 상징화는 불가능하다. 팰러
스는 상응하는 요소가 없다는 것을 상징하며 또한 그것은 기표의
비대칭의 문제이기도 하다.

거세, 팰러스가 실제의 육체 기관인 음경과 다른 것은, 팰러스는
상실의 기표이며 상징계와 관련이 있는 반면, 주이상스는 욕동, 실
재계와 관련이 있다. 남자는 상징적 거세와 관계를 맺고 있으므로
팰러스적(상징계적) 주이상스에 국한되는 반면, 여자는 팰러스적 주
이상스와 다른 종류의 주이상스, 소위 '주체의 존재'의 차원에 속
하는 '타자 주이상스'를 경험할 수 있다. 라캉은 여자라는 범주 아
래 있는 모든 주체가 타자 주이상스를 경험하는 것은 아니라고 주
장하면서 이것을 구조적인 가능성으로 보고 있다.

여자들은 상징적 거세와의 다른 관계를 맺고 있다는, 즉 법과의
다른 관계를 맺고 있다는 프로이트의 주장을 따라, 라캉은 타자 주
이상스를 경험하는 여성성 ─ 존재의 가능한 양상이며 반드시 필연
적인 양상은 아니다 ─ 은 상징계와의 다른 관계를 맺는 가능성을
초래한다고 주장하고 있다. 라캉은 이러한 가능성으로서의 여성성
은 다른 목소리를 가능하게 하며, '정신분석학의 윤리학'을 가능하
게 한다고 말하고 있다. 그에 의하면 주체가 사회적 존재와는 다른

어떤 것을 욕망하는 것은 일종의 죽음에 빠지는 것으로, 이것은 그의 정신분석에서 말하고 있는 주체가 행하는 윤리적 행위, 정치적 행동의 형태로 프로이트의 죽음욕동을 새롭게 개념화한 것이다. 여자가 존재하지 않는다든지 여자는 비전체(not-all)라는 라캉의 견해는 여자의 본질이 없다는, 즉 여자는 기표, 상징계에 의해 완전히 좌우되는 남자보다 더 많은 어떤 것에 도달할 수 있음을 시사하고 있는 부분이다.

라캉은 '여자의 비전체' 혹은 '모든 여자의 어떤 부분'-상상상의 여성성으로 성(sex) 밖에 있는 타자 성(other sex)에 관한 환상에 해당한다-은 팰러스의 지배를 벗어난다고 말하면서, 그것을 하나의 가능성으로 남겨두고 있다. 이러한 '여자의 어떤 부분'에 해당하는 것은 여자로 동일시하기가 불가능하며 성 차이를 폐제, 배제하는 것으로, 이러한 '여성의 성'의 문제는 아버지의 법이 완전한 진실이 아니라는 존재론적 문제 제기로 이해해 볼 수 있다.[2]

라캉의 정신분석의 윤리학에 관한 논의는 그의 비극에 관한 논의와 밀접하게 연관되어 있는데, 비극뿐만 아니라 윤리학은 다른 중심 개념인 욕망과의 관련 속에서 다루어지고 있다. 행동과 욕망의 관계는 윤리학을 정의하고 있는데, 라캉에 따르면 윤리적 행동에서 행동이란 부정적 측면이다. 행동은 존재의 제약으로부터 벗어나는 것을 상징하며, 보다 정확히 말하면 죽음욕동의 차원을 의미한다. 라캉에 관한 한 비극의 윤리학과 정신분석의 윤리학이 같은 것은[3] 주체가 실재계에 이르기 위해서 치러야 할 대가와 관계가

---

2) Jacques Lacan, *The Seminar of Jacques Lacan XX : Encore: On Feminine Sexuality, the Limits of Love and Knowledge, 1972-73*, ed. J. A. Miller, trans. Bruce Fink(New York: Norton, 1998) 83.

있기 때문이다. 따라서 여기 제Ⅲ장에서는 여자가 존재하지 않는다든지 여자는 비전체라는 라캉의 견해가 시사하고 있는 부분을 주이상스, 정신분석의 윤리학과 관련하여 살펴보고자 한다.


## 1. '오브제 *a*'와 초자아


실재계의 조각인 '오브제 *a*'를 상징 질서와의 관계 속에서 이해하지 않을 수 없는 것은 실재계가 상징계의 상징적 거세 후에 혹은 상징적 거세에도 불구하고 뒤에 남는 어떤 나머지이며 흔적이며 잔여이기 때문이다. '오브제 *a*'는 성역할과 규범적 성애에 이의를 제기하는 지점에서 나타나는 것으로, 실재계는 바로 표준화에 대한 사회적 계획에 저항하는 영역이다.

실재계는 예기치 않게 부딪치게 되는 한계이며 공백이며 불가능성이며 난국인데,[4] 무엇보다도 실재계는 트라우마의 개념과 밀접하게 관련되어 있다. 정신분석학에 관한 한 트라우마는 반드시 현실에서 사람에게 일어나는 어떤 것이 아니다. 그 대신, 그것은 욕망이 원인인 정신적 사건이다. 정신적 트라우마는 외부의 자극과 주체가 이러한 자극을 이해하고 통제할 수 없음으로 인하여 생겨난다. 이러한 사건은 곧 주체의 무의식에 정신적 자국을 남기며, 이

---

3) Jacques Lacan, *The Seminar of Jacques Lacan* Ⅶ: *The Ethics of Psychoanalysis, 1959-60,* ed. J. A. Miller, trans. Dennis Porter(New York: Norton, 1992) 258.

4) François Roustang, *The Lacanian Delusion,* trans. Greg Sims(Oxford: Oxford UP, 1990) 130.

러한 이해할 수 없는 기억은 이후의 삶 속에서 다시 표면화되는데, 트라우마의 개념은 의미화 과정에 있어서 어떤 고착 현상이 있음을 암시한다. 트라우마는 재현될 수 없으며 주체의 핵심에 있는 혼란(dislocation)과 같은 것인 한, 실재하는 것이라고 라캉은 말한다. 또한 트라우마의 경험은 실재계가 결코 완전하게 상징계 속으로 흡수되지 않는다는 사실과, 고통을 언어로 표현하고자 시도할지라도 항상 잔여와 같은 어떤 것이 남게 됨을 밝혀주고 있다. 이러한 잉여, 잔여가 라캉의 실재계이며, 뒤에서 살펴보겠지만 그것을 죽음욕동, 주이상스와 관련하여 이해해 볼 수 있다.

인간의 욕망의 원인은 대타자(혹은 어머니)의 욕망에서 시작된다. 아이는 어머니의 애정의 유일한 대상이 되고자 하나, 어머니의 욕망은 아이 너머의 대타자의 영역을 열어두면서 다른 곳으로 나아간다는 점이다. 아이 주체는 자신이 어머니의 직접적이고 유일한 대상이 아니라는 트라우마적 사건과 조우하게 되는데, 이러한 사실로 우리는 부성적 역할의 상징적 측면을 보다 분명하게 이해할 수 있다. 아이의 욕망과 어머니의 욕망이 별개가 됨으로써 그들 사이에 틈이 생겨나며, 그러한 공백 속에서 어머니의 욕망은 아이가 이해할 수 없는 정도로 독특한 방식으로 작용한다. 이러한 어머니와 아이의 분리는 욕망의 본질로 인하여 생겨나는, 단지 가설에 근거한 어머니와 아이의 공생관계의 균열을 가정하고 있다. 이러한 균열로 바로 '오브제 *a*'가 도래하며, 그것은 그러한 가설상의 공생 관계가 깨어질 때 생겨나는 잔여 혹은 그러한 조화의 마지막 흔적으로 이해해 볼 수 있다. 그러한 잔여에 고착됨으로써 어머니로부터 분리된 주체는 충족감, 존재감을 유지하게 되는데, 그것이 바로 히스테리 구조에서 확인할 수 있는 존재를 추구하는 방식이다. 즉 '오브제 *a*'에 집착함으로써 주체가 자신의 분리를 무시하는, 라캉이 말하는 분리 개념을 보충하는 환상이다.

환상을 통해 실재계적 주이상스를, 즉 대타자(어머니)로부터 분리된 어떤 것 – '오브제 *a*' – 을 다시 기억, 간직하는 것이다. 부성적 역할의 작용에 의해 소멸된 실재계적 주이상스가 환상 속에서 다시 발견되고 있는 것이다. 환상을 통해 다시 발견되고 기억되는 이러한 주이상스는 이전의 충족감이나 완전함의 자리를 차지하고, 주체에게 존재감을 부여한다. 따라서 주체가 존재(being)를 획득할 수 있는 것은 분리, 환상을 통해서만 가능하다. 여기에서 존재(existence)는 상징 질서가 부여하는 것인 반면, 존재(being)는 실재계에 집착함으로써 제공받는 것이다.

세미나 Ⅶ에서 라캉은 "우리는 더 이상 아버지의 보증에 의존할 수 없다."고 말하고 있는데,5) 그의 이론에서 나타나는 주이상스, '오브제 *a*', 사물, 욕동과 같은 일련의 용어 모두가 상징계 내부에 있는 모순, 즉 상징계 속에 통합되는 것이 불가능하며 상상하는 것이 불가능한 차원과 관계가 있다. 이것은 히스테리 담론에서 확인될 수 있는, 바로 아버지의 법에 이의를 제기하고 존재를 추구하는 히스테리 주체의 욕망의 구조와도 관계가 있다. 라캉은 같은 세미나의 「도덕적 법에 관하여」("On the Moral Law")라는 제목의 장에서 상징 질서로부터 배제되는 요소, 즉 사물 – 이것은 이후에 '오브제 *a*' 개념으로 전개되고 있다 – 에 관하여 말하고 있는데, 사물은 주체의 욕망에 의해 생겨나는 것으로, 그것이 배제된다는 의미로서

---

5) Lacan, *Seminar* Ⅶ 100.

만 핵심에 있다. 그는 다시 한 번 「대상과 사물」("The Object and the Thing")이라는 제목의 장에서 내부에서 배제되는 것에 관하여 말하면서, 이러한 배제는 상징계의 틈을 드러내 보여준다는 점에 주목한다. 그러한 틈은 상징적 법으로부터 벗어나는, 현실의 장애물이 되는 어떤 것이며, 사물의 층위에 있는 그러한 틈은 더 이상 아버지의 보증에 의존할 수 없음을 나타내고 있다. 라캉의 이론에서 '오브제 $a$'는 상징적 법이 더 이상 궁극적 진실을 말할 수 없는 순간에 나타난다.

부성적 메타포의 내재화는 곧 초자아의 문제를 만들어내는데, 라캉은 초자아의 개념을 주이상스의 전형으로 전개하고 있다. 초자아는 근친상간 금지를 내재화함으로써 출현하며 자주 도덕적 양심으로 연상되고 있다. 그러나 라캉에 관한 한 초자아는 상징계 속에 내재되어 있는, 즉 그것은 법과의 모순적, 변증법적 관계를 유지하고 있다. 거세를 확립하고 중재와 차이의 정도를 제공하면서 상징질서를 보장해야만 했던 부성적 메타포에 그것이 배제하려고 했던 비합법적인 주이상스의 귀환이 뒤따르고 있다는 것이다. 근친상간을 배제하는 상징적 법은 『토템과 타부』 신화의 거세를 거절하는, 법의 예외로서 존재하는 원시 부족의 아버지의 유형에서 드러나는 성도착적이고 응징하는 이면에 의해 보충되고 있다는 것이다. 그러한 이면은 자연적 상태의 귀환이 아니라 법 자체의 다른 얼굴이라는 것이다. 법은 그것이 배제하고자 하는 것에 근거를 두고 있다는 것으로, 바꿔 말하면 법을 위반하고자 하는 욕망은 법이 존재하기 위한 필수 조건이 된다는 것이다.

라캉은 세미나 XX에서 초자아를 주이상스의 명령 – "향유하라!"(enjoy) - 으로 정의하면서,6) 자아와 대립되는 것으로서의 초자아를 상징계 속에 두고 있다. 그에 따르면 초자아는 본질적으로 스피치의 상징계 안에 있으며, 법과 밀접한 관계를 이루고 있으나, 이러한 관계는 모순적 관계이다. 한편으로는 법은 주체성을 통제하며 이러한 의미로 분열을 막는 하나의 상징적 구조이다. 다른 한편으로는 초자아는 무분별한, 맹목적 특징을, 즉 순수하게는 명령적 특징과 횡포의 성격을 지니고 있다.7) 그러므로 초자아는 법이면서 동시에 법을 파괴하는 것이다. 초자아는 상징적 고리의 공백들로부터 생겨나며, 법을 왜곡하는 상상적 대체물로 그러한 공백들을 채운다. 보다 명확하게, 언어학적으로 말하자면, 초자아는 하나의 명령이다. 라캉에 따르면, 이것은 칸트의 절대적 명령에 다름 아니다. 관련된 특별한 명령은 향유하라는 명령이다. 초자아는 대타자가 주체에게 향유하라고 명령하는 한, 대타자이다. 그러므로 초자아는 '향유의지'(will - to - enjoy, *volonte de jouissance*)의 표현이다. 그것은 주체 자신의 의지가 아니라 대타자의 의지이다. 초자아는 신경증적 주체에게 무분별한, 파괴적인, 압제적인, 거의 항상 반법률적 윤리를 부과하는 외설적이며 잔인한 인물이다. 초자아는 목소리와 관련되어 있으므로 반복적으로 호소하는 욕동과 관련되어 있다.

여기에서 라캉은 '아버지의 변형'(*père -version*, turning towards father), 즉 법의 질서와 상징적 중재를 보장하지 못하고 오히려 부성(paternity) 내부에 성도착(perversion)을 가져오는 부성적 역할의 한

---

6) Lacan, *Seminar XX* 3.

7) Jacques Lacan, *The Seminar of Jacques Lacan I : Freud's Papers on Technique*, 1953 - 54, trans. John Forrester(New York: Norton, 1988) 102.

측면인 아버지의 성도착에 관하여 말하고 있다. 이것은 상징계가 불완전하며 불충분함을 드러내는 지점으로 병적 잔여를 포함하고 있다고 말할 수 있다. 욕망의 원인인 '오브제 $a$' 이론은 바로 이러한 난제를 말하고 있으며, 상징계에 의해 생겨난 잉여에 주목하고 있는 것이다. 아버지의 변형 혹은 아버지를 지향하는 성향이야말로 무엇보다도 가장 근본적인 도착이라는 것으로, 법의 작용이 아버지를 초자아의 형태로 살아 있게 한 것이다. 정신분석학에 따르면 주체가 법과 그것을 위반하고자 하는 욕망 간의 갈등으로부터 피할 수 있는 길은 없으며, 또한 그러한 욕망은 죄의식으로 나타난다. 우리는 항상 이미 근친상간을 행하려는 욕망에 대해 죄가 있다는 것이다. 여기에 바로 초자아의 모순이 있으며, 초자아의 명령에 따르면 따를수록 더 죄의식을 느낀다는 것이다.[8]

이것은 신경증이나 정신병과 대립되는 임상적 범주로서의 성도착의 문제가 아니라, 정상적인 주체 내부에 있는 성도착적인 특징, 즉 상징적 법의 작용 안에 살고 있는 본질적인 성도착에 관한 문제이다. 지젝은 프로이트가 정상적인 오이디푸스적 구조의 한 부분으로 설명하는 아버지와의 동일시는, 동시에 '아버지의 변형', 즉 성도착임을 지적하고 있다. 이것은 부성 내부에 있는 성도착적인 특징의 문제이며, 그러한 성도착은 법과 대립되는 것이 아니라 법 자체에 살고 있는 위반의 요소이다.[9] 상징 질서는 불완전하고 불충분함을 드러내기 시작한다는 것이며, 또한 그것은 주체를 구성해서

---

8) Slavoj Žižek, *The Metastases of Enjoyment: Six Essays on Woman and Causality* (London: Verso, 1994) 67.

9) Slavoj Žižek, *Enjoy Your Symptom: Jacques Lacan in Hollywood and Out*(New York: Routledge, 1992) 89.

욕망으로 하여금 기표 고리를 따라 계속 움직이도록 할 뿐만 아니라 병리학적 잔여분을 포함하고 있는 구조를 드러내기 시작한다는 것이다. 바로 '오브제 *a*'는 이러한 상징계에 의해 생겨난 어떤 잔여, 잉여인 것이다.

오이디푸스 콤플렉스에서 아버지의 역할은 어머니라는 인물의 전능함을, 즉 여성성(femininity)의 모호한 힘을 통제하고 완화하려는 것이었다. 그러나 『토템과 타부』 신화에서는 아버지 자신은 오히려 그의 역할이 추방해야만 했던 전능한 힘을 가지게 된다. 『오이디푸스 왕』 서사의 아버지와 『토템과 타부』의 아버지의 역할에 있어서의 차이는 위에서 언급한 초자아의 문제와 밀접히 관련되어 있다. 라캉은 욕망의 대상 – 원인인 '오브제 *a*'의 유형들로 가슴, 팰러스, 목소리, 응시, 무 등을 제시하면서, 초자아와 가까운 대타자의 목소리 또한 하나의 욕망의 대상으로 간주되어야 한다고 말하고 있다. 그는 이러한 대타자의 목소리와 같은 대상은 그 자체가 병리학적 특징(pathological trait)임을 덧붙여 말하면서, 이러한 병리학적 특징은 정신병의 영역에서뿐만 아니라 초자아의 형성에서도 나타난다고 설명하고 있다.[10]

라캉은 『토템과 타부』에서 거세를 확립하고 상징 질서를 보증하기로 되어 있었던 부성적 메타포에 법을 위반하는 주이상스의 귀환이 뒤따른다는 사실에 주목하고 있다. 근친상간을 배제하는 상징적 법의 뒷면에는 성도착적이고 가학적 얼굴이 숨어 있다는 것이다. 성도착적인 물신주의의 특징은 분열된 주체가 상실한 대상, 즉

---

10) Jacques Lacan, *Télévision*, ed. Joan Copjec, trans. Denis Hollier, et al(New York: Norton, 1990) 87.

'오브제 *a*'와의 관련을 통해서 자신의 결핍을 감추는 환상 공식 ($◇a)에서 잘 드러난다. 이러한 성도착은 법의 다른 얼굴과 같은 것으로, 프로이트는 죽음욕동이라는 개념을 통해서 이것을 설명하고 있다. 바로 라캉은 상징계와 근친상간적 주이상스의 영역을 구별하는 부성적 메타포는 성도착적인 병적 잔여, 잉여를 남기지 않고서는 일어나지 않는다는 사실에 주목하기 시작한 것이다. 그러한 잔여는 아버지의 금제의 법칙이 초월하고자 했던 주이상스의 잔여이다. 따라서 그러한 상실한 주이상스의 흔적은 상징계 내부에 남아 있으며, '오브제 *a*'가 상실한 주이상스의 흔적을 나타낸다.

상실한 주이상스의 흔적인 '오브제 *a*'는 리비도(libido)와 언어의 차액으로서의 잉여 쾌락(*plus − de − jouir*)으로,[11] 엄격히 말하자면 이전에 존재했던 상실한 주이상스로부터 남겨진 것이 아니다. 초자아 개념이 시사하고 있듯이, 그것은 상징화 과정의 산물이며 상징적 법을 통해서만 태어나게 된다. 밀레르(Jacques − Alain Miller)의 말대로, 초자아를 유지시키는 것은 상실한 대상의 자리를 차지하는 '오브제 *a*'이다.[12] 따라서 '오브제 *a*'는 초자아처럼 상징계 이전 상태의 잔여가 아니라 상징화 과정 자체의 잉여 효과이다. 그것은 잉여를 구현하며 물질화하는 것에 지나지 않는다. 셰퍼드슨(Charles Shepherdson)은 이것을 시간성에 비추어 설명하고 있는데,[13] 비록 '오브제 *a*'가 법의 결과로 파생되어 나온 것이지만 그럼에도 불구

---

11) Jacques − Alain Miller, "To Interpret the Cause: From Freud to Lacan", *Newsletter of the Freudian Field* 3(Spring/Fall 1989) 49.

12) Jacques − Alain Miller, "A Reading of Some Details in *Télévision* in Dialogue with the Audience", *Newsletter of the Freudian Field* 4: 1, 2(Spring/Fall 1990) 17.

13) Charles Shepherdson, *Vital Signs: Nature, Culture, Psychoanalysis*(New York: Routledge, 2000) 121.

하고 '허구적 과거'를 만들어 낸다고 말한다. 여기에서 사후적 효과로서의 '오브제 *a*'는 결코 존재하지도 않았던 과거의 잔여로 시간적 구조를 지니게 된다. 과거는 과거를 항상 이미 상실한 것으로 구성하는 상징적 작용을 통해서만 태어나게 된다는 것으로, '오브제 *a*'와 같은 실재의 조각들은 바로 상징계의 중심부에 크게 벌어진 공백을 메우는 역할을 한다. 라캉이 부성적 메타포를 새롭게 전개한 덕분으로 상징적 법은 더 이상 주이상스와 대립될 수 없으며, 그러한 단순한 대립 대신에 보다 복잡한 관계에 놓이게 된다.

'오브제 *a*'는 그것을 금지하는 법에 의해서 존재하기 시작한다. 프로이트에 따르면 불안은 리비도의 변형으로 위험을 가리키는 신호로서 나타나는데,[14) 라캉은 세미나 X 『불안』(*L'angoisse*)에서 그런 위험은 '오브제 *a*'를 구성하는 순간에 이루어지는 포기의 특징과 관련이 있다고 말하고 있다. 불안이 예고하는 것은 대상의 만족을 상실하게 될 것이라는 사실이다. 부모는 요구를 통해 법을 부과하고, 그 법은 대상을 이전의 맥락과 배경으로부터 분리시켜 새로운 배경 속에 위치시킨다. 한 예로 젖가슴은 그것이 금지된 순간에 분리된 대상으로 구성된다.[15) 라캉은 불안을 프로이트의 '기괴함'(the uncanny)이라는 개념과 연결하면서, 불안은 육체가 팰러스적 주이상스에 압도될 때 육체 내부에 존재하는 것이라고 설명한다.

---

14) Sigmund Freud, *New Introductory Lectures on Psycho-Analysis and Other Works*, vol. 22 in *The Standard Edition of the Complete Psychological Works*, 24 vols., trans. James Strachey(London: The Hogarth P, 1953) 82.

15) 라캉은 모든 도착증에 있어 대상이 물신적인 기능을 수행함을 시사한 바 있다. 기표의 틈새 속에서 엿보인 지각된 대상으로서의 모든 도착증의 근본적인 물신은 금지를 말하는 부모의 언표 행위에 의해 분리된다. 부모의 말은 대상을 분리하고 그것을 주변 맥락으로부터 잘라내어 하나의 대상으로 구성한다. 이유기의 경우, 아이가 젖가슴을 만지지 못하게 금지시키는 것은 대부분 엄마 자신이다.

프로이트는 이미 오이디푸스를 아버지의 다른 형으로 보면서, 『토템과 타부』의 모든 여자를 자신의 소유로 삼는 원시 부족의 아버지와 『오이디푸스 왕』의 오이디푸스의 연관성에 주목하였다.[16] 원시 부족의 아버지와 오이디푸스 모두 법 밖에 있으며 거세를 거절하며 근친상간을 행하는 아버지 유형에 속한다는 것이다. 오이디푸스 또한 살해된 아버지의 유형과 같이, 그의 죽음－눈이 멀게 되는 사건과 사회로부터 축출되는 사건－은 사회에 질서를 가져온다. 이것은 라캉이 오이디푸스의 눈이 멀게 되는 사건－『오이디푸스 왕』 신화에서 눈은 거세되는 기관과 상응하고 있다－과 원시 부족의 아버지 살해의 상관성에 주목하는 이유이다.[17] 두 스토리 모두 상징적 법의 근원에 있는 아버지의 죽음, 거세, 축출을 제시하고 있다. 오이디푸스는 근친상간으로 인해 눈이 멀게 되고 축출된다고 볼 때, 오이디푸스 자신도 살해당한 아버지 유형에 속한다는 점이다.

그러나 프로이트는 오이디푸스 서사에 해결되지 않은 어떤 것에 주목하면서, 오이디푸스 스토리에서 생겨난 난제들을 『토템과 타부』의 최초의 아버지 신화에서 해결한다. 그는 『토템과 타부』의 다른 효과에 주목한다. 오이디푸스 서사에 따르면 중재의 법칙－상징적 아버지－은 사회에 평화를 회복시키고, 근친상간은 눈이 멀고 추방 당하는 것으로 처벌당한다. 프로이트는 『토템과 타부』에서 상징적 아버지의 문명화하는 역할은 명백하게 확립되지 않는다는 사실을 발견하게 되는데, 오이디푸스 콤플렉스의 성공적인 해결에서조차도

---

16) Sigmund Freud, *Totem and Taboo and Other Works*, vol. 13 in *The Standard Edition of the Complete Psychological Works*, 24 vols., trans. James Strachey(London: The Hogarth P, 1953) 156.

17) Lacan, *Télévision* 86.

정상적 주체의 핵심에 나타나는 병적 잔여가 있다는 것이다. 여기에서 '자아 이상'(ego ideal)과 '초자아'(superego) 사이에 구별이 생겨나기 시작한다. 자아 이상이 오이디푸스 콤플렉스 해결의 결과라면, 초자아는, 브레이크의 오작동과 같이 법이 그것의 위반을 일으키는 모순적 결과라는 점이다.[18] 라캉은 자아 이상과 초자아의 구별을 '나'(I)와 '오브제 *a*'의 구별로 설명하고 있는데, 이것은 그가 세미나 XI에서 결론내리고 있는 중요한 대목이 된다. 따라서 분석적 작용의 기본적인 주요 동기는 '나'(I) – 동일시 – 와 '오브제 *a*'의 거리를 유지하는 데 있다.[19] 『토템과 타부』에서 살인은 죄의식, 집단적인 무의식적 죄의식에 이르게 되는데, 아들은 부친 살해로부터 죄의식을 느낀다. 원시 부족의 아버지를 살해한 이후에 아들들은 아버지의 자리를 차지할 수 없게 되고, 근친상간은 이러한 점에서 추방된다. 그러나 우리는 여기에서 법의 잉여 효과, 즉 죄의식의 현상에 주목할 필요가 있다.

『토템과 타부』에서 부친 살해는 법과 친족 유대를 만들어 낼 뿐만 아니라 죄의식을 낳는다. 이것은 『토템과 타부』의 패러독스이며, 프로이트가 1914년에 정교하게 이론화한 비대립적인 논리이다. 『오이디푸스 왕』 신화에서 죄의식은 근친상간을 행하는 사람의 것이라면, 『토템과 타부』에서 그것은 정반대로 드러난다. 『토템과 타부』에서는 근친상간 포기가 죄의식을 초래하는 잉여 효과를 가지고 있다. 마치 법을 준수하는 주체들이 죄가 있는 것처럼 말이다.

---

18) Shepherdson 144.

19) Jacques Lacan, *The Seminar of Jacques Lacan XI: The Four Fundamental Concepts of Psychoanalysis*, trans. Alan Sheridan(New York: Norton, 1981) 273.

죄의 자국이 찍힌 사람은 원시 부족의 아버지가 아니라 법 내부에 법을 준수하고자 하는 아들들이다. 여기에서 의무와 욕망은 갈등적, 변증법적인 모순 관계에 놓여 있다. 부친 살해 이후에 법이 확립되지만, 아들들은 근친상간적 욕망으로 인하여 죄의식을 느낀다는 것이다. 라캉은 「주체의 전복과 욕망의 변증법」("The Subversion of the Subject and the Dialectic of Desire")에서 욕망이란 주체가 존재의 차원을 획득하기 위해 존재의 핵심에 있는 공백을 채우는 '오브제 *a*'와 가지는 환상적 관계임을 말한다.[20] 그러나 모순적이게도 주체의 욕망에는 두 이미지가 교차하고 있다. 즉 주체는 실재계적인 요구의 대타자인 어머니의 욕망을 만족시키려 하면서도 그 너머에 있는 욕망에 대해 눈을 감는 아버지의 이상적인 이미지와 만난다는 것이다. 여기에서 우리는 아버지의 진정한 역할은 욕망과 법을 조화시키는 데 있음을 알 수 있다.

『오이디푸스 왕』 신화에서는 범법자의 추방은 사회에 질서를 가져온다. 아버지 살해 혹은 죽음이 법과 일치하는 것은 부성적 메타포가 상상적 아버지와 대립되는 아버지의 상징적 측면을 강조하고 있다. 게다가 살펴본 대로 상징적 아버지는 자아 이상(I)과 서로 관계가 있다. 그러나 『토템과 타부』에서 아버지 살해는 상징적 교환의 법을 세울 뿐만 아니라 원초적 죄의식이 뒤따른다. 따라서 처음에 부성적 메타포가 근친상간적 주이상스와 상징적 법의 대립을 제시해 준 지점에서, 법의 그러한 작용이 아버지를 '초자아'의 형태로 살아 있게 하고 있다. 거세를 거절하는 원시 부족의 아버지와의 동일시의 형태인 초자아는 단순히 양심의 긍정적 역할만을 말

---

20) Jacques Lacan, *Écrits: A Selection*, trans. Alan Sheridan(New York: Norton, 1977) 320.

하는 것이 아니라, 법이 배제하기로 했던 주이상스에 대한 병적 기억, 간직이라는 점이다. 밀롯(Catherine Millot)의 말대로 초자아는 상실한 주이상스의 전형이 된다.[21] 『토템과 타부』에서는 법을 준수할 때 죄가 있는, 보다 모순적인 결과 및 효과를 보게 된다. 『토템과 타부』에서는 더 이상 근친상간적 주이상스와 법의 대립을 말할 수 없으며, 보다 뒤얽힌 관계, 즉 법에 내재하는 모순을, 법 속에 포함되어 있는 실재계를 보게 된다. 바꿔 말하면 주체의 구성에는 존재의 부활을 추구하는 욕망으로 인한 원초적 죄의식, 성도착적 특징, 병리학적 주이상스가 뒤따른다는 것이다.

프로이트는 '이드'(id)와 '초자아'(superego)를 대립하는 작용으로 설명하고 있는데, 전자는 방출하고자 하는 리비도적 힘 혹은 생물학적 충동이며, 후자는 문화의 요구 조건과 리비도를 억압해서 도덕적 법에 복종케 하는 양심이다. 『오이디푸스 왕』 서사는 이러한 견해만으로도 이해되기가 쉽다. 그러나 『토템과 타부』의 논리는 이드를 자연적 힘으로 설명하거나 혹은 초자아를 순전히 이드와 대립되는 순수하게 문명화하는 작인으로 설명할 수는 없음을 드러내고 있다. 밀롯의 말대로 초자아가 상실한 주이상스의 전형이라면, 이것은 초자아가 단순히 법을 대표하거나 문화에 필요한 도덕적 제약의 목소리가 아님을 의미한다. 이에 반해서 초자아는 상징계 내부에서 이드가 계속 살아가는 수단이 된다는 점이다.

법과 위반의 논리적 관계를 진지하게 고려하고 초자아와 상실한 주이상스의 구조적 관계를 주장한다면, 더 이상 주이상스는 자연적

---

21) Catherine Millot, Nobodaddy: L'Hystérie dans le siècle(Paris: Point Hors Ligne, 1988) 74. Cited in Charles Shepherdson, *Vital Signs: Nature, Culture, Psychoanalysis* (New York: Routledge, 2000) 146.

리비도로 간주될 수 없는 오히려 법의 산물, 즉 법에 내재하는 모순으로 간주되어야 한다는 것이다. 이것이 죄의식 개념이 『토템과 타부』에서 중요한 이유이다. 죄의식은 자연적인 것으로 간주될 수 없는 현상이지만 법 아래 있는 사람들에게만 존재할 수 있는 현상으로서, 주이상스의 모순적 측면을 포괄하고 있기 때문에 죄의식의 원인을 법에 돌리게 된다는 것이다. 동시에 그것은 법을 분열시킨다. 왜냐하면 죄의식은 거세를 거절하는 아버지에게 있는 것이 아니라 법을 수용하고 유지시키고자 하는 주체들에게 있기 때문이다.

주이상스의 전형으로서의 죄의식은 주체가 완전히 버리지 못하는 욕망에 근거하는 사후적 구성물로, 『토템과 타부』가 『오이디푸스 왕』 서사보다 어떤 개념적 이점을 가지고 있는 것은 바로 이러한 욕망의 사후적 특성 때문이다. 원초적으로 상실한 주이상스의 주체가 드러나는, 즉 근친상간적 욕망과 주이상스가 제휴하는 『토템과 타부』에서 확인할 수 있듯이, 금지나 법은 사후적으로 주체가 충족감 및 존재감을 느끼는 신화를 만들어 내는 본질적인 구조 및 원인으로 간주되고 있다.

『오이디푸스 왕』에서 살인은 근친상간에 이르는 반면에, 『토템과 타부』에서 살인은 근친상간을 종결시키며 상징적 교환을 가능하게 한다. 또한 두 서사에서 모순적 결과를 보게 되는데, 전자에서는 근친상간을 가능하게 하는 위반적 살인을 보게 되며, 후자에서는 근친상간을 불가능하게 하는 합법적 살인을 보게 된다. 그러나 프로이트 또한 이러한 단순한 대립을 거절하면서 오이디푸스는 아버지의 다른 형이라고 주장하였다. 『오이디푸스 왕』 신화는 상상적 아버지가 가능한 주이상스를 방해한다는 신경증적 환상에 해당하는 반면, 『토템과 타부』는 주이상스를 항상 이미 상실한 과거 속에 놓음으로써 금지를 본질적인 혹은 필연적인 것으로 제시하면서, 주이상스를 불가능한 것으로 제시한다. 그 결과로서 뒤따르는 이러한 불가능한 주이상스의 귀환, 다시 말해 주체가 욕망으로 인하여 느끼는 불안과 같은 죄의식은 하나의 상징적 효과, 법의 모순적 결과물로 보이며, 또한 그러한 불가능한 주이상스의 가학적인, 초자아적 특징을 이해하게 된다. 욕망의 편에서 볼 때 죄가 있는 아들들의 경우에서처럼, 라캉의 '죽음의 존재'(being for death)는 곧 욕망의 존재임을 알 수 있다. 라캉에 있어 죽음의 존재란 실존주의적 혹은 현상학적 철학 과제를 말하는 것이 아니다. 오히려 라캉은 죽음의 존재를 말하면서, 정신분석학은 매혹적인 대상들의 세계인 상상계로부터 주체를 해방시켜 준다고 주장한다. 죽음이 바로 모든 매혹적인 대상들을 횡단하게 됨을 시사하고 있다.

셰익스피어의 『햄릿』에서 아버지의 목소리는 명령으로서, 대타자의 요구로서 무덤 너머에서부터 귀환한다. 대타자의 목소리를 듣는 주체 햄릿은 그러한 아버지의 목소리와 동일시하는, 즉 그러한 목소리에 응답하는 희생적 노력을 한다. 라캉은 대타자의 목소리는 정신병의 영역에서뿐만 아니라 초자아에도 나타나는 병리학적 특징이라고 주장하는데, 주이상스의 흔적인 '오브제 $a$', 즉 응시와 목소리의 문제는 주체에 속한 것이 아니라 대상이다. 주체는 바로 욕망의 원인인 '오브제 $a$'와의 관계 속에서 존재감, 주이상스를 획득한다는 것이다.

초자아는 단순히 양심의 긍정적 기능이 아니라, 양심과 대립하는, 즉 양심을 전복시키는 것 같은 법이 금지하기로 했던 바로 그러한 주이상스에 대한 병리학적 기억임을 전술한 바 있다. 법의 작용이 아버지를 초자아의 형태로 살아 있게 하는데, 이때 『토템과 타부』에서 아들들이 원시 부족의 아버지를 살해한 이후에 간직하는 무의식적인 죄의식에서도 드러나듯이, 무의식은 일종의 기억이다. 무의식은 지극히 우발적인 사건과도 같이 우연히 일어난다. 라캉에 의하면 기억(recollection)은 상상계적 현상인 회상(reminiscence)과는 대조를 이루는 상징계적 과정을 거친다. 회상은 과거의 경험을 회상하고 한 번 더 그러한 경험과 관련된 감정들을 느끼는 것이다. 라캉은 분석적 과정은 이러한 회상을 목적으로 하지 않으며 기억을 목적으로 한다고 주장하는데, 치료에 있어서 기억은 주체가 미래와 관계를 가지면서 자신의 역사를 실현하는 것을 의미한다.[22] 기억에 의하여 치료는 주체가 완전하게 자신의 역사를 '재구성'(reconstruction)하는 것을 목적으로 한다.[23] 이것은 『토템과 타부』에서 드러나고 있듯이, 아들들이 부친 살해 이후에 주이상스를 기억하는, 즉 존재를 부활시키는 환상을 통해 자신의 욕망을 재구성하는 작업이다. 기억에 있어서 중요한 것은 과거의 사건들을 직관을 이용해서 회상하는 데 있는 것이 아니라, 그것과는 반대로 피분석가가 자신의 과거를 사후적으로 재구성하는 데 있다는 것이다. 그것은 회상의 문제라기보다는 역사를 다시 쓰는 문제이기도 하다.

필립 콜브(Philip Kolb)에 의하면 기억은 물리학의 법칙처럼 변화 과정을 거쳐서 일반화되고 보다 고차원적인 리얼리티의 힘을 가지게 된다. 그는 기억이 수동적 감각의 쾌락이 아니라 능동적인 행위

---

22) Lacan, *Écrits* 88.
23) Lacan, *Seminar* I 12.

(act), 즉 주이상스에 이르는 행위임을 설명한다.[24] 주이상스의 흔적인 '오브제 *a*'의 어떤 자극적인 목소리와 응시는 주체에게 속한 것이 아니라 욕망의 원인이 되는 대상이며, 이러한 대상에 의해 주체는 대타자와 동일시할 수 있으며 대타자의 요구에 응답할 수 있다. 그 결과로 주체의 욕망은 희생된다.[25] 프로이트 자신도 『집단 심리학』(*Group Psychology*)에서 이와 유사한 결론을 내리고 있으며, 라캉은 집단 심리학의 도식은 '자아 이상'(ego ideal)의 무너짐을 설명하고 있다고 지적한다. 자아 이상의 무너짐이란 일종의 대체 현상으로, '순수하게 상징적 동일시의 자리' — 프로이트는 이것을 추상적 관념에의 헌신이라고 부른다 — 인 자아 이상의 자리에 실재계적인, 이질적 대상이 들어서게 되는 것을 말한다. 즉 자아 이상 — 이것은 양심과 유사하다 — 의 비판 기능은 모순적이게도 그것과 유사한 다른 이상에 의해 침묵당한다는 것으로, 이때 다른 이상은 이질적 대상의 형태를 띠고 있으며, 주체는 그러한 이질적 대상을 위해 자신을 바칠 준비를 한다는 것이 라캉의 논지이다.

『햄릿』에서 아버지의 초자아적 목소리를 듣는 햄릿의 광기는 주체 햄릿이 대타자의 목소리, 즉 아버지의 목소리와 동일시하는 것으로, 실재계가 현실 속으로, 상징계 속으로 넘쳐흘러 들어올 때 시작된다. 따라서 아버지의 목소리와 같은 '오브제 *a*'는 실재계적 잔여·잉여를 구현하는 것에 지나지 않으며 물질화하는 것에 지나지 않는다. 욕망의 역설은 그것이 소급해서 그 자신의 원인을 가정

---

24) Philip Kolb, *Selected Letters of Marcel Proust*, vol. 3, 1910 – 1917, trans. Terence Kilmartin(London: Harper Collins, 1992) 176. Cited in Roy B. Lacoursiere, "Proust and Parricide", *American Imago* 60(2003) 199.

25) Lacan, *Seminar XI* 274.

한다는 점에 있다. 바꿔 말하면 '오브제 *a*'는 욕망에 의해, 즉 왜곡된 '응시'(gaze)에 의해서만 인지될 수 있는 대상이며, '객관적인' 시선(view)의 경우에는 존재하지 않는 대상이다.26) '오브제 *a*'는 '객관적으로는' 무(nothing)이지만, 어떤 관점에서 보인다면 – 욕망에 의해 왜곡된다면 – 그것은 '어떤 것'(something)의 형태를 띤다. 살렉(Renata Salecl)이 지적하고 있듯이 사랑이라는 것은 존재를 가장(semblance)하고 있는 '오브제 *a*'와의 사랑이다. '오브제 *a*'는 욕망의 원인이 된 대상인 동시에 욕망에 의해 사후적으로 가정된 것이며, 존재를 가장하고 있다는 것이다.

실재계가 상징계 속으로 되돌아온다는 것은 실재계를 상징계 너머에 있는 초월적 실체로 생각하는 것이 아니라, 상실과 결핍을 경험하는 소외와 분열의 주체($)가 한편으로는 상징계와의 관계를 형성하는 동시에 다른 한편으로는 실재계와의 관계를 유지한다는 것이다. 이런 점에서 인간은 '사이의 존재'(in – between being)이다.27) 실재계는 상징계로부터 배척된 어떤 것이 아직까지도 작용한다는 것을 알리는 증거로서, 담론 속으로, 서사 속으로 그리고 상상적 현실 속으로 갈등을 몰고 들어온다.28) 바로 이러한 점에 근거하여 본고는 서사 텍스트에 드러나는 실재의 변증법에 주목해 왔다.

정신병이나 편집증과 같은 경우는 실재계가 상징계 속으로 범람해 들어온 경우이며, 또한 우리 눈으로는 알 수 없는 실재계적 목

---

26) Slavoj Žižek, *Looking Awry: An Introduction to Jacques Lacan through Popular Culture*(Cambridge, Mass.: MIT P, 1992) 12.

27) Philippe Van Haute, *Against Adaptation: Lacan's "Subversion" of the Subject*, trans. Paul Crowe, Miranda Vankerk(New York: Other P, 2002) 280.

28) Richard Feldstein, et al, eds., *Reading Seminars Ⅰ and Ⅱ*(New York: SUNY P, 1996) 193.

소리가 우리를 지배하고 불쾌한 느낌을 일으킨다면, 그러한 목소리는 라캉의 실재계를 보여주는 한 예가 될 수 있다. 또한 다음의 예에서도 상징계 속으로의 실재계의 귀환을 짐작할 수 있다. 공상 과학 소설에서 주인공(주체)이 과거나 미래로 여행하면서 어떤 신비로운 실체와 조우하게 될 때, 이러한 불가능한 실체는 바로 주인공 자신이라는 점이다. 낯선(unfamiliar) 대상이 친숙한(familiar) 대상이 되는 경우이다. 정신분석에서도 이와 같은 상황을 만날 수 있는데, 환자가 처음에는 어떤 모호하고 해석할 수 없는 그러나 지속되는 메시지(증상)에 의해 고통스러워하지만, 치료의 끝에 이르러서는 환자는 이러한 메시지를 자신의 것으로 받아들이고 그 메시지를 1인칭으로 선언하게 된다. 이것이 '오브제 $a$' 주위를 계속 선회하는 욕동의 순환적 움직임을 예증하고 있다. 이것은 주체가 타자성(otherness) 속에서 자기 인식을 하는 것을 말한다. 아버지의 살인자를 찾고 있는 오이디푸스는 자기 자신이 범법자임을 발견하게 되는데, 바로 프로이트의 욕동은 운명(destiny)의 다른 이름이다.[29]

욕동을 만족시키라고 명령하는 초자아는 우리 내부에 있는 가학적 대타자(sadistic Other)를 만족시키라는 명령이다. 우리가 그러한 가학적 초자아의 명령에 순종할 때, 그것은 마치 우리 자신을 위해서가 아니라 대타자를 위해서 주이상스를 획득하는 것처럼 보인다.[30] '쥐 인간'(Rat Man)이 프로이트에게 보고하는 사례에서도 드러나듯이, 이 '쥐 인간'은 어떤 명령을 듣게 되는데, 그러한 명령은

---

29) Slavoj Žižek, *The Ticklish Subject: The Absent Centre of Political Ontology*(New York: Verso, 1999) 303.

30) Bruce Fink, *A Clinical Introduction to Lacanian Psychoanalysis: Theory and Technique* (Cambridge, Mass.: Harvard UP, 1997) 129.

정확히 말하자면 '쥐 인간' 자신이 하고 싶은 것을 하고자 하는 명령과도 같다는 사실이다. 현재를 위해서가 아니라 후대를 위해서 사는 강박신경증 환자는 모든 주이상스를 대타자에게 전이시킨다. 즉 그가 작가라면 자신의 글을 평가하고 자신이 죽고 난 이후에도 영원히 살아남게 할 미래의 독자들에게 전가, 전이시킨다는 사실이다. 그러한 강박신경증 환자는 자신의 이름을 위해, 즉 자신의 이름이 영원히 살아남도록 하기 위해 현시점에서의 모든 만족을 희생시킨다. 이름 – 아버지로부터 물려받은 아버지의 이름 – 은 어떤 의미로는 법을 전하는 대타자이며, 대타자의 주이상스는 강박신경증 환자가 축적한 출판물, 지위, 돈, 재산, 수상 경력 등에 의해 보장된다. 이것은 신경증 환자가 무의식적으로 주이상스를 대타자에게 바치면서, 대타자의 주이상스의 원인이 되는 것을 피하고자 함을 예증하고 있다. 우리가 현시점에서의 모든 만족을 희생시키면서 우리의 이상에 순응해야만 할 때, 우리는 대타자의 주이상스를 보장하는 것이다.

라캉은 그의 저작 후반에 실재계를 가리켜 "그것은 쓰이지 않기를 멈추지 않는다."라는 표현을 쓰고 있다. 기표들의 고리는 결핍을 초래하고 결핍은 기표 고리의 원인 역할을 한다는 것으로, 이것은 라캉의 인과성(causality) 이론을 말한다. 이러한 수렴(convergence) 현상은 세미나 Ⅶ에서 화병(vase) 메타포로 표현되고 있는데, 진흙으로 화병을 만들기 위해 옹기장이는 진흙을 필요로 할 뿐만 아니라 빈 공간을 필요로 한다[31]는 것이다. 라캉은 상징계 안에 내재하는 실재계를 설명하기 위해 이러한 화병 메타포를 사용하고 있으

---

31) Lacan, *Seminar* Ⅶ 115.

며, 그는 화병을 빈 공백으로서의 사물(the Thing)을 재현할 수 있는 대상으로 보고 있다. 화병은 그것의 핵심에 텅 빈 상태 혹은 공백을 구체화하며, 이러한 공백을 어떤 것처럼 보이게 한다는 것이다. 이처럼 화병은 사물로 불리는 상징계의 중심에 있는 공백의 존재를 재현하기로 된 대상으로 간주되고 있다. ‘욕망의 실현’의 문제는 ‘어떤 것’으로 재현되는 ‘무’(nothing)의 관점 속에 있다.

이러한 사실에서 이끌어낼 수 있는 결론은 상징계는 원인적 작용을 한 결과일 뿐만 아니라, 실재계 또한 원인 역할을 해서 이 둘이 수렴된다는 사실이다.


## 2. 여성의 성과 타자 주이상스


이미 전술한 대로 프로이트의 『토템과 타부』에서 제시된 원시부족의 아버지는 ‘오브제 $a$’와도 같이 외존재하는, 거세로부터 벗어나 주이상스를 획득할 수 있었던 법의 예외에 해당한다. 이 장에서는 바로 그러한 법의 예외와 같은 존재의 양상이 ‘여자의 어떤 부분’에 해당하는 타자 주이상스를 통해 드러나고 있음을 보게 된다.

라캉의 거세 개념은 본래 주이상스 포기와 결핍의 인식에 초점이 맞추어져 있으며, 그것은 우리가 욕망하는 주체로 태어나기 위해서는 주이상스의 완전한 성취의 불가능성을 인정해야만 한다는 것이다. 라캉이 제시하는 주이상스와 쾌락의 대립에서 쾌락원칙(pleasure principle)은 주이상스를 제한하는 역할을 한다. 쾌락원칙은 주체로 하여금 가능한 한 향유하지 못하도록 명령하는 법이다. 동시에, 주체는 끊임없이 그러한 향유에 부과된 금지를 어기려고 시도한다. 그러나 쾌락원칙을 어긴 결과는 쾌락이 아니라 고통이다. 이러한 한계를 넘을 때 쾌락은 고통이 되며, 이러한 고통스러운 쾌락이 이른바 주이상스이다. 주이상스는 증상으로부터 끌어내는 모순적 만족을 표현한다. 라캉 정신분석학의 목적은 신경증 환자의 증상을 제거하는 데 있는 것이 아니다. 한 증상이 사라질 때, 그것은 자주 다른 증상에 의해 대체되기 때문이다. 이것이 정신분석이 치료와 구별되고 있는 점이다. 라캉에 따르면 그러한 증상들은 무의식의 구성물이며, 항상 두 개의 모순적 욕망 간의 타협물이다. 라캉의 독창성은 그러한 증상들을 언어학적 관점에서 이해한 점에 있었으며, 증상은 언어처럼 구조되어 있기 때문에 언어 분석을 통해서만 해결된다. 라캉에 따르면, 증상은 일종의 기표이며, 이것으로 증상에 관한 정신분석학적 개념과 의학적 접근방식이 구별되고 있다. 정신분석학에 관한 한 증상의 보편적 의미는 없다. 모든 증상은 주체의 고유한 역사의 산물이기 때문이다.

라캉의 저작에서 거세는 소외, 분열 및 분리와 밀접하게 관련되어 있다. 소외를 통해 말하는 존재는 출현하고, 말하는 존재가 언어 속에 존재하기 때문에 어떤 것을 포기해야만 한다는 것이다. 거세는 단지 우리가 상징계에 진입하는 과정에 주어진 이름이다. 이러한 의미로 거세는 상징화 과정에 의해 생겨난 상실, 즉 주체의 존재의 차원인 주이상스의 상실을 의미한다. 데카르트의 코기토 (*cogito*)에 대한 라캉의 재구성 작업[32]이 시사하고 있듯이, 우리가 사

___

32) Lacan, *Écrits* 166. 라캉은 대담하게 데카르트의 "나는 사유한다. 그러므로 나는 존재한다."

유를 선택할 때에 존재(being)를 상실하게 되며, 또한 언어를 선택할 때에 그러한 언어가 재현하는 사물들을 살해하는 것이 된다. 여기에서 '나는 생각한다'(I think)의 '나'는 상징계적 주체인 반면, '나는 존재한다'(I am)의 '나'는 실재계적 주체이다. 라캉은 데카르트의 코기토를 새롭게 해석함으로써 언어에 의해 분열되는 주체를 부각시킨다.[33] 따라서 거세의 도래와 함께 상실하는 것은 주이상스이며, 그러한 주이상스는 상징적 금지, 즉 팰러스가 의미하는 금지에 종속되어 있다는 것이다.

라캉은 초기에 팰러스를 토대로 성차를 논의하였지만, 후기의 세미나 XX에 이르러서는 주이상스와 관련하여 성차에 관한 논의를 하게 된다. 라캉은 프로이트가 남성과 여성의 생물학적 차이가 어떻게 성 간의 정신적 차이의 원인이 되었는지 설명할 수 없었던 바로 그 지점에서 자신의 고유한 이론을 전개하게 된다. 라캉의 '성별화 구조'(structures of sexuation), 즉 남성적 구조와 여성적 구조를 결정하는 것은 사람이 획득할 수 있는 주이상스의 유형 ─ 팰러스적 주이상스, 타자 주이상스 ─ 이라는 점이다. 주이상스 ─ 1975년에 라캉은 주이상스를 재현의 영역에 필적하는 하나의 지식 체계로 전개하였다 ─ 의 영역에서는, 사랑도 성적 관계도 지속적인 조화나 행복의 해결책이 되지 못한다. 라캉이 실재계적 경험으로서의 주이상스를 말하고 있지만, 프로이트의 전 오이디푸스적 단계에 관한 사고를 간직하고 있는 것은 아니다. 라캉에 따르면 원초적 경험

---

라는 말을 패러디해서 "내가 존재하지 않는 곳에 나는 사유한다. 그러므로 나는 내가 사유하지 않는 곳에 존재한다."로 바꾸어 말하고 있다.

33) Tony Myers, *Slavoj Žižek*(New York: Routledge, 2003) 84.

에 관한 실재계에 관하여서는 어떤 것도 알 수 없기 때문이다.

사랑, 성(sex), 그리고 언어 연구에 평생을 바친 라캉이 세미나 XX 에서 "성관계와 같은 그러한 것은 없다.", "여자는 존재하지 않는다.", "여자는 비전체이다."라는 이론을 제시하고 있는데, 이것은 '여성의 성'에 관한 이론화 작업 중 가장 공격적인 것처럼 보이고 있다. 라캉은 여기에서 여성적 주이상스의 가능성을 열어두고 있는데, 그것은 경험 속에서는 그것의 자리가 없기 때문에 상징계 속에서 존재한다고 말해질 수 없다. 또한 여자는 비전체라고 말하는 것은 여자가 어떤 방식에 있어 불완전하고 남자가 가지고 있는 어떤 것을 결핍하고 있다는 것을 말하는 것이 아니라 남자처럼 똑같은 방식으로 분열되어 있지 않다는 것으로, 여자는 소외될지라도 완전히 상징계에 종속되어 있지 않음을 의미한다. 성관계(sexual relatio- nship)란 없다는 그의 주장 또한 단순하게는 무의식 속에는 남성 혹은 여성에 해당하는 성역할에 대한 기표가 없음을 의미한다. 따라서 주체는 성적 정체성과 성적 관계와 같은 물음에 끊임없이 상상적 대답들을 구성해야 한다는 것이다. 그에 따르면 남자와 여자의 정비례적인 관계가 없으며, 남자와 여자의 관계에 있어 어떤 것이 방해작용을 한다는 것이다. 어떤 것이 그들의 상호작용을 왜곡시킨다는 것으로, 그들 관계에 있어 상보적인 것이란 없음을 의미한다. 그들 사이에 평행 상태와 같은 것도 없다는 것이다. 따라서 성 간에는 정비례적인 관계가 부재한다는 것이다.

라캉에 의하면 성은 실재계에 뿌리를 박고 있는 것으로, 의미와는 대립되며 관계와도 대립된다.[34] 성차는 자연이나 문화로 환원될

---

34) Joan Copjec, "The Orthopsychic Subject: Film Theory and the Reception of

수 있는 것이 아니라 자연과 문화의 교차점에서 나타난다는 점이다. 이것은 성적 정체성이 자연적(생물학적) 그리고 문화적(의미화 과정의) 요소들의 결합임을 의미하는 것이 아니라 그것들의 결합으로부터 남겨진 것임을 의미한다. 여기에서 라캉이 주목하고 있는 것은, 모든 구조는 그것이 주체의 구조이건 상징계의 구조이건 간에 필연적으로 불완전하다는 것이며 항상 규칙의 예외가 있다는 것이다. 따라서 세미나 XX은 실재계 속에 정박되어 있는 '오브제 *a*'를 설명하는 세미나 XI의 연속으로 이해되어야 한다.

Ⅱ장에서 언급한 대로 오이디푸스 콤플렉스 해결에 있어 여자 아이의 경우는 남자 아이와는 다른 경로를 택하고 있다. 1920년대 정신분석학이 '여성의 성'에 관한 본질을 설명할 수 없음으로 말미암아 '여성의 성'에 관하여 수많은 논쟁을 불러일으켰는데, 바로 라캉의 '여성의 성'에 관한 저작 또한 이러한 논의의 연속이 되고 있다. 프로이트는 '여성의 성' 혹은 여성성을 어두운 대륙으로 묘사하면서 '여자는 무엇을 원하는가'라는 질문을 해결하지 못하고 남겨놓았으며, 라캉은 성차에 관한 그의 논의를 통해 정신분석학을 본질주의와 규범적, 이성애적 편견으로부터 해방시키려 하였다.

푸코는 성애에 대한 억압적인 힘, 즉 성애를 범주화하고 성애에 대해 도덕적 규율을 정하는 것은 새로운 형태의 성애적 쾌락을 야기한다고 말하고 있다.[35] 바로 법률적 장치가 위반의 형태를 낳는

---

Lacan", Jr. *October* 49(Summer 1989). Reprinted in *Read My Desire: Lacan against the Historicists*(Cambridge, Mass.: MIT P, 1994) 21.

35) Michel Foucault, *Discipline and Punish: The Birth of the Prison*, trans. Alan Sheridan(New York: Vintage, 1977) 30. 알튀세르의 호명된 주체는 개인들이 주체로 변화되는 과정으로서, 여기서 개인들은 푸코의 규율적 실제가 영향을 미치는 육체적인 물질(stuff, substance)로서 호명이 주체와 맺는 관계는 개인들이 규율적 실제와 맺는 관계와 같다.

다는 것이다. 어두운 대륙과도 같은 '여성의 성'은 부성적 담론 속
에서는 이해될 수 없으며, 그러한 부성적 담론과 규율적 장치에 저
항하는 주체는 그러한 장치에 의해 위반자로 낙인찍힌다. 푸코는
19세기 노동의 해방을 위한 노동자들의 운동을 예로 들면서, 자신
을 해방시키고자 하는 노동자들은 규율적 윤리학(disciplinary ethics)
의 결과 및 산물임을 주장한다. 노동자는 자본의 지배로부터 벗어
나려는 시도 속에서 자기 자신을 위해 일하는 노동자, 즉 자신이
주인이 되는 노동자로 확립하기를 원한다는 것이다. 이러한 층위에
서 지배, 힘과 저항은 상호 포함관계 속에 있으며, 저항 없이는 지
배도 없다. 억압적 법이 억압하는 주이상스는 그러한 법에 내재한
다는 것으로, 지배, 힘이 효과를 발휘하기 위해서는 그것이 이해할
수 없는 X를 필요로 한다는 사실이다. 주이상스가 법의 예외, 즉
법에 내재하는 모순이듯이, 라캉의 이론에서 남자와 여자의 문제는
주체가 내부에서 분열되는 문제이다. 버틀러(Judith Butler)는 푸코
와 헤겔의 관계를 논하면서, 헤겔이 푸코와는 달리 억압적 법에 의
해 생겨나는 이러한 저항의 요소, 모순적 요소, 즉 육체의 과도한
부분인 주이상스를 고려하지 않고 있음을 지적한다.[36]

성 간의 정비례적인 관계가 부재한다는 라캉의 주장에서 드러나
듯이, 두 성 간의 보충적 관계가 없기 때문에 그들 간의 어떠한 관
계든지 그것은 정신병리학적인 시나리오, 즉 일종의 목발과도 같은
환상이며, 또한 그러한 환상이 그러한 관계를 뒷받침해 주고 있다.
여자들은 환상, 예를 들어 오이디푸스적 시나리오 혹은 가부장적 질

---

36) Judith Butler, *The Psychic Life of Power: Theories in Subjection*(Palo Alto: Stanford
   UP, 1997) 43.

서와 완전히 동일시하지 않는다. 그들 존재의 모두가 다 환상에 유혹되는 것은 아니라는 설명이다. 이것은 여자들에 관한 한, 환상에 대해 일정한 거리를 두는 것이, 즉 환상을 횡단하는 것이 훨씬 수월한 이유이다. 반면에 남자의 경우에는 환상과 동일시하며 부성적 법을 하나의 당위성으로 받아들인다. 환상을 횡단하는 것은 여성성 혹은 '여성의 성'으로 간주되며, 라캉은 이것을 여성적 주이상스 혹은 타자 주이상스라고도 부른다. 이러한 여성성 혹은 타자 주이상스 신화는 결핍의 구조적 현실, 존재의 결핍에 응답하는 형태이다.

환자들은 생물의학과 발생학에 의해 결정된 성(genitalia, chromosome)이 사회에 의해 정의된 남성성, 여성성 개념과 대립될 수 있음을 입증하고 있으며, 분석가들은 성차를 생물학적 관점에 의해 정의하는 부적합성에 직면하고 있다. 라캉은 세미나 XVIII에서 여자와 남자를 정의하는 정신분석학적 접근법을 탐색하기 시작하면서, 남자와 여자의 문제를 주체가 내부에서 분열되는 문제로 다루었다.

정신분석학적 관점에서 남자(남성적 구조)로 간주된 사람은 그들의 생물학적 구성과는 상관없이 완전히 '팰러스의 기능' – 거세 – 에 의해 좌우되지만, 아버지의 역할은 팰러스의 기능을 부정하는 예외가 되고 있다. 남자들 모두가 언어 안에서 소외되어 있으며 상징적 거세를 경험한다. 남자들은 완전히 팰러스의 기능에 의해 좌우된다. 남자의 쾌락은 그것의 경계가 팰러스의 기능에 의해 결정되기 때문에 제한되어 있으며, 기표의 유희가 허용하는 쾌락들, 즉 팰러스적 주이상스 혹은 상징적 주이상스, 기호적 주이상스에 국한되어 있다.

욕망의 구성에 있어 언어가 허용하는 무한한 치환에도 불구하고, 남자는 상징계에 의해 둘러싸여 있다. 욕망의 편에서 말하자면, 경계선은 아버지며 근친상간 금지이다. 남자의 욕망은 근친상간적 욕망을 넘지 못하며 실현하기가 불가능하다. 왜냐하면 그것은 아버지의 경계선을 넘는 것을 의미하며, '신경증의 정박점'(anchoring point) — 이것은 아버지의 이름(*le nom du père*)뿐만 아니라 아버지의 "아니오!"(No)(*le non du père*)로서 *Nom*과 *Non*은 불어에서 동음이의어이다 — 을 근절하는 것을 의미하기 때문이다. 이것은 어떤 점에서는 남성적 구조가 라캉의 저작에서 강박관념증적 신경증과 유사하게 보이는 지점이다. 언어학적으로 말하자면, 남자의 한계는 상징 질서를 제도화하는 것이며, 최초의 기표 $S_1$ — 아버지의 "아니오!" — 은 의미화 고리의 출발점이며 '최초의 억압, 즉 무의식의 개시'와 관련된다. 무의식은 신경증적 주체의 환상의 자리·공간이 되며, 남자의 환상은 실재계, 즉 '오브제 *a*'와 밀접히 관련되어 있다. 남자라는 범주 아래 있는 사람들에게는 적절한 거리가 유지되는 범위 안에서 주체와 대상의 공생관계, 상징계와 실재계의 공생관계가 있다.

남자들은 팰러스의 기능에 의해 완전히 좌우되는 반면, 여자들은 — 정신분석학적 관점에서 여자들로 간주되는 주체들은 그들의 생물학적 / 발생학적 구성과는 아무런 상관이 없다 — 그것에 의해 완전히 좌우되지 않는다. 여자는 남자와 같은 방식으로 분열되지 않는다. 여자는 소외되지만 완전히 상징계에 종속되지 않는다. 여자의 경우에 팰러스의 기능은 작용하지만 절대적으로 지배하지 못한다. 여자는 상징계와 관련하여 '비전체'이며 상징계에 국한되어 있지 않는데, 우리는 II장에서 제시된 히스테리 담론에서 이것을 확인할 수 있었다.

라캉은 남자는 팰러스적 주이상스에 국한되는 반면, 여자는 팰러스적 주이상스와 다른 종류의 주이상스, 소위 타자 주이상스를 경험할 수 있다고 말하고 있다. 이때 여자라는 범주 아래 있는 모든 주체가 타자 주이상스를 경험하는 것은 아니며, 그는 타자 주이상스를 하나의 구조적인 가능성으로만 보고 있다.

여성적 구조로 정의되는 타자 주이상스란 무엇인가? 라캉이 대문자 O로 대타자를 표기한다는 사실은 타자 주이상스의 기표와의 관련성을 나타낸다. 그러나 이러한 타자 주이상스에 관하여 말하는 것이 어려운 것은 그것은 말해질 수 없다는 사실 때문이다. 스피치는 상징계와 관련되어 있으며, 따라서 그것은 팰러스적이라는 것이다. 우리가 이러한 타자 주이상스에 관하여 말할 수 있다면, 그것은 이미 팰러스적이라는 것이다. 왜냐하면 상징계는 팰러스적이기 때문이다. 타자 주이상스는, 정확하게 말하자면 경험할 수 있지만 그것에 관하여 아무것도 말할 수 없는 어떤 것이기 때문에 정의되는 것이 불가능하다. 라캉은 말로 표현할 수 없는 엑스터시를 타자 주이상스로 부르고 있는데, 이러한 타자 주이상스에 관한 사고는 그것이 팰러스적 주이상스 이상의 어떤 것이라는 점에서 프로이트의 팰러스 중심주의로부터 진일보한 것으로 보이고 있다.37)

여성적 구조는 팰러스의 기능은 한계를 지니고 있으며 기표가 전부가 아님을 입증하고 있는데, 그러한 여성적 구조는 히스테리 담론에서 정의된 대로 히스테리와 밀접히 관련되어 있다. 또한 여성적 구조의 특색을 이루고 있는 남성 히스테리는 팰러스적 주이상스와 타자 주이상스 모두를 경험할 수 있으며, 여성 강박관념증 환

---

37) C. Soler, "What Does the Unconscious Know about Woman?" *Reading Seminar XX : Lacan's Major Work on Love, Knowledge, and Feminine Sexuality*, eds. S. Barnard and B. Fink(New York: SUNY P, 2002) 107.

자는 남성적 구조의 특색을 이루고 있으며, 그녀의 주이상스는 단지 상징적 주이상스에 국한되어 있다. 임상보고에 따르면 많은 생물학적 여성들이 남성적 구조를 드러냈으며, 또한 생물학적 남성들이 여성적 구조를 지니고 있음이 밝혀졌다. 개인의 기표와 주이상스 방식과의 관계는 보다 조심스럽게 검토되어야 하며, 성급하게 생물학적 성을 토대로 성급한 결론을 내릴 수는 없다는 것이다. 라캉이 남성성과 여성성을 정의하는 특이한 방식이 왜 성관계와 같은 그러한 것은 없는지를 분명하게 설명해 주고 있다.

모든 보편적 주장은 규칙을 입증하는 예외의 외존재를 토대로 한다. 지젝의 헤겔의 변증법에 대한 이해에 따르면, 변증법이란 여러 가지 다양한 관점들이 항상 보다 큰 진실에 의해 통합되는 것이 아니라, 예외의 외존재와 같은 모순이 모든 정체성의 내재적(internal) 조건임을 인식하는 것이다.[38] 지젝은 어떤 것에 관한 사고는 항상 모순에 의해 분열되고, 이러한 모순은 사고가 존재하기 위해서는 필연적임을 지적하고 있는 것이다. 규칙을 입증하는 예외는 항상 있다는 것이다.

남자의 본질 - 완전히 그리고 보편적으로 팰러스의 역할에 의해 정의되고 있다 - 에는 반드시 아버지의 존재가 따른다. 남자는 아버지가 없다면 형태가 없는 무이며, 경계선으로서의 아버지는 어떤 공간에도 없는, 즉 법에 대해 외존재하고 있다. 라캉이 남자의 남자다움의 한계를 특징짓는 이러한 아버지를 프로이트의 『토템과 타부』에서 제시된 원시 부족의 최초의 아버지와 관련시키고 있음을 이미 앞에서 살펴보았다. 그러한 원시 부족의 아버지는 거세를

---

38) Slavoj Žižek, *The Sublime Object of Ideology*(New York: Verso, 1989) 6.

당하지 않으며 부족의 모든 여자를 지배한다. 모든 남자들은 상징적 거세의 자국이 있지만 그럼에도 불구하고 팰러스의 역할이 적용되지 않는 한 남자가 존재하는데, 바로 그는 법에 복종하지 않으며 자신이 법이다. 이러한 원시 부족의 아버지는 모든 여자들을 소유하며 완전한 만족, 즉 주이상스를 획득할 수 있었던 신화적 존재(mythical being)이다.[39) 이러한 최초의 아버지는 일반적 의미로 존재하는가? 그는 존재하는 것이 아니라 외존재한다(ex－sist)고 라캉은 말한다. 라캉은 1950년대 후반에 가서는 최초의 아버지를 '내부에서 배제된' 것으로 간주하는데, 최초의 아버지는 '오브제 $a$'와도 같이 외존재한다는 것이다.

원시 부족의 신화적 아버지는 거세를 당하지 않았으며 어떠한 한계도 모른다. 주이상스의 가능성이 유지되는 법의 예외는 욕망과 상징적 교환이 출현하기 위해서는 희생되어야 하고 포기되어야 하는 주이상스이다. 이것이 상징적 거세의 논리이다. 프로이트는 『토템과 타부』에서 아버지가 추방되는 것은 상징적 공동체의 확립을 보장하기 때문에 원시 부족의 아버지는 항상 살해당해야 한다고 말하고 있다. 라캉에 따르면 모든 남자는 거세에도 불구하고 계속해서 근친상간적 꿈을 꾸는데, 그러한 꿈을 통해 남자는 자신에게 『토템과 타부』에서 말하는 어떠한 한계도 모르는 쾌락을 얻는 아버지의 특권을 부여하게 된다. 바로 이것이 모든 남자들이 거세를 당하지만 그럼에도 불구하고 하나의 모순을 드러내고 있음을 시사하는 부분이다. 어떠한 한계도 알지 못하는 비거세에 관한 이상이

---

39) Slavoj Žižek, *For They Know Not What They Do: Enjoyment as a Political Factor* (New York: Verso, 1991) 123.

모든 남자의 어딘가에 살고 있다는 것이다. 이러한 논리는 고대 철학에서 우주를 구성하는 4대원들 혹은 본질들-흙, 물, 공기 그리고 불-에 다섯 번째 요소를, 즉 모든 사물에 잠재하는 제5원(quintessence)을 첨가하고 있는 방식과 유사하다. 이러한 의미로 볼 때 완전하게 주이상스에 도달하는 남자는 거세된 남자들의 보편성에 대해 제5원에 해당한다.[40] 이러한 방식으로 주이상스는 바로 우리가 환상 공식에서 확인할 수 있는 욕망의 문제와 관련되고 있다.

『토템과 타부』 신화의 원시 부족의 아버지와 동일시되는 법의 예외는 한계 혹은 경계선 역할을 하는데, 여자에게는 이러한 한계, 경계선이 없음을 라캉은 지적하고 있다. 그는 '모든 여자의 어떤 부분'-상상상의 여성성으로 성(sex) 밖에 있는 타자 성(other sex)에 관한 환상-은 팰러스의 지배를 벗어난다고 말하면서, 그것을 하나의 가능성으로 남겨두고 있다. 필연성이 아니다. 그럼에도 불구하고 그러한 가능성은 성 구조를 결정하는 데 있어 결정적 역할을 한다. 라캉은 존재(being)의 이러한 여성적 양상에 관하여 '이상함'(strangeness, *étrange*)이라는 말을 사용하면서,[41] '이상함'이라는 말은 천사임<to be an angel>을 의미하는 불어 *être ange*를 환기시킨다고 말하고 있다. 그에 따르면, 이러한 존재의 양상은 "그것은 ……이다"(it is……)와 같은 명제의 범위 밖에 있으며, 그것 모두가 상징적 단정의 영역 속에 속하는 것이 아니기 때문에 "그것은 ……이다" 혹은 "그것은 존재한다"(it exists)고 말할 수 없다. 상징

---

40) Myers 89.

41) Charles Shepherdson, "Lacan and Philosophy", *The Cambridge Companion to Lacan*, ed. Jean-Michel Rabaté(Cambridge: Cambridge UP, 2003) 139.

적 단정과 지식 너머에 있는 이러한 존재의 양상은 타자 주이상스－
여성의 성 혹은 여성성－를 통해 드러나며, 마치 신과도 같은, 천
사와도 같은 그러한 존재라는 것이다. 여기에서 모든 여자와 여자
의 어떤 부분 간의 모순은, 남성성의 경우에서처럼 거세당하는 모
든 남자와 그러한 거세로부터 벗어나는 사람－원시 부족의 최초의
아버지－사이의 모순과 일치한다. 여자로 동일시하기가 불가능하며
성차를 폐제, 배제하는 것이 '여자의 어떤 부분'에 해당한다. 이러
한 '여성의 성'의 문제는 아버지의 법이 완전한 진실이 아니라는
존재론적 문제 제기로 이해될 수 있겠다.

라캉의 여성성에 관한 문구에서 부정의 사용을 흔히 볼 수 있는
데, 여성성의 이상한 존재 방식이 "여자 모두가 그러한 것은 아니
다."라는 식의 부정 아래에서만 드러난다는 것이다. 기표 속에 완
전히 등록되지 않는 특징을 지니고 있는 여성성은 가능성으로 존
재하며, 라캉은 그것을 "쓰이지 않는 방식의 존재"(being in the
mode of not being written)라고 말하고 있다.42) 라캉은 여자는 존재
한다(exist)고 말하지 않고 오히려 그녀는 외존재한다(ex－sist)고 말
하고 있다. 그는 여성성 혹은 타자 주이상스의 경우에서처럼 필연
성과는 다른 존재(being)의 양상은 실제로 사례가 없이도 가능하다
고 지적하고 있다. 예를 들어 조건문－가능성을 열어 놓는 양상－
의 경우가 그렇다는 것으로, 타자 주이상스의 존재(existence)를 주
장하지 않고서도 그것을 주장할 수 있다는 것이다.

라캉에 따르면 팰러스의 기능을 거절하는 여자가 존재한다는 것
은 팰러스의 기능에 '아니오'라고 말하는 어떤 것 또한 역시 팰러

---

42) Lacan, *Seminar XX* 120.

스의 기능에 종속될 수밖에 없음을 말하는 것으로, 여기에서 존재한다고 말하는 것은 상징계 내부에 한 자리를 차지하는 것을 의미하기 때문이다. 이것은 라캉이 팰러스를 초월하는 것으로 가정되는 여성이 존재한다고 결코 주장하지 않은 이유이기도 하다. 그는 극단적인 타자성, 모순, 예외와 같은 것은 로고스(logos)와 관계가 있음을, 즉 상징계에 내재하는 요소임을 주장한다. 빗금이 간 $L/a$는 한편으로는 여자가 기표로서의 팰러스(Φ)와 관계를 형성하면서, 다른 한편으로는 대타자의 결핍의 기표, 즉 S(A)와 관계를 맺고 있음을 상징한다. 여자는 일반적으로 남자를 통해서 욕망의 기표에 접근한다. S(A)는 또한 나중에는 최초의 상실의 기표로도 변하는데, 이러한 변화는 영역의 변화, 즉 상징계에서 실재계로의 변화와 상응하고 있다. 남자의 범주 아래 있는 모든 요소는 상징계와 관계가 있는 반면, 여자의 범주 아래 있는 사람들은 실재계와 관련이 있음에 라캉은 주목한다. 여자는 재현될 수 없으며, 말하여지지 않으며, 이데올로기 너머에 있는 실재계와 관련이 있기 때문이다.

최초의 상실은 여러 다양한 방식으로 이해될 수 있다. 그것은 상징계와 실재계의 경계선에 있는 최초의 기표((m)Other's desire)의 상실로 이해될 수도 있다. 이때 원초적 억압이 일어나며, 최초의 기표의 사라짐은 의미화 질서를 만들기 위해서는 필요불가결하며, 어떤 다른 것이 태어나기 위해 배제가 일어나야만 한다는 것이다. 그러한 최초의 배제된 기표의 위치는 다른 기표들의 위치와는 다른데, 최초의 배제된 기표는 보다 상징계와 실재계 사이에 있는 경계선적 현상에 속하며, 주체의 근원에 있는 원초적 상실 혹은 결핍과도 밀접한 관련이 있다. 이때 최초의 배제 혹은 상실의 기표가 S(A)이다.

라캉은 S(A)를 세미나 XX에서 '여성적 주이상스'와 결부시키고 있는데, 신비주의자들이 황홀의 순간에 경험하는 것을 여성적 주이상스 혹은 타자 주이상스로 정의하고 있다. 그러한 타자 주이상스는 설명할 수 없는, 말로 표현될 수도 없는 것으로서, 라캉은 이것을 여자와 결부시키고 있다. 라캉은 그것은 말로 표현될 수 없기 때문에 그것에 관하여 어떤 것도 말할 수 없지만, 누구든 이러한 타자 주이상스를 경험할 수 있다고 말하고 있다. 타자 주이상스가 존재하지 않기 때문에 누구도 그것을 경험할 수 없다는 것을 의미하지는 않으며, 라캉은 그것에 관한 경험은 단지 외존재한다고 말한다.[43)]

코프만(Sarah Kofman)은 여성적 주이상스 곧 상징계에 내재하는 모순, 즉 법의 예외이며, 거세로부터 벗어나는 여자의 어떤 부분인 여성성을 여성의 광기(women's madness)로 설명한다. 그에 따르면 그것은 요정(sylph), 스핑크스(sphinx), 마녀(sibyl)의 형태로 나타나는 수수께끼적인 신비주의와 유사하다. 그들은 예언적인 언어로 말하며, 인간 현실에서는 상징화될 수 없고 이해될 수 없으며, 그들의 역할은 신탁에 가깝다.[44)] 프로이트는 후기 저작에서 모성(maternity)을 대표하는 인물은 여성성의 문제에 해답을 제공해 줄 수 없다는 사실을 이해하기 위해, 그리고 여자의 '어떤 부분'이 거세 밖에 남아있는 것 같은 사실을 이해하기 위해서 여성성의 문제로 돌아가게 된다.[45)]

---

43) Suzanne Barnard and Bruce Fink, eds., *Reading Semianr XX : Lacan's Major Work on Love, Knowledge and Feminine Sexuality*(Albany : SUNY P, 2002) 40.

44) Sarah Kofman, *The Enigma of Woman: Woman in Freud's Writings*, trans. Catherine Porter(Ithaca: Cornell UP, 1985).

45) Catherine Millot, "Feminine Superego", *The Woman in Question*, trans. Ben Brewster, eds. Parveen Adams and Elizabeth Cowie(Cambridge, Mass.: MIT P, 1990) 294-306.

라캉이 여자는 존재하지 않는다고 말한 것은 여자에 대한 기표가 없으며, 여자의 본질도 없다는 것이다. 따라서 여자는 빗금당한 상태로 표현되고 있다. 남자는 지배 기표에 항상 종속되는 반면, 여자는 그것과의 관계에 있어 남자와 근본적으로 다르다. 지배 기표는 남자에게 한계 역할을 하지만, 상징계에 저항하는 여자와 관계있는 S(A)의 경우에는 그렇지 않다. S(A)가 새로운 지배 기표를 만들어 내는 것을 상징하는 기표이기도 하다는 것은, 그것 - S(A) - 이 아버지의 이름에 필적한다는 의미이다. 중세의 '궁정 연애' 시스템은 바로 남자가 완전함을 이루기 위해 자신과 닮은 타자성, 즉 여자를 사랑하는 문화적 기표이다. 이때 여자는 남자의 영혼에 해당하는데, 그것은 여자를 존재의 결핍의 가능성을 거절하는 것으로 보는 상상에 기인하고 있다. 이러한 의미로 볼 때, 그러한 여자는 아버지의 이름에 필적한다.

라캉의 견지에서 성적 정체성(sexual identity)은 최소한 두 가지 다른 층위에서 구성된다. 하나는 자아를 구성하는 계속적인 동일시로서 부모 중 한 사람과 동일시를 하는데, 이것은 성적 정체성의 상상적 층위를 말한다. 또 하나는 이러한 자아와 갈등하는 남성적 혹은 여성적 구조이다. 이러한 두 층위는 서로 갈등하며 각각 자아와 주체에 해당한다. 여자는 자아 동일시의 층위에서는 아버지와 동일시하지만, 욕망의 층위와 주관적인 주이상스와의 관계에서는 S(A)의 경우와 같은 여성적 구조로 이루어져 있다.

자아의 층위와는 다른 층위, 즉 주체성의 층위에 있는 성적 정체성 - 라캉은 성별화(sexuation)라고 말한다 - 의 존재는, 여자가 라캉의 이론에서 주체로 간주되지 않는다는 잘못된 생각을 추방할 수 있게 해 주고 있다. 여기서 여성적 구조는 여성 주체성(feminine subjectivity)을 의미한다. 여자가 남자와 관계를 형성하는 한, 여자는 대상, 즉 환상 속의 '오브제 *a*'로 환원되기 쉽다. 그리고 여자를 남성적 문화의 관점에서 바라볼 때, 여자는 문화에 의한 틀에 박힌 옷을 입은 남성의 환상의 대상들에 다름 아니다. 그것으로 주체성을 상실하는 것도 당연하지만, 그것은 결코 주체성의 상실을 의미하지 않는다. 바로 실재계적 타자 주이상스의 경험과 관련된 위치를 채택하는 것은 곧 주체성을 의미하며, 일단 채택하면 여성 주체는 태어나게 되기 때문이다.

또한 각각의 성은 언어와 관련된 역할을 하도록 요구된다. 남자는 기표의 역할을 하는 반면, 여자는 "*l'être de la signifiance*"[46] - 핑크는 이것을 "기표 그 자체(signifierness)의 존재"로 번역하고 있다[47] - 역할을 한다. 라캉이 "*l'être de la signifiance*"이라는 표현을 사용할 때, 그것은 기표의 무의미적 본질을 강조하기 위해서이며, 그러한 기표는 어떤 가능한 의미 혹은 의미화 작용으로부터 분리되어 있다는 사실을 강조하기 위해서이다. 기표의 존재(existence)는 바로 그것의 의미화하는 역할을 초월한다는 사실이며, 바로 이러한 기표의 물질성(substance)이 그것의 상징적 역할을 초월한다는 것이다. 기표의 존재는 지정된 역할, 즉 상징계에서의 그것의 의미화하는 역할을 초월한다. 라캉은 의미를 가진다는 사실을 말하려고 한다기보다는, 의미효과들과는 다른 효과들을 가진다는 사실을 말하

---

46) Lacan, *Seminar XX* 71.

47) Bruce Fink, *The Lacanian Subject: Between Language and Jouissance*(Princeton: Princeton UP, 1995) 119.

기 위해서 *"l'être de la significance"*이라는 표현을 사용하고 있다.

핑크가 라캉의 'significance'에서 저항(*defiance*)이 들리는 것 같다고 말하는 것은 기표가 의미화 작용에 관한 일로 좌천되는 것을 거절하면서 그것에 할당된 역할을 거부하기 때문이다. 그것은 오히려 의미의 구성 밖에 외존재하므로, 라캉의 연구에서 존재(being)는 문자(letter)와 관련되어 있다. 문자는 기표의 물질이면서 기표의 의미화할 수 없는 측면이라는 점이다. 문자는 의미화 작용이 없는 주이상스 효과를 가지고 있으며, 또한 언어의 물질성, '즐기는 실체'(*substance jouissante*)[48]와 관련되어 있다.

여자는 어떤 의미로 그녀 자신에 대해 대타자로 간주될 수 있는가? 그녀가 자신을 남자에 의하여(팰러스에 의하여) 정의되도록 하는 한, 다른 측면 - S(Ⱥ)와의 잠재적 관계 - 은 불투명하고 이질적이며 대타자로 남아 있다. 1958년과 1962년 사이에 라캉이 한 주장에 따르면 여자가 남자에 대해 대타자가 되는 것처럼 그녀 자신에게도 대타자가 되기 위해서 남자가 중계 역할을 한다. 그녀 자신을 팰러스에 의해서만, 즉 남자와 관련하여 정의된 위치에 비추어서만 보게 되면, 그렇게 정의되지 않은 것처럼 보이는 다른 여자들은 대타자로 형성된다는 것이다. 남자에 의해 정의되는 위치에 있지 않은 다른 여자들은 환상을 통해 결핍의 구조적 현실, 존재의 결핍에 응답하는 양상으로, 『토템과 타부』 신화에서 볼 수 있는 거세를 거절하는 성도착의 구조와 일치하고 있다. 라캉이 말하는 *hommosexuelle*가 다른 여자들의 양상을 구체화하고 있는데, 그것은 바로 어떤 것도 결핍되어 있지 않은 여자와의 사랑을 말한다. 라캉은 이것을 실

---

48) Lacan, *Seminar XX* 24.

재계적 결핍을 덮어 가리려는 주체의 무의식적 환상으로 보고 있다. *hommosexuelle*의 방식은 중세의 '궁정 연애'(courtly love)에서도 확인될 수 있는데, 여기에서 여자-여성성-는 죄가 없는 순수한 상태로 유지되고 있다. 따라서 *hommosexuelle*은 주체가 존재의 결핍을 덮어 가리기 위해서 여자, 여성성 혹은 욕망 자체인 아갈마를 사랑하는 것이다. 라캉은 여자가 존재의 연속성을 보장할 수 있다는 믿음은 거짓에 근거한다고 주장하면서, 이러한 아갈마를 실재계와 상상계 사이 어딘가에 두고 있다.

남성적 구조로 이루어져 있는 사람들에게 여자가 타자 주이상스-여성성-를 구현하는 한, 여자는 대타자-극단적인 대타자, 주이상스로서의 대타자-의 역할을 부여받는다. 라캉이 타자 주이상스를 외설적(indecent)이라고 부른 이유는 타자 주이상스가 팰러스, 기표, 상징계와의 어떤 관계도 요구하지 않기 때문이며, 또한 팰러스적 주이상스의 결핍을 드러내기 때문이다.

라캉은 타자 주이상스를 종교적 황홀과 관련시키는데, 이것은 생식기(genitals) 속에서는 그것의 자리가 없는(발견할 수 없는) 육체적 주이상스와 관련되고 있는 데서 알 수 있다. 라캉에 따르면 타자 주이상스는 무성적(asexual)이다. 그러나 그것은 육체 속에 있으며 육체에 속한 것이다. 반면 팰러스적 주이상스는 기표의 도구로서의 기관과만 관련되어 있다.

앞서 살펴보았듯이 라캉은 성들은 각기 다르게 정의된다는 사실을 보여주었으며, 그들 파트너들은 서로 대칭적이지도 않으며 중복적이지도 않았다. 남자의 파트너는 '오브제 *a*'이지 여자가 아니라는 것이다. 그에 따르면 남자는 여자로부터 그가 얻는 어떤 것, 즉 여자가 이야기하는 방식, 여자가 남자를 보는 방식 등을 즐긴다. 그러나 이것은 그가 여자에게 그의 욕망을 일으키는 소중한 대상의 자질을 부여하는 한에 의해서만 그렇다. 따라서 남자는 '오브제 *a*'의 버팀목으로서의 여자를 필요로 할지도 모르지만, 여자는 결코 남자의 파트너가 되지 못한다.

남자 역시 여자의 파트너가 되지 못한다. 여자는 자신에게 팰러스에 대한 버팀목 역할을 하는, 버팀목을 구현하는 남자를 필요로 할지도 모르지만, 그녀의 파트너가 되는 것은 팰러스지 남자가 아니다. 이러한 비대칭은 여자의 다른 파트너, 즉 S(A)와 관련하여서는 더 극단적이다. 왜냐하면 그녀의 다른 파트너는 남자의 범주 아래 있지 않기 때문이다.

라캉에 따르면 정신분석학의 유일한 진실은 성관계와 같은 그러한 것이 없다는 사실이며, 문제는 주체로 하여금 그러한 진실에 직면하게 하는 것이다. 지젝은 "성관계와 같은 그러한 것은 없다."는 라캉의 논제는 우리가 사랑하는 이유라고 말하고 있는데, 그에 따르면 사랑은 환상이며, 그것의 역할은 성 간의 관계에 내재하는 모순, 즉 성 간의 조화롭지 못한 관계를 덮어 가리는 데 있다.[49] 이러한 의미로 사랑은 이데올로기와 유사하며 성차의 이데올로기라고 말할 수 있다. 이데올로기가 실재계적인 계급투쟁에 대한 상징화 과정의 실패를 은폐하고 있는 것처럼, 사랑 또한 성차에 대한 상징화 과정의 실패를 은폐하고 있다는 것이다. 대부분의 현대 비평가들과 정신분석가들이 동의하는 한 가지 사실은 생물학적 차이

---

49) Renata Salecl and Slavoj Žižek, eds., *Gaze and Voice as Love Objects*(Durham, NC: Duke UP, 1996) 2.

는 부적절하며, 많은 사람들이 정신적 층위에서 생물학에 의해 결정된 성차의 경계선을 넘고 있다는 점에 있다.


## 3. 죽음욕동과 정신분석의 윤리학


정신분석의 윤리학은 고통과 쾌락이 동시에 있는 주이상스의 문제로, 곧 전개될 『안티고네』의 안티고네 코드에서 드러나고 있듯이, 그녀의 윤리학에는 오직 초자아의 절대적 명령, 즉 향유하라는 명령, 실재계적 명령만이 있다.

프로이트의 죽음욕동 이론은 프로이트가 1차 세계 대전 동안 경험한 현상, 즉 전쟁 신경증 환자의 꿈속에 고통스러운 사건이 반복되어 나타나는 현상을 보고서 개진한 이론으로, 환자는 이러한 혼란스러운 경험을 해결하지 못하고 치료에 저항하였다고 한다. 환자가 고통 속에 쾌락을 찾는 이러한 마조히즘은 궁극적으로는 자아를 상실하게 되는데, 고통스러운 반복, 마조히즘은 주체를 자극하는 죽음욕동인 것이다. 고통스러운 반복은 전이에 의해서 일어나는 것으로, 전이를 통해 환자는 반복하게 된다. 환자들이 자신들에게 해결할 수 없는 고통을 야기한 경험으로 되돌아가려고 하는 것은 곧 죽음욕동으로, 프로이트는 『쾌락원칙을 넘어서』(*Beyond the Pleasure Principle*)의 결말 부분에서 살아 있는 실체가 보편적으로 노력하는 것은 비유기체적 세계로 되돌아가는 것이라고 말하고 있다.

라캉에 따르면 죽음욕동이란 쾌락원칙을 뚫고 사물(the Thing)과

주이상스를 향하여 나아가는 주체의 끊임없는 욕망에 주어진 이름
이다. 욕동이 주이상스 추구를 목적으로 삼으면서 현실 원칙을 넘
고자 시도하는 한, 모든 욕동은 죽음욕동이다. 주체가 언어에 의해
결정되는 한, 주체는 기표의 주체인 동시에 의미화 과정의 틈, 즉
상징계와 실재계 사이에 벌어진 균열이다. 그러한 공백을 통해 욕
동은 나타나며, 욕동은 주체가 영원히 자신의 목적을 이룩하지 못
하지만 그럼에도 불구하고 반복적으로 욕망의 원인인 대상을 놓치
는 과정 – 욕망의 대상 주위를 맴도는 과정 – 속에서 만족을 찾는
역설적인 가능성을 상징한다. 이러한 의미로 볼 때 욕동은 주이상
스와 같으며,[50] 죽음욕동은 주이상스를 획득하려는 패턴을 반복하
고자 하는 욕망이다. 왜냐하면 주이상스는 고통을 통한 쾌락이기
때문이다. 따라서 주이상스는 반복적으로 목적을 놓치는 고통스러
운 경험에 의해 제공된 도착적 쾌락으로 간주될 수 있다.

　주체가 사회적, 상징적 공간 내에 존재하기 위해서는 기본적 소
외를 받아들여야 하는데, 이것은 인간의 존재가 대타자에 의해서
정의되기 때문이다. 이것은 이른바 강요된 선택(forced choice)이다.
그러나 주체가 사회적 존재와는 다른 어떤 것을 욕망하는 것은 라
캉에 의하면 일종의 죽음에 빠지는 것으로, 이것은 곧 윤리적 행위
로 프로이트의 죽음욕동을 새롭게 개념화한 것이다. 라캉은 세미나
Ⅶ에서 정신분석의 윤리학은 실재계적 난국 – 생각하는 것이 불가
능한 것 – 으로부터 생겨나며, 그러한 실재계적 난국이 인류를 위한
새로운 윤리학을 요구하고 있다고 말하고 있다. 라캉이 명확하게
설명하는 정신분석적 윤리학은 행동과 욕망이 관련되는 윤리학이

50) Žižek, *The Ticklish Subject* 297.

다. 라캉은 그것을 "너는 너의 속에 있는 욕망에 따라 행동했느냐?"의 물음으로 요약하면서, 이러한 윤리학을 아리스토텔레스, 칸트, 및 다른 철학가들의 전통적인 윤리학과 대조시킨다.

우선 전통적인 윤리학은 지고선(Sovereign Good)의 위치에 이르고자 하는 다른 선들을 제시하면서, 선의 개념을 중심으로 선회한다. 그러나 정신분석적 윤리학은 선을 욕망의 길에 방해물로 본다. 정신분석학에서 선의 이상에 대한 거절은 불가피하며, 정신분석적 윤리학은 행복과 건강의 이상을 포함하여 모든 이상을 거절한다. 자아심리학이 이러한 이상을 포함하고 있다는 사실은, 자아심리학이 일종의 정신분석학이라는 주장을 하지 못하는 이유이기도 하다. 분석가의 욕망은 선을 행하는 욕망이나 치료하는 욕망이 될 수 없다. 전통적 윤리학은 항상 선을 쾌락과 연결시켜 왔으며, 도덕적 사고는 본질적으로 쾌락의 문제와 나란히 발전했다. 정신분석적 경험은 쾌락의 이중성 – 쾌락에는 한계가 있으며, 이것을 위반할 때 쾌락은 고통이 된다는 것 – 을 밝히고 있기 때문에, 정신분석적 윤리학은 그러한 전통적 방식을 채택할 수 없다는 것이다.

라캉은 윤리학에 관한 1959 – 1960년 세미나 이후에도 윤리적 문제를 정신분석학의 중심에 두면서, 프로이트의 유명한 진술 "나는 그것이 있었던 곳으로 가야 한다."(I must come to the place where that was, *Wo Es war, soll Ich werden*)[51]에서 must(*soll*)를 윤리적 의무로 해석한다. "나는 그것이 있었던 곳으로 가야 한다."는 곧 "주이상스가 있는 곳에 – 이드가 즐기는 곳에 – 내가 주이상스의 주체로서 존재해야 한다."로 바꾸어 말해질 수 있는데, 무의식의 주체는

---

51) Lacan, *Écrits* 171.

윤리적 의무를 수행해야 한다는 것이다. 그리고 그는 무의식의 자리는 존재론적이 아니라 윤리적 의무를 수행하는 자리에 있다고 주장한다. 이 문장을 자아심리학자들은 "이드가 있던 곳에 자아가 있게 될 것이다."로 번역하는데, 이것은 곧 이드가 보다 우월한 자아로 발달해 간다는 것이다. 하지만 라캉은 무의식적 에너지의 영역을 어떠한 관리나 통제도 받지 않는 존재의 궁극적인 기반으로 본다는 점에서 자아심리학자들과 구별된다.

라캉은 모든 동물이 행하는 단순한 행동(behaviour)과 인간 주체가 행하는 행동(act) 사이를 구별하고 있는데,52) 행동의 특징은 행위자가 그것에 관해 책임을 지는 사실이다. 이러한 행동의 개념이 윤리적 개념이다. 그러나 책임에 대한 정신분석학적 개념은 법적 개념과 매우 다르다. 책임의 개념은 의도성의 문제와 관련되는데, 의도성의 문제는 정신분석학에서 주체의 의식적 계획과 함께 주체가 무의식적 의도도 지니고 있다는 발견에 의해 복잡하게 된다. 어떤 이가 자신도 모르게 어떤 행동을 범했을지도 모른다고 가정하자. 그러나 분석은 그러한 행동을 무의식적 욕망의 표현이라고 밝히며, 프로이트는 이러한 행동을 잘못 말하기(parapraxes), 행동의 실수(bungled actions)라고 명명하였다. 그러한 행동들은 의식적 의도의 측면에서 볼 때만 실수한 것이다. 왜냐하면 그러한 행동들은 무의식적 욕망을 표현하는 데 있어서 성공했기 때문이다. 법의 경우에 있어서 행동이 의도적임이 입증될 수 없다면 주체는 살인과 같은 행동에 대해 죄가 없는 반면, 정신분석적 치료에서는 주체는 자신의 행동을 통해 표현된 무의식적 욕망에 대한 책임을 지는 윤리적 의무에 직면한다.

___

52) Lacan, *Seminar XI* 50.

주체는 우연적 행동을 의도를 표현하는 진정한 행동으로 인정해야
만 한다는 것이다. 비록 이러한 의도가 무의식적이라 할지라도 이러
한 의도를 자신의 의도로 받아들여야 한다는 것이다.

라캉의 정신분석의 윤리학에 관한 논의는 그의 비극에 관한 논
의와 밀접하게 연관되어 있다. 비극뿐만 아니라 윤리학은 욕망과의
관련 속에서 다루어진다. 라캉은 『햄릿』 분석을 통해서 비극의 변
증법적 원인은 욕망에 있다는 사고를 제시한다.[53] 그의 비극 개념
에는 상상계와 상징계에서 이루어지는 동일시 과정이 없으며 주체
의 생존을 위협하는 실재계의 모습이 드러난다. 그는 욕망을 비극
의 원인으로 지적하면서, 어떠한 사건이든지 욕망의 목적과 관련되
어 있는 비극 속에서 일어난다고 주장한다. 윤리학과 비극의 어떠
한 관련이든지 간에, 그것은 이러한 욕망의 개념에서 나온다. 행동
과 욕망의 관계는 윤리학을 정의하고 있다. 라캉에 따르면 윤리적
행동에서 행동이란 부정적 측면이다. 그것은 존재의 제약으로부터
벗어나는 것을 상징하며, 보다 정확히 말하면 죽음욕동의 차원에
해당한다. 소포클레스의 『안티고네』에 관한 라캉의 논의에 따르면,
안티고네는 이러한 욕망의 난국을 구체화하고 있다. 안티고네의 운
명은 그녀의 삶을 견딜 수 없게 한다. 크레온은 가족의 이름에 최
소한의 존경심을 표하려는 안티고네의 욕망을 저지하면서 존재의
뿌리마저 없애려 한다. 그러나 그녀는 크레온에 의해 공언된 모욕
을 받아들일 수 없다. 정신분석학은 주로 이러한 욕망의 난국을 입
증하고 있다. 라캉에 관한 한 비극의 윤리학과 정신분석의 윤리학

---

53) Jacques Lacan, "Desire and the Interpretation of Desire in *Hamlet*", *Literature and Psychoanalysis*, ed. Shoshana Felman(Baltimore: The Johns Hopkins UP, 1982) 11.

이 같은 것은54) 주체가 실재계에 이르기 위해서 치러야 할 대가, 즉 죽음과 관계가 있기 때문이다.

기표들의 미끄러짐은 모든 재현에 존재하는 기표의 결핍을 시사하고 있으며, 그것은 기표의 환유적 움직임과 관계된다. 욕망은 이러한 환유를 지속시키는 어떤 것에 해당한다. 이러한 맥락에서 욕망의 실현은 실재계적 공백—이것은 기표들이 사물을 재현할 수 없음으로써 드러나는 것이다—이 나름의 재현 방식을 채택하는 과정과 관계가 있다. 사물은 기의 너머의 차원이며 그 자체로 알 수 없는 것이다. 그것은 상징화 과정 너머의 어떤 것이며, 실재계와 관련되어 있는 현실의 장애물이 된다. 라캉이 의미하는 욕망의 목적이나 욕망의 경로는 비극의 주인공이 결코 욕망을 포기하지 않는 것을 드러낸다.

라캉은 욕망과 현실의 장애물이 되는 실재계를 연결하는 승화(sublimation) 이론을 체계적으로 설명한다. 우리는 바로 이러한 라캉의 승화 이론을 통해, 상상계 너머에서 작용하는 동일시 과정에 관하여 재고해 볼 수 있다. 인간의 최초의 동일시 과정은 라캉이 '거울 이미지 이전의 실재계'—어머니가 선(the Good)이 되는 실재계—속에 두는 '최초의 대상'의 층위에 있는 단일체적 특징들을 결합하면서 일어난다.55) 라캉은 여기에서 모순을 제시한다. 그에 따르면 육체 위에 새겨진 최초의 특징 혹은 자국은 무(nothing)이며 자국 자체이다. 그것은 실재계적 숫자로 표시될 때 0이거나 −1이

---

54) Lacan, *Seminar* Ⅶ 258.

55) Ellie Ragland, "Lacan's Theory of Sublimation: A New Look at Sophocles' *Antigone*", *Critical Essays on Jacques Lacan*, ed. Ellie Ragland(New York: G. K. Hall, 1999) 103.

다. 그렇기 때문에 주체는 의미화 고리의 결핍, 즉 무로 출현하며, 이러한 무는 주체의 위치가 다양성을 띠는 원인이 된다. 이러한 사실은 주체 안티고네에서 드러나듯이, 그녀는 욕망의 원인이 되는 '어머니의 응시와 목소리' - '오브제 *a*' - 에 이끌려 자신을 낳은 가족의 이름에 최소한의 존경심을 표하려는 욕망에 사로잡힌다. 어머니의 응시와 목소리는 정신적 대상으로 눈에 보이지도 않고 들리지도 않지만, 안티고네 내부에서 주체 안티고네를 응시하고 말한다는 것이다. 이러한 점에서 라캉은 주체는 욕동의 대상에 다름 아니라고 말하고 있으며, 바로 안티고네가 크레온으로 대표되는 대타자를 위해서 존재하지 않고 자신을 상징 질서로부터 배제시키는 행위는 크레온으로 대표되는 상징계의 결핍에 직면하여 주체가 행하는 실재계적인 윤리적 행위이다.

라캉은 '최초의 대상'으로서의 실재계적 사물을 가리켜 '말로 표현할 수 없는 현실'(the thing in its dumb reality)이라고 표현하고 있으며,[56] 이때 사물은 끊임없이 다시 찾아야 하는 상실한 대상이다. 그러나 그것은 말로 표현할 수 있는 어느 곳에도 없는 상실한 대상이며, 모순적이게도 제일 처음에 상실한 결코 존재하지 않는 대상이다. 최초의 대상, 즉 사물을 잃어버린 지점에서 출현하는 것이 '오브제 *a*'이며, 이것은 상징계의 공백을 채우는 것으로 주체에게 존재감을 부여한다. 안티고네는 바로 존재의 구멍을 채우려는 히스테리적 주체인 것이다. 상실한 대상, 사물은 객관적으로 말하자면 '사물이 아니다'(*no-thing*) 그것은 단지 욕망과 관련된 어떤 것이다. 사물을 만들어 내는 것은 바로 주체와 상징계의 핵심에 있

---

56) Lacan, *Seminar* Ⅶ 55.

는 공백을 채우는 욕망이다. 부재가 현존이 되는, 따라서 사물이란 '현존하는 부재'(absent as present)로 사후적으로 구성될 뿐이다. 이러한 사물의 개념은 라캉의 저작에서 사라지게 되는데, 그 이후에 '오브제 $a$' 개념이 그것을 대신하게 된다. 라캉은 사물을 재현할 수 있는 대상의 구체적 예로 화병을 들고 있다. 화병은 그것의 핵심에 텅 빈 상태인 공백을 구체화하고 있다. 그것은 이러한 공백을 어떤 것처럼 보이게 한다는 것이다. 화병은 실재계의 중심에 있는 공백의 존재를 재현하는 대상으로, '욕망의 실현'의 문제는 '어떤 것'으로 재현되는 '무'(nothing)의 관점 속에 있다. 욕망의 끝없는 환유 속에 포함된 결핍은 독특한 재현을 통해 제시되고 구별되며, 어떤 다른 대상과 같지 않은 대상 속에 제시된다는 것이다.

욕망의 실현이 욕망의 환유적 움직임 속에 포함된 공백을 구체화하는 유일한 대상의 탄생으로 정의된다면, 보다 분명하게 그것은 『안티고네』의 스토리에서 잘 드러난다. 라캉은 『안티고네』를 문학의 역사 속에 만들어진 가장 훌륭한 화병들 중 하나로 설명하고 있는데, 그것은 안티고네의 윤리적 행동이 크레온으로 대표되는 상징계 속에 내재하는 실재계적 공백으로서의 사물을 재현하고 있기 때문이다. 이것은 물론 문제의 행동이 사물이라는 것을 말하는 것이 아니며, 또한 국가의 반역자인 오빠 폴리니케스(Polynices)의 장례식을 치르는 것이 안티고네의 욕망의 실현이라는 것을 말하려고 하는 것이 아니다. 크레온으로 대표되는 대타자를 위해서 존재하지 않고 자신을 상징 질서로부터 배제시키는 안티고네의 행위는 상징 질서 안에 있는 하나의 실재계적 가능성이 된다. 그러한 가능성은 바로 상징계 내부에서 재현되는 상징계의 기능장애, 균열, 공백을 말하며, 사물은 이러한 현실 자체의 장애물과 같다. 『안티고네』는 바로 '재현의 영역' - 상징계 - 과의 단절을 재현하고 있는 것이다.

사물은 안티고네의 행동이 구체화하는 공백에 지나지 않으며, 욕망의 실현은 단지 이러한 상징계 속에 내재하는 실재계적 공백을 드러나게 하는 것에 지나지 않는다. 라캉에 따르면 사물이라는 금지된 영역은 넘어가서는 안 되는 장벽이며, 그것은 다름 아닌 주체의 존재(being)가 고집하는 금지된 경계 영역이다. 이 경계는 『안티고네』에서 그리스어로 atē, 즉 멸망, 파멸을 지시하고 있으며, 안티고네는 국가의 반역자 오빠를 매장하기를 원하기 때문에 국가의 상징 질서로부터 배제되는 상징적 죽음을 겪는다. 그녀는 자신의 실재적 죽음(Real death) 이전에 상징적 죽음(Symbolic death)을 겪는다. 이것은 그녀의 사회적 정체성 파괴로, 사물은 욕망의 핵심에 있는 공백을 상징하며, 그것은 안티고네라는 인물을 통해 구체화된다. 이러한 욕망 실현에 있어 죽음의 역할은 무엇인가? 안티고네가 죽음을 받아들임으로써 재현할 수 없는 비재현체인 '주체의 존재'는 드러난다. 따라서 욕망의 실현은 상징계를 희생시키면서까지 상징계 속에 사물을 끌어온다는 의미로, 이것은 사물을 실현시키라는 윤리적 명령 아래에 있는 안티고네가 택하는 과정이다. 이때 상징계는 그것의 핵심에 있는 공백을 상징하는 주체의 존재의 기표인 죽음에 의해 전치된다. 이러한 지점은 안티고네가 무덤 속에 생매장당하는 상황 속에서 발견되며, 그녀가 무덤 속에 감금되듯이, 그녀는 빈자리, 공백과 흡사하다. 스스로를 상징 질서로부터 단절시키는 행위는 상징 질서 내부에 있는 하나의 가능성이 되고 있는데, 바로 『안티고네』는 상징계와의 단절을 재현하고 있다.

『안티고네』에서 문제가 되는 것은 단순히 삶과 죽음의 경계선이 아니라, 생물학적 의미의 삶과 욕망의 진실을 지속시키는 주체의 능력으로서의 삶과의 경계선이다.[57] 죽음은 두 삶 사이에 있는 경계선의 이름이며, 두 삶 중 하나는 다른 삶 때문에 고통당하고 존재하기를 멈춘다. 이와 같이 사회적 존재와는 다른 어떤 것을 욕망함으로 말미암아 일종의 죽음에 빠지는 것이 라캉의 윤리적 행위이다. 소포클레스의 『안티고네』에서 안티고네는 통치자 크레온으로 구체화된 도시의 상징적 힘을 거부하고 일종의 죽음에 빠지면서, 그녀의 사회적 존재를 위태롭게 한다. 그녀의 진정한 윤리적 행위는, 비록 그녀의 행동의 대가가 죽음일지라도, 크레온으로 구체화되고 있는 인간 법칙을 거절하는 그녀의 능력에 있다. 상징적 공간으로부터의 배제, 상징적 죽음을 확증해 보이고 있는 그녀는 윤리적 딜레마에 직면해 있다. 그녀의 딜레마의 원인은 실재계적 난국에 있기 때문에, 그녀는 비극의 원동력이 된다. 선에 근거한 윤리학과 선 너머에 있는 어떤 것에 근거한 윤리학 사이에 일어나는 충돌 중의 하나가 크레온과 안티고네의 충돌이다. 크레온의 편에서는 남성적 성애, 팰러스적 주이상스, 선의 윤리학, 이상화, 초월적 기표, 배제와 부정이 있으며, 안티고네 편에서는 '여성의 성,' 타자 주이상스, 선에 근거하지 않는 윤리학이 있다. 안티고네는 형이상학적 전통 안에 있다기보다는 오히려 형이상학의 다른 편에 있는 형이상학의 아포리아이다. 국가의 우두머리인 크레온은 '금지'를 말하는 지점에 있으며 아버지의 이름의 '금지'를 말하는 위치에 있

---

57) Alenka Zupančič, "Ethics and Tragedy in Lacan", *The Cambridge Companion to Lacan*, ed. Jean-Michel Rabaté(Cambridge: Cambridge UP, 2003) 187.

다. 크레온의 코드는 국가의 선에 근거하고 있으나, 안티고네의 코드는 선 너머에 있는 어떤 것에 근거하고 있다. 그녀의 윤리학에서는 타협의 자리는 없다. 그녀의 윤리학에는 오직 초자아의 절대적 명령, 즉 향유하라는 명령만 있다. 그것은 실재계, 사물의 세계로부터의 첫 명령이므로, 그것을 부인하는 것이 불가능한 것은 안티고네의 코드에서도 드러나고 있듯이 그녀의 윤리학은 고통과 쾌락이 동시에 있는 주이상스의 문제이기 때문이다.

실재계의 논리는 부정을 모른다. 무의식처럼 '아니오'가 없다. 그것은 가치 평가 너머에 있다. 크레온의 논리는 부정에 근거하고 있으나, 안티고네의 논리는 기본적인 긍정에 근거하고 있다. 그것이 바로 안티고네가 사물의 세계, 실재계를 긍정하는 이유이기도 하다. 라캉에 따르면 선의 진정한 본질은 순수한 고유의 선, 즉 자연적 선이 아니라 만족하고자 하는 힘인데,[58] 바로 이러한 타자 주이상스가 선의 이용 가치와는 다른 어떤 것이다. 안티고네를 통해서 크레온의 이상주의와 그것의 이데올로기적 한계는 드러난다. 다시 말해 주체 안티고네를 응시하던 어머니의 응시는 이제는 독자의 욕망에 호소하면서 독자가 크레온의 이상주의 너머에 있는 어떤 것과 조우하도록 하는 효과를 지니고 있으며 또한 독자가 상상계와 상징계의 한계에 직면하는 효과를 지니고 있다. 어머니의 응시, 목소리와 같은 실재계적 '오브제 $a$'는 이데올로기의 한계를 드러내면서 독자가 시역의 너머에 있는 불가시성과 같은 절대적 타자성과 조우하는 계기를 마련한다. 라캉은 안티고네에 관하여 다음과 같이 말한다. "안티고네 그녀는 우리를 매혹시키는 자질을 지니고

---

58) Lacan, *Seminar* Ⅶ 234.

있다. 드라마 속의 한 작중인물에 불과한 그녀가 왜 우리를 매혹시키는가. 안티고네는 우리를 매혹시키는 동시에 당혹케 하는 생소한 어떤 요소를 포함하고 있다. 우리는 안티고네를 통해 고통과 쾌락을 동시에 느낀다. 그녀는 이러한 타자 주이상스를 구체화하고 있으며, 그녀가 고통과 쾌락을 동시에 느낄 때 그녀는 정신분석학에서 말하는 진정한 윤리적 행위를 한 것이다."59) 라캉에 관한 한 '주체의 정체성을 보장하는 대타자의 정지'(suspension of the big Other)를 감수하지 않고서는 윤리적 행위란 없다. 윤리적 행위는 주체가 대타자에 의해 포함되지 않는 제스처를 감히 취할 때만이 일어난다. 윤리적 행위를 감행하는 주체는 욕동에 이끌리는 괴기한 주체이며, 이러한 주체에 의해 행위는 일어난다. 라캉에 따르면 자살은 궁극적으로 유일한 진정한 윤리적 행위로 이해되고 있다.

버틀러는 이러한 윤리적 행위를 전복적 추방(displacement)을 통해 상징적 상황을 전환시키는 것과 동일하게 취급한다.60) 라캉의 견지에서 볼 때, 버틀러는 대타자의 역할을 방해하는 전복적 가능성을 너무 과대평가한다는 점에서 낙천주의적이다. 이데올로기적 제도, 의식, 관습으로 구체화된 상징적 모체인 오이디푸스적 질서는 깊이 뿌리를 내리고 있어서 효과적으로 수행적 추방의 제스처에 의해서 해체될 수 없기 때문이다. 라캉의 윤리적 행위 개념은 담론적 대타자를 변화시키는 제스처에 초점을 맞추고 있으며, 그러한 행위는 우리의 활동을 평가하는 기준을 변화시키기도 하며, 또한 그것은 니체의 '가치 평가의 전환'(transvaluation of values)과도 같다.

---

59) Lacan, *Seminar* Ⅶ 247.
60) Butler 28－29.

# Ⅳ. 서사 텍스트에 재현된 실재의 변증법

　라캉은 상징계 내부에서 생성되는 실재계의 문제, 즉 실재계가 언어 속에서 어떻게 말하는가의 문제를 설명하기 위해 화병 메타포를 사용하고 있다.[1] 그에 따르면 도자기 제조의 본질은 화병의 표면의 돋을새김에 있는 것이 아니라, 그러한 면들에 의해 만들어진 빈 공간에 있다는 것이다. 라캉은 화병 - 이것은 공백(void), 무(nothing), 심연(abyss)에 대한 상징적 재현이다 - 메타포를 예로 들어 사물의 재현(representation of the Thing)에 관한 논의를 하고 있다. 화병이라는 구체적 형태가 그것의 핵심에 있는 무를 구현, 상징하며, 이러한 무는 화병의 창조와 더불어 만들어지며 화병에 의해 재현된다는 것이다. 이것은 공백 - 실재계적인 욕망의 대상이자 원인인 '오브제 $a$' 혹은 사물 - 의 원인을 그것을 둘러싸고 있는 대타자에게 돌리는 것을 의미한다. 화병 메타포는 상징계 내부에 있는 공백으로서의 실재계적 사물에 대한 상징적 재현을 말하고 있다. 실재계가 상징계에 내재한다는 것은 우리는 상징 질서에만 전적으로 의존함으로써 인간 존재를 이해할 수 없으며 또한 상징계 너머의 주이상스의 관점에서만 인간 존재를 설명할 수도 없는, 차라리 이 두 양 극단 사이의 근본적 긴장 관계를 통해서만 우리의 존재를 살아가고 있다는 것이다. 따라서 본장에서는 문학 및 영화와 같은 서사 텍스트에서 실재계의 문제가 어떻게 드러나는지, 즉 사회적 관계들의 구조에 역행하는 주체의 행위의 문제를 살펴보고자 한다.

　본고에서 다루어지고 있는 문제의 주체는 이데올로기적 과정의 정점으로 간주되기보다는 이데올로기가 실패하는 지점에서 이해되

---

1) Jacques Lacan, *The Seminar of Jacques Lacan Ⅶ : The Ethics of Psychoanalysis, 1959 - 60*, ed. J. A. Miller, trans. Dennis Porter(New York: Norton, 1992) 115 - 27.

고 있다. 이와 관련하여 지젝은 『이데올로기의 숭고한 대상』에서 "주체는 대타자, 상징 질서 속에 있는 공백이며 구멍이다."라고 주 장하고 있는데,[2] 그것은 주체가 상징계가 불완전하고 분열되어 있 기 때문에 나타나는 현상과 관련된다. 알튀세르의 이데올로기론에 서 시사하고 있듯이 주체가 자신을 인식하기 위해서 거울을 부수 어야 한다는 것은, 주체가 그러한 과정에 의해 이데올로기를 초월 한다는 것을 말하고 있는 것이 아니라 이데올로기의 상상적 작용 을 인식한다는 점이다. 라캉 정신분석학을 토대로 한 전통적인 영 화 이론 - 영화는 이데올로기의 시녀에 지나지 않는다 - 에서 놓치 고 있었던 것은, 영화가 이데올로기를 분열시키고 이데올로기적 호 명과정에 이의를 제기하는 주체의 위치의 다양성을 인식하는 점이 었다. 이것은 라캉의 사고에서 실재계의 역할을 무시한 결과였으 며, 라캉을 이해하는 전통적인 방식에 따르면 기표의 권위가 절대 적이며 그것의 작용은 완전하다는 것이다. 그러나 완전하게 작용하 는 시스템은 어떤 '새로운 주체들'을 고려하지 못하고 있다는 데에 그것의 결함이 있다.

본장 1절에서 살펴볼 『무명의 주드』에서 여성 주체인 수(Sue Bri-dehead)는 수수께끼와도 같은 유형의 결핍을 드러내는 인물로, 그 녀의 담론이 모순으로 이루어져 있는 것은 이 소설이 상징계로부 터 배제된 실재계적인 타자 주이상스의 측면과도 관계가 있음을 예증하고 있다. 소설의 여성 주체 수가 성적 차이를 받아들이지 않 는 것은 상징계와 부정적 관계를 맺고 있는 것으로 보이며, 이것은 상징계에 저항하는 지점에서 드러나고 있다. 수가 사회적 구조 속

---

2) Slavoj Žižek, *The Sublime Object of Ideology*(New York: Verso, 1989) 196.

에 편입되지 않는 실재계와 긍정적 관계를 가지는 것은 그녀의 억압된 여성성의 귀환을 드러내고 있는 지점이며, 그녀는 여성 주체가 차지하는 위치의 고정성에 이의를 제기함으로써 상징계의 안정성을 분열시키려 한다. 그녀의 이미지는 상징계가 이해할 수 없는, 기표로도 환원할 수 없는 이미지로 구성되어 있지만 결국에 가서 이러한 여성 이미지들은 서사 내에 통합되기도 한다. 그러나 그러한 여성 이미지가 서사에 충격을 가하는 긴장은 그러한 여성 이미지들이 전통적인 상징 질서에 대한 저항을 나타내고 있음을 시사하는 동시에 새로운 주체성을 열어놓고 있다.

영화적 서사가 관객(우리 자신)을 사로잡는 힘은 타자－이것은 부재하는 요소 혹은 카메라의 응시로서, 소설의 경우에는 소설 속의 작중인물이 말하는 것처럼 보이는 말하는 주체에 해당한다－가 이미 우리를 응시하고 있다는 사실을 볼 수 없게 하는 데 있다. 이것은 마치 우리가 우리 자신이 보는 것을 보는 것 같은 착각에 빠지게 되는 경우와 같다는 것이다. 라캉은 주체가 '주체 자신이 보는 것을 본다'는 것은 반영적인 자의식적 주체에 관한 데카르트적 철학적 전통의 특징을 이루는 완벽한 자기반영에 관한 착각에 지나지 않는다고 말한다.[3] 매혹적인 힘으로서의 실재계적 응시(gaze)는 주체의 욕망이 연루되어 있으므로 주체의 객관적인 시선(view)으로 환원될 수 없으며, 철학적 주체의 자기반영과 대립을 이루고 있다는 것이 라캉이 주장하고 있는 점이다. 나는 정확하게 볼 수 없으며, 나는 나의 시각(vision)의 총체성을 이루지 못하며, 타자의 시점

---

3) Jacques Lacan, *The Seminar of Jacques Lacan XI: The Four Fundamental Concepts of Psychoanalysis*, trans. Alan Sheridan(New York: Norton, 1981) 74.

에서부터 타자가 나를 응시하고 있다는 것이다.

2절에서는 지젝의 분석을 토대로 히치콕의 영화 『사이코』에서 실재계적 욕망의 원인인 '오브제 *a*', 즉 응시 및 목소리가 어떻게 영화의 대상－상징계 속으로 침입해 들어오는 의미화할 수 없는 어떤 실재계적 대상－이 되는지 살펴보고자 한다. 라캉의 이론에서 환상이란 주체와 욕망의 대상－원인으로서의 불가능한 응시 및 목소리와의 관계를 가리킨다. 그것은 주체의 욕망이 투사된 것이므로 주체를 바라보는 불가능한 응시 및 불가능한 목소리이다. 이 욕망의 원인이자 대상인 응시 및 목소리는 객관적인 시선에서는 존재하지 않는 대상으로, 『사이코』에서는 주인공 노먼 베이츠(Norman Bates)의 왜곡된 방식으로 인지되는데, 이것은 영화의 서사 라인 속으로 실재계가 귀환했음이 드러나고 있는 지점이다.

3절에서 살펴볼 알렉스 프로야스의 영화 『암흑의 도시』에서 이방인들(Strangers)의 상징계적 이데올로기적 지배로부터 해방되는 머독(Murdoch) 개인의 행동은 사회 전체를 그들의 지배로부터 해방시키는 효과를 가지고 있다. 이러한 자유가 바로 정신분석에서 말하는 정치적 행동, 윤리적 행동에 좌우된다. 머독은 이방인들의 지배로부터 벗어나기 위해서는 환상을 횡단해야만 하며, 상징계의 순조로운 작동을 붕괴시키는 트라우마적 실재계와 조우해야만 한다. 영화 『암흑의 도시』의 대부분에서는 진정한 정신분석학적 의미의 정치적 행동을 방해하는 것은 상징적 권위에 의해 확립된 이데올로기적 지배임을 드러내고 있다. 그러나 이방인들은 영화에서 상징적 권위를 상징하지만, 그들 스스로도 욕망한다. 그들은 이데올로기적 세계 속에 포함될 수 없는 욕망의 원인인 '오브제 *a*', 주이상스의 핵을 발견하기를 원한다.

'오브제 $a$', 타자 주이상스, 환상과 같은 라캉의 모델에 근거하여 본고에서 다루어지고 있는 텍스트 읽기는 문학뿐만 아니라 영화에 대한 논의도 병행되어 있는데, 이것은 문학, 영화 모두 정신분석학의 특수성이 드러나는 지점이 되기 때문이다.


# 1. T. 하디의 『무명의 주드』에 나타난 성 담론과 여성성


토머스 하디의 『무명의 주드』에서는 수의 실재계와의 긍정적 관계가 제시되고 있다. 바꿔 말하면 그녀는 여성성 혹은 타자 주이상스의 귀환을 드러내 보여주고 있다. 수가 성차를 받아들이지 않는 것은 상징계와 부정적 관계를 맺는 여성성을 말하는 것으로, 이것은 수가 상징계에 저항하는 지점으로 볼 수 있으며 또한 여성 주체가 차지하는 위치의 고정성에 이의를 제기하는 지점이다.

라캉은 성차에 관한 초기 설명에서 거세와 음경 선망에 관한 프로이트적 이해를 결핍의 기표로서의 팰러스로 전환함으로써, 정신분석학을 본질주의와 규범적, 이성애적 편견으로부터 해방시키려고 했다. 라캉은 초기에는 팰러스와 관련하여 남성성과 여성성을 정의하였으나, 후기의 1972 – 1973년 세미나 XX 『앙코르』에서는 여성의 욕망에 관한 문제로 돌아가 남성성과 여성성은 생물학적으로 주어진 것이 아니라는 사고를 전개하게 된다. 여기에서 그는 남성성과 여성성은 단순히 팰러스와 관련하여 정의될 수 없으며, 남성 주체와 여성 주체가 획득할 수 있는 주이상스의 유형을 통해서 정의될 수 있음을 설명하고 있다. 따라서 성차는 두 개의 다른 성 간의 차이로 결정되는 것이 아니라 주이상스와 관련되어 있는 주체의 위치의 결과로 결정된다. 남성성은 항상 결핍을 동반하는 팰러스적 주이상스, 즉 상징적 주이상스에 의해 정의되는 반면, 여성성은 경험할 수는 있지만 말로 표현할 수는 없는 타자 주이상스에 이를 수 있는 것으로 정의된다.

세미나 XX은 사랑, 주이상스 그리고 지식의 한계의 본질에 관한 라캉의 사고를 반영하고 있다. 『무명의 주드』에서 드러나는 성차의 문제는 바로 이러한 지식의 한계를 드러내며, 또한 그것은 자연이나 문화로 환원할 수 있는 문제의 것이 아니라 실재계적인 존재의 차원에서 나타난다는 것이다. 이것은 성적 정체성이 자연적(생물학적) 요소와 그리고 문화적(의미화 과정의) 요소의 합을 의미하는 것이 아니라 그러한 결합으로부터 남겨진 것임을 의미하고 있다. 여기서 라캉이 의도하고 있는 것은, 모든 구조는, 즉 그것이 주체의 구조이건 상징계의 구조이건 간에, 필연적으로 불완전하다는 것이며 그 내부에는 이미 모순을 포함하고 있다는 점이다.[4] 항상 규칙의 예외인 잉여, 잔여와 같은 요소가 있다는 것이다. 따라서 세미나 XX은 지식 속에 편입될 수 없는, 과도한 욕망을 일으키는 '오브제 $a$'를 설명하기 시작한 세미나 XI의 연속으로 이해되고 있다. 뿐만 아니라 그것은 세미나 VII에서 소개한 궁정 연애―숙녀는 욕망의 변증법으로 시작하는 불가능한 욕망의 대상이자 원인이다―의 연속이다. 나아가 후기 라캉에 있어 죽음욕동은 이러한

---

4) Sean Homer, *Jacques Lacan*(New York: Routledge, 2005) 103.

예외, 한계와 관련되며, 욕동 개념은 주체가 상징계에 의해 완전히 좌우되지 않음을 시사한다. 또한 욕동은 성차가 드러나는 지대(terrain)가 되며, 라캉은 남자들보다 여자가 주이상스를 획득할 수 있다고 주장하고 있다.

라캉은 프로이트의 『토템과 타부』 신화에서 드러나는 최초의 아버지와 같은 법에의 예외가 남자에게는 한계 혹은 경계선 역할을 하지만, 여자에게는 이러한 한계, 경계선이 없음을 주장하고 있는데, 이러한 사실은 상징계적인 동일시에 대해 여성의 저항이 있음을 의미한다.[5] 라캉은 이러한 저항이 띠고 있는 형태가 히스테리적임을 말하고 있으며, 저항적 요소는 상징 질서 속에 완전히 통합될 수 없음을 나타내며, 그것은 또한 공백으로서의 주체가 탄생되는 순간을 말한다. 이러한 이론으로부터 두 가지 사실을 짐작해 볼 수 있는데, 하나는 주체는 존재의 실재적 공백을 채우려는 히스테리적 요소를 포함하고 있다는 점과, 두 번째로 그러한 공백으로 인하여 불안이 야기하는 히스테리적 존재로서의 여자가 진정한 주체라는 점이다.

라캉이 주장하는 '여자의 비존재'는 이 소설의 수의 경우에서도 드러나듯이, 여자가 상징계적 그물망 속으로 편입되지 않는, 여자의 본질이 없다는 사실에 의해서 입증된다. 수는 사회가 자신을 위해 지정해 놓은 가능한 위치들－아내, 어머니－중 하나를 받아들이도록 하는 대타자의 기표들과 동일시하지 못했기 때문에, 지속적으로 실재계적 차원의 존재하는 방식을 추구한다. 수의 비극은 그녀가 살고 있는 사회적인 의미화 고리 속에서 한 위치를 얻을 수

---

5) Slavoj Žižek, *Tarrying with the Negative: Kant, Hegel, and the Critique of Ideology* (Durham: Duke UP, 1993) 57.

없음에 있다. 이 소설은 "숭고한 대상은 죽음과 관계가 있다."는 라캉의 논제를 예증해 주고 있는데, 숭고한 이미지가 발휘하는 매혹적인 힘은 항상 죽음을 부르는 치명적인 차원을 예고한다는 것이다. 이 소설은 주드가 수의 이상화된, 숭고한 이미지에 매료되어 있음을 다루고 있으며, 숭고한 대상이란 바로 평범하고 일상적 대상이 '사물' – 프로이트적 사물이란 쾌락의 불가능하고 도달할 수 없는 실체로서, 라캉은 이후에 이것을 욕망의 원인으로서의 '오브제 *a*'로 전개한다 – 의 위치로까지 고양된 대상이다. 바꿔 말하면 일종의 변질(transubstantiation)을 겪고서 주체의 리비도적 경제(libidinal economy) 속에서 불가능한 사물의 구현물이 된다. 바로 욕망의 운동 속에서 무로부터 어떤 것이 나온다는 것으로, 이것이야말로 숭고한 대상이 단지 그림자로만 존속할 수밖에 없는 대상의 패러독스를 제시하고 있는 것이다. 실체를 드러내기 위해 그림자를 제거하는 순간에 대상 자체가 해체되어 버리는 것과 마찬가지며, 결국 남는 것이라곤 흔해 빠진 대상의 잔여뿐인 것이다.

이것은 주체가 대상에 가까이 다가가면 갈수록 대상에 이를 수 없게 되는, 바로 우리 모두가 꿈을 통해서 경험하게 되는 패러독스이다. 주체는 언제까지라도 결코 욕망의 대상 – 원인인 '오브제 *a*'에 도달할 수 없으며, 언제나 욕망의 원인인 '오브제 *a*'를 놓치게 된다는 것이다. 정신분석학에서 욕동이란 욕망의 대상 – 원인에 대한 주체의 불가능한 관계의 영역이며, 끝없이 그러한 대상 – 원인을 둘러싸고 순환하는 충동의 영역이다. 궁정 연애는 하나의 시적 활동에 불과한, 이상화된 주제들로 유희하는 방식으로서, 기사가 사랑하는 숙녀는 욕망의 변증법으로 시작하는 욕망의 불가능한 대상 – 원인인

'오브제 *a*'이다. 그렇기 때문에 숙녀는 도달할 수 없는 이상화된 이미지이며, 그러한 이미지에 대한 실재적(real) 등가물은 없다. 지적은 『향유의 전이』(*The Metastases of Enjoyment*)에서 라캉은 숙녀를 숭고한 대상의 지위로 고양시키려고 한 것이 아니며, 숙녀는 오히려 우리의 욕구나 욕망으로도 비교할 수 없는 절대적 타자성(Otherness)이라는 의미의 냉혹한 파트너 역할을 한다고 지적하고 있다.[6]

라캉의 이론에서 환상은 주이상스를 구현하는 욕망의 대상 – 원인인 '오브제 *a*'에 대한 주체의 불가능한 관계를 가리키며, '오브제 *a*'는 주체의 욕망을 작동시키는 도달하기 어려운 과도한 욕망, 즉 실재계적 공백임은 이미 전술한 바 있다. 수는 주드의 환상 속에 불가사의한 영기(aura)를 부여하는, 어떤 실증적 속성으로도 고정될 수 없는, 그리고 상징계 안에서 이해할 수 없고 도달할 수 없는 X인 '오브제 *a*'를 구체화하고 있다. 본고는 바로 이러한 수의 단순한 존재가 주드의 정신적 타락을 가져오고 있는 점에 주목해 왔다.

환상이 일반적으로 주체의 욕망을 실현시키는 시나리오로 이해되고 있는 것은, 환상이 상연하는 것은 우리의 욕망이 충족되는, 즉 충분히 만족되는 장면이 아니라, 반대로 그러한 것으로서의 욕망을 드러내고 무대화하는 장면이기 때문이다. 정신분석학의 근본적인 핵심은 욕망은 미리 주어져 있는 것이 아니라, 사후적으로 구성되어야 하는 어떤 것이라는 사실이다. 따라서 주체의 욕망을 조정하고 그 대상을 특화시키며 그 속에서 주체가 취하는 위치를 지정하는 것이야말로 바로 환상의 역할인 것이다. 이러한 점에서 '오

---

6) Slavoj Žižek, *The Metastases of Enjoyment: Six Essays on Woman and Causality* (London: Verso, 1994) 90.

브제 $a$'의 사후적 성격을 말할 수 있으며, 주체가 욕망하는 주체로 구성되는 것은 오직 환상을 통해서이다. 따라서 대상의 숭고한 특질은 내재적인 것이 아니라, 오히려 환상 공간 안의 그것의 위치에 입각한 효과라는 사실이다.

여자들은 환상 예를 들어 오이디푸스적 시나리오 혹은 가부장적 질서와 완전히 동일시하지 않는다. 그들 존재의 모두가 다 환상에 유혹되는 것은 아니라는 설명이다. 이것은 여자들이 환상에 대해 일정한 거리를 두는, 즉 환상을 횡단하는 것이 수월한 이유이기도 하다. 반면에 남자의 경우에는 환상과 동일시하며 부성적 법을 하나의 당위성으로 받아들인다. 그러나 여자가 사회적 규범 속에서 문화적 구성물로서의 성역할과 자신의 욕망과의 조화를 이룰 수 없는 것은 바로 트라우마적 사건으로, 우리는 이것을 여성성으로 이해해 볼 수 있다. 라캉은 이러한 여성성을 여성적 주이상스 혹은 타자 주이상스라고 부르고 있다.

이리가라이(Luce Irigaray)에 따르면 여성적 주이상스는 억압되었으며, 그러한 여성성은 상징계 속에 등록되지 않은 채로 남아 있는 잉여이다.[7] 그녀는 문화적 영역은 여자 - 여기서는 여성성을 가리킨다 - 를 잉여로 경험할 수 있는 위치에 두고 있다고 덧붙여 말하면서, 여자를 역사의 무대 위에서 재현되어 온 모든 것 밖에 있는 것으로 본다. 즉 그녀는 여자를 상징계 속에 등록되지 않은 채로 남아 있는 잉여로 보고 있는데, 그러한 잉여를 통해 억압된 여성성은 드러날 뿐만 아니라 상징 질서의 안정성에 이의를 제기하는 실

---

7) Luce Irigaray, *This Sex Which Is Not One*, trans. Catherine Porter(Ithaca: Cornell UP, 1985) 30.

재계적 가능성으로 간주된다. 그녀는 여자 착취는 우리 문화의 한 부분이며, 그러한 잉여가 바로 여성을 숭고한 대상인 사물의 위치로까지 격상시킨 차원과 관계가 있음을 말한다.[8] 그러나 정신분석학에서 말하는 억압 개념은 사후적으로 회복될 수 있는 어떤 것이 아니다. 바꿔 말하면 여성성은 유사 이전의 여자의 본질을 말하고 있는 것이 아니라는 점이다.

이리가라이가 페미니즘에 있어 중요하다고 생각한 점은 다음의 사실과 관계가 있다. 남자와 똑같은 권리를 얻기 위한 노력에 참여해야만 하는 여자들의 투쟁은 그들이 여자로서 바라는 정체성에 이를 수 있다는 사실을 전제로 할 수 없음을 인식하는 데 있다는 것이다.

> 여자들은 똑같은 봉급과 사회적 권리를 위한 투쟁을 계속해야 한다. 그러나 그것으로는 충분하지 않으며, 남자와 똑같은 여자는 남자와 같게 되므로 여자가 되지 못한다. 그것은 반복적으로 성차가 지워지며 오해되고 가려지게 된다. 이것은 해방운동이 직면한 어떤 난제들을 설명하고 있는 것으로, 여자들이 힘의 덫, 권위의 게임 속에 사로잡힌다면, 즉 남성 정치학의 편집증적 작용에 의해 오염된다면, 그러한 여자들은 여자들로서 말할 것이나 할 것이 아무것도 없다(Irigaray 160-61).

정신분석학적 관점에서 여자의 문제는 여자는 어디에 있는지 혹은 누가 여자인지에 관한 문제로서, 상징계에 내재하는 모순 및 잉여의 문제와 일치한다. 수의 여성론적 입장은 사회 관습이나 가치 혹은 법적인 제도가 인간으로서의 여성의 발전을 저해하고 있다는 인식과 관련된 것이며, 그리고 진정한 윤리적인 삶이란 제도나 관습, 체면을 떠나서 진정한 인간적 발전을 추구하는 것이며, 남녀

---

8) Irigaray 147.

간의 사랑과 결혼은 바로 그러한 바탕 위에서 이루어져야 한다는 인식과 관련된다. 이러한 수의 인식은 가부장적인 사회의 대표적 인물로 제시되는 필롯슨(Phillotson)의 심적 변화를 가져오고, 그로 하여금 세상을 새롭게 바라볼 수 있게 한다. 이것은 수의 비인습적 인 행동과 신념이 성 억압적인 현실에 대한 가부장적 사회의 각성 을 가져오고 있음을 보여줄 뿐만 아니라 진정한 주체의 가능성을 예증하고 있다. 주드의 대고모 드루실라(Drusilla)의 말대로, 수는 창의적이고 감정적인 멋진 여자들의 유형이며 주드가 함께 지내기 는 어려운 인물이다.

『무명의 주드』에서도 여성의 이미지는 주드에게서 왜곡되어 나타난다. 주드는 처음의 학문적 열정이 아라벨라(Arabella)에 의해 방해를 받고, 두 번째의 종교적 열정 또한 수로 인해 다른 방향으로 변경되었다고 생각한다.[9] 그리고 주드는 그러한 좌절에 대해 "이것 은 여자들의 탓인가 아니면 인위적인 사물 체계 때문에 정상적인 성 충동이 진보를 지향하는 자들을 속박하거나 저지하는 악마 같 은 함정이 된 탓인가"(*JO* 171)라고 반문한다.

결혼 생활은 수에게는 신성한 결합이 아니라 지속되지 못할 사 랑이라는 맹세 속에 서로를 옭아매는 함정이자 구속으로 여겨진다. 따라서 수에게는 결혼은 종교적인 신성한 결합이라기보다는 서로 의 편의를 위한 계약일 뿐이다. 수는 서로가 왜 결혼 때문에 슬픔 을 겪어야 되느냐고 반문한다.

---

9) Thomas Hardy, *Jude the Obscure*(New York: Norton, 1978) 171. 이 책에 대한 앞으 로의 인용은 본문에서 *JO*로 밝히기로 함.

라캉에 따르면 정신분석학의 유일한 진실은 성적 관계와 같은 그러한 것은 없다는 사실이며, 문제는 주체로 하여금 그러한 진실에 직면하게 하는 것이다. 지젝은 "성관계와 같은 그러한 것은 없다."는 라캉의 논제는 우리가 사랑하는 이유라고 말하고 있는데, 그에 따르면 사랑은 환상이며, 그것의 역할은 성 간의 관계에 내재하는, 즉 성 간의 조화롭지 못한 관계를 덮어 가리는 데 있다.

정신분석 과정에서 환자들이 저항하고 그들의 담론이 와해된다든지 침묵하고 '아니오'라고 말하는 등의 저항, 부정, 광기와 같은 반응은 정신분석학적 견지에서는 실재계적인 요소로 이해되고 있으며, 또한 상징계 속에서 타자로 존재한다. 라캉에 따르면 그러한 실재계는 침묵의 자리로 좌천되어 있다가 다시 상징계 속으로 귀환하는데, 그러한 반응들은 억압이 실패했음을 입증해 주고 있다. 푸코는 『광기와 문명』(*Madness and Civilization*)에서 광기와 이성은 그 근원이 같음을 시사하고 있으며, 이성은 이미 한도, 표준으로 확립되어 있으며, 그 한도 안에서 광기가 나타난다는 것이다. 그에 따르면 위반, 광기, 비이성과 같은 것은 언어의 층위에서 드러난다.[10] 푸코는 우리가 믿기로 동의한 서사, 스토리에 주목하면서, 서

---

10) Michel Foucault, *Madness and Civilization: A History of Insanity in the Age of Reason*, trans. Richard Howard(New York: Vintage, 1965) 198. Cited in Charles Shepherdson, *Vital Signs: Nature, Culture, Psychoanalysis*(New York: Routledge,

사의 목소리가 전복적 성향을 띠면서 마법과 같은 목소리로 현재를 쫓아내며 미래에 호소하고 있다고 말하는데, 이것은 그가 혁명, 약속된 자유, 다른 법과 같은 모순이 서사 속으로 살짝 끼여 들어오는 현상에 주목하고 있는 것이다. 이것은 곧 라캉이 말하는 상징계 속으로의 실재계의 귀환과도 같은 것으로,[11] 고대 서사에 등장하는 예언과 같은 요소는 전복적 성향을 띠는 실재계적 요소를 암시하고 있다.

주드의 대고모 드루실라는 주드의 폴리(Fawley) 가문이 항상 불행한 결혼생활을 해 왔고 또 그렇게 될 운명에 처해 있으므로 절대로 결혼해서는 안 된다는 생각을 주드에게 수시로 주입시킨다. 그러한 대고모 드루실라의 결정론은 예언과 같은 실재계적 요소로 드러나는데, 그것은 주드에게는 운명과도 같은 주드 내부의 가학적 타자와 같은 요소로 작용한다. 그것은 궁극적으로는 그의 자살 욕구 - 죽음욕동 - 로 이어지기도 한다. 주드의 자살 욕구는 주드가 필롯슨과 재혼한 수와 헤어진 후에 무덤 속에 자신을 내던지듯 메리그린(Marygreen) 교외의 묘석에 쓰러지는 장면에서(*JO* 308) 상징적으로 표출된다. 자살 욕구가 마침내 비극적인 죽음으로 귀결되는 주드의 비관론은 환상이 현실을 지배하는, 지나치게 대상을, 즉 수를 추상화하는 그의 성향과도 연관되어 있는데, 이것은 라캉이 말하는 운명과 같은, 주체의 원인이 된 대타자가 있는 곳에 주체 자신이 있었던 것으로서, 주체 자신이 운명의 원인이 되는 주관화 과

---

2000) 172.

11) Michel Foucault, *The History of Sexuality: An Introduction*, trans. Robert Hurley(New York: Vintage, 1978) 6 - 7.

정을 시사하고 있다.

수와 결혼하기 전의 주드의 모습에서 찾아볼 수 있는 그의 가장 큰 약점은 실제를 있는 그대로 보지 않고 상상을 통해 이상화하여 보려 한다는 데 있다. 이것은 그가 안개나 모자 창살을 통해 사물을 바라본다는 사실에서도 찾아볼 수 있지만, 무엇보다도 크리스트민스터(Christminster)에 대한 꿈을 통해서 잘 드러난다. 주드가 그러한 꿈을 품게 된 배경은 자신이 다니던 야간 학교의 교사인 필롯슨 때문이다. 필롯슨이 대학에 진학하여 성직자가 되려는 꿈을 지니고 메리그린을 떠나자, 주드는 크리스트민스터에 대한 꿈을 키우기 시작한다. 그런데 문제는 주드의 꿈 자체에 있는 것이 아니라, 그가 지나칠 만큼 극단적으로 꿈을 이상화하는 데 있었다. 물론 그가 크리스트민스터에 대한 꿈을 극도로 이상화한다는 것은 메리그린이라는 황량한 현실에 대한 반작용에서 비롯된 바 크며, 그는 크리스트민스터를 메리그린과 극명하게 대조되는 장소로 이상화한다. 그에게 있어서 크리스트민스터는 항상 후광이나 하얀 안개와 연결되는 빛의 도시다. 그는 그곳에서는 메리그린 주변의 불협화음과는 대조적으로 조화로운 음악이 흘러나온다고 생각한다.

현실을 있는 그대로 보지 않고 이상화해서 바라보는 그의 성향은 수와의 관계에서도 찾아볼 수 있는데, 이 소설은 "숭고한 대상은 죽음과 관계가 있다."는 라캉의 논제를 예증해 주고 있다. 숭고한 이미지가 발휘하는 매혹적인 힘은 항상 죽음을 부르는 치명적인 차원을 예고한다는 것이다. 주드가 처음 수를 바라보는 것은 사진을 통해서인데, 흥미로운 사실은 주드의 꿈속에서 수와 크리스트민스터가 강한 연관성을 맺고 있다는 것이다. 가령 주드가 받아든 사진 속에서 수는 마치 후광 빛줄기처럼 보이는 챙이 달린 모자를 쓰고 있으며, 이것은 크리스트민스터를 후광 속에서 빛나는 빛의 도시로 생각했던 대목을 강하게 연상시킨다. 그는 크리스트민스터를 이상화하고 있듯이 수를 이상화하고 있다. 주드의 수에 대한 이상화는 그녀의 실제 모습을 보았을 때에도 여전히 지속되는데, 크리스트민스터 책 가게로 수를 찾아가 오래된 책이나 골동품들과 어우러진 그녀의 모습을 본 주드는 그녀가 '다정한 별'이 되어 '그를 고양시켜 주는 힘'이 될 것이라고 기대한다. 그에게 수는 하나의 상, 신성, 비전, '천상의' 구체화되지 않은 환영이며 아라벨라와는 대조되는 정신의 상징이다.

라캉은 여자는 남자에게 있어서 진정한 주체로 존재하지 않으며 오직 환상의 대상, 즉 욕망의 원인으로서만 존재한다고 말하고 있는데, 주드에게 수는 환상의 대상, 즉 욕망의 대상 – 원인인 '오브제 $a$'로 존재한다. 여자는 성애에 있어서 여자 역할을 할 수 없고 오직 어머니 역할만을 하며,[12] 두 성 간의 보충적 관계가 없기 때문에 그들 간의 어떠한 관계든지 그것은 정신병리학적인 시나리오, 즉 일종의 목발과도 같은 환상이며, 그러한 환상이 그러한 관계를 지속시키고 있다고 라캉은 주장하고 있다. 그는 사랑이 존재하지 않는다든지 혹은 사람들이 성적 쾌락을 즐기지 못한다는 사실을 말하고 있는 것이 아니다. 바로 존재하지 않는 것은 플라톤의 『심포지엄』에서 말하는 둘이 하나가 되는, 즉 개인들이 서로서로 보충하도록 하는 낭만적 사랑이다. 페미니스트 사회 비평가는 진정한

---

12) Jacques Lacan, *The Seminar of Jacques Lacan XX : Encore: On Feminine Sexuality, the Limits of Love and Knowledge*, 1972–73, ed. J. A. Miller, trans. Bruce Fink(New York: Norton, 1998) 36.

사랑에 관한 과대평가는 사회적 구성물이라는 인식을 한 반면, 라캉은 이러한 성관계의 불가능성은 구조가 원인임을 주장하고 있다.

수는 관습적 결혼에서뿐만 아니라 교육 담론에 대해서도 저항의 태도를 보인다. 필롯슨의 추천으로 사범학교에 들어간 수는 얼마 되지 않아 고루한 학교 제도와 교사들의 편협한 교육관에 견딜 수 없어 학교를 등지고 만다. 그녀가 수동적이고 복종적이며 개성을 말살하는 교육제도에 대해 반발하는 사건은 다음의 에피소드에서 잘 드러난다. 수가 주드와 같이 외출했다가 밤이 늦어져 기숙사로 귀가하지 못하자, 학교에서는 주드가 친척이 아니라며 수를 독방에 가두는 엄한 형벌을 가한다. 그녀는 그러한 학교 측의 조치가 너무 부당하다고 생각하며 대담하게 창문으로 탈출하여 강을 헤엄쳐 주드에게로 가는데, 이 에피소드의 전체는 모순적 말들로 가득 차 있으며, 그녀가 정체성을 논할 때도 모순적 말들이 많이 나타난다. 그녀가 주드의 옷을 입고서 "나는 순수하지 않아"(*JO* 118)라고 말할 때도, 그녀의 말은 냉소적으로 들린다. 주드는 오히려 그녀의 무기력함이 그녀를 자신보다 더 강하게 만드는 것처럼 느껴졌으며, 또한 그는 그녀가 자신으로부터 달아나려는 것처럼 느껴져 의기소침해진다.

수는 반복적으로 주드를 떠난다. 수의 불가사의한 여성성은 텍스트의 주요한 인식론적 수수께끼가 되고 있으며, 주드는 그녀의 이해할 수 없는 요소로 인하여 당혹감을 느낀다. 브룩 - 로즈(Christine Brooke - Rose)는 텍스트는 폭발할 것 같으면서도 삼가는 듯한, 숨은 것 같으면서도 드러날 것 같은 변증법으로 이루어져 있다고 말하고 있다.[13] 하디는 문학적 전희 방식으로서의 이러한 완곡어법을

---

13) Christine Brooke - Rose, "Ill Wit and Sick Tragedy: Jude the Obscure", *Alternative*

많이 사용하고 있는데, 이러한 방식은 수에게서 보인다. 모호한 측면은 주드가 아니라 수에게서 드러난다.[14]

수에게서 끊임없이 실망만 느끼게 되는 것은 오히려 그녀에게 새로운 관심을 부여하게 되는 요소가 되며, 그녀가 보여주는 힘과 흥미는 그녀가 드러내는 것보다 드러나지 않은 것 - 침묵, 공백, 대답 없는 질문 - 에 의해 유지되고 있다. 이러한 점은 그녀의 실재계와의 긍정적 관계를 보여주고 있으며, 라캉에 관한 한 실재계는 의미화 과정, 상징화 과정에 저항하는 어떤 것이다. 수의 비뚤어진 성미와 한계 없음은 그녀만의 고유한 성격을 이루고 있으며, 그녀의 신경과민은 지적이며 해방적이다. 수의 맥락에서 사용되는 말들은 상징계에 내재하는 부정적 성격 - 실재계적 요소 - 을 띤다. 부정적 성격은 인습에 대한 반항적인 모습에서 보이는데, 특히 결혼제도에 부딪히면서 강하게 드러난다. 필롯슨과의 결혼을 앞두고 그녀는 주드에게 결혼식에서 자신을 남편에게 인도하는 인도자 역할을 부탁하면서, 당시 결혼 제도에서의 여성의 지위에 대해 불평한다.

> 주드 오빠, 결혼식 때 그분에게 절 인도해 주는 역할을 맡아주시겠어요? 오빠는 측근 중 제가 부탁할 수 있는 유일한 기혼자이고 친척이며, 오빠만큼 일을 편하게 봐 주실 분도 없어요. 아버지가 살아 계셨더라면 지금 당장 와주셨겠지만요. 귀찮은 일이라고 생각하지 않으셨으면 해요. 기도서에 나와 있는 결혼식의 조목을 찾아 조사해 보았습니다. 신부를 인도하는 역할이 꼭 필요하다고 씌어 있는데, 무척 굴욕감이 들더군요. 거기에 나와 있는 결혼 예식에 의하면, 신랑은 자기 의사대로 나를 선택할 수 있지만, 나는 신랑을 선택 못 하게 되어 있어요. 누군가 제삼자가 암말이나 암

---

*Hardy*, ed. Lance Butler(London: Macmillan, 1989) 35.
14) Mary Jacobus, "Sue the Obscure", *Essays in Criticism* 25(July 1975): 304 - 28.

또한 수는 사려 깊고 흥분하기를 잘하는 예민한 성격을 지니고
있다. 그녀의 예민함은 병의 원인으로 드러나는 자질이다. 게다가
그러한 진단은 텍스트에도 나타나는데, 아라벨라는 그녀를 '히스테
리컬하다'(JO 280)고 말하고 있다. 프로이트의 설명에 따르면 여성
주체는 오이디푸스적 시나리오에 순응하지 않으며, 어머니에게서
아버지에게로 그녀의 에로스적 관심을 옮기기를 거절한다. 성적 불
감증, 여성의 동성애, 히스테리, 편집증은 오이디푸스적 정상화 과
정에 이르는 규범적 길로부터 이탈한 것으로 볼 수 있으며, 오이디
푸스 콤플렉스와 보다 큰 상징 질서와의 상관성 때문에 이러한 정
신적 질환들을 부성적 문화에 대한 여성의 저항의 지점으로 이해
해 볼 수 있다. 이러한 서사 안에 내재하는 저항의 지점은 상징계
적 담론에 저항하는 실재계로 여성 주체인 수에게서 드러나고 있
으며, 라캉은 이러한 저항의 지점은 상징계와의 부정적 관계로 여
자를 무기력하고 결핍으로 정의하는 부성적 문화의 가정 안에 내
재되어 있다고 지적한다.

라캉은 여자들 모두가 팰러스의 기능에 의해 정의되는 것은 아
니며 여자들 전부가 기표의 법칙 아래 있는 것은 아니라고 주장한
다. 그는 모든 여자의 어떤 부분은 팰러스의 지배를 벗어난다고 말
하지만, 그것을 하나의 가능성으로만 남겨두고 있다. 필연성이 아
니라 하나의 가능성이다. 그러한 가능성은 그럼에도 불구하고 성
구조를 결정하는 데 있어 결정적인 역할을 한다. 라캉은 팰러스의

기능에 '아니오'라고 말하는 어떤 것 역시 펠러스의 기능에 종속되는 것을 의미한다고 말하고 있는데, 이것은 존재한다(exist)는 말은 상징계 내부에 자리를 차지하는 것을 의미하기 때문이다. 이것은 라캉이 펠러스를 초월하는 것으로 가정되는 여성이 존재한다고 결코 주장하지 않은 이유이기도 하다. 그는 극단적인 타자성 및 모순은 로고스와 관계가 있음을, 즉 상징계-욕망의 기표에 의해 구조된다-와 관계가 있음을 주장한다. 수는 주드의 욕망으로 비교할 수 없는 극단적 타자성이라는 의미의 냉혹한 파트너 역할을 하며, 수의 여성다움은 펠러스적 가치들에 속한 스피치, 지식에서는 소멸된다. 텍스트에서 드러나는 수의 알 수 없는 이미지는 그녀가 자주 알고 싶어 하는 욕구 그리고 그녀의 무의식적 지식을 말하고자 하는 욕구에 의해 생겨나기 때문에, 모호한 이유이기도 하다.

수는 겉보기에는 너무도 분명하게 이야기하는 것처럼 보이지만 자신에 관하여서는 부정만 말할 수 있을 뿐이다. 여성 주체로서의 수는 펠러스적인, 상징계적인 문화적 가치들을 되풀이하는 서사 안에서 결핍을 드러내고 있기 때문이며, 또한 지배, 힘 및 권위의 문제인 펠러스의 부재를 의미하기 때문이다. 로즈(Jacqueline Rose)에 따르면 여성 주체는 상징 질서에서 배제된 실재계와 관련된 이미지, 즉 타자적 대륙 혹은 암흑의 대륙으로 구조되어 있으며, 상징계를 지탱하는 상실과 차이를 재현한다.[15]

수에 관한 한 그녀 자신 안의 여성다움과 지식의 의식적 과정 간에는 차이가 드러난다. 수는 상징계에서, 즉 담론에서 부정, 공백

---

15) Jacqueline Rose, "The Cinematic Apparatus: Problems in Current Theory", *The Cinematic Apparatus*, eds. Teresa de Lauretis and Stephen Heath(New York: St. Martin's P, 1980) 182.

및 결핍을 드러내며, 그녀에 관한 한 스피치는 결핍을 드러낸다. 수의 스피치는 결핍을 드러내는 히스테리 담론의 유형을 보여주고 있는데, 그녀는 반복적으로 '아니오'라고 말한다. 그녀가 그녀 자신을 설명할 수 없음과 다른 모든 것을 설명하는 데 있어서 혼란스러움에 사로잡히며 그리고 강박관념적으로 그녀의 환경을 비판하는 것 속에서 '아니오'라고 말하고 싶은 욕구는, 상징계에서 담론이 정해 놓은 정체성의 실패를 반복하고 있는 것이다. 히스테리의 질문은 '나'를 재현하는 기표 – 사회적 그물망 속에서의 나의 위치를 결정하는 상징적 명령 – 와 나의 존재(being)의 비상징화된 잉여 부분 간의 환원할 수 없는 균열 혹은 공백을 표현하고 있다.[16] 히스테리는 바로 존재에 관한 이러한 의문을 구체화하고 있다.

수는 아라벨라의 아이가 자신의 아이를 죽인 사건을 하나님의 심판으로 여기면서, 주드에게 히스테리적으로 "나는 당신의 아내가 아니라고 생각해요."(*JO* 272)라고 말한다. 이처럼 부정으로 얽힌 수의 자기 정의는 세계에 대한 부정으로, 이것은 이미 그녀에게 금지의 형태들을 말하는 상징적 법 때문이다. 부정을 말하는 수에 대해 주드는 격하게 반발한다.

> 그리스도교든 신비주의든 성직 특권주의든 또는 어떤 이름으로 불리든 당신을 이렇게 퇴화시키는 것이라면, 그것을 나는 증오하오. 세상의 현자들도 모두 자랑하던 사람들, 즉 여류 시인, 여류 예언자, 마음이 다이아몬드처럼 번쩍이는 여자 – 만약 그들이 당신을 알 수 있었더라면 – 들이 이처럼 타락했다는 것은! 당신을 이렇게 파괴시키려고 한다면 하나님과 관계를 갖지 않는 것이 기쁘지. 제기랄! 오히려 기쁠 거요!(*JO* 275)

---

16) Slavoj Žižek, *Looking Awry: An Introduction to Jacques Lacan through Popular Culture*(Cambridge, Mass.: MIT P, 1992) 131.

다음에서도 알 수 있듯이, 주드의 수에 대한 재현은 상징계에서 이해할 수 없는, 의미화 과정에 저항하는 여성성을 드러낸다.

당신은 내 아내야! 옛날 내가 당신을 비난했던 것이 결국에는 옳은 것이었어. 당신은 내가 당신을 사랑하는 것만큼 나를 사랑해 주지 않았어－결코－조금도! 당신의 마음속에는 정열이 없었어－당신의 마음은 불꽃이 되어 타오르지 않아! 당신은 말하자면 일종의 요정이야－여자는 아니야!(*JO* 277)

주드가 수를 '부정'(negation)으로 부르는데(*JO* 117), 그녀의 '부정'에 해당하는 속성은 플라톤이 『심포지엄』에서 말하는 욕망을 일으키는 '아갈마'(agalma)－욕망 그 자체－와 같은, 그리고 라캉이 말하는 욕망의 원인인 '오브제 $a$'와 같다. 수는 끊임없이 어떤 다른 것에 대해 욕망함으로써 수에 대한 주드의 환상을 흔들어 각성시키는 역할을 한다. 수로 구체화되고 있는 여성성 혹은 타자 주이상스는, 정확하게 말하자면 경험할 수 있지만 그것에 관하여 아무것도 말할 수 없는 어떤 것이므로 정의하기가 불가능한 것이다. 라캉은 말로 표현할 수 없는 엑스터시를 타자 주이상스로 부르고 있는데, 이러한 타자 주이상스에 관한 사고는 그것이 팰러스적 주이상스 그 이상의 어떤 것이라는 점에서 프로이트의 팰러스 중심주의로부터 진일보한 것으로 보이고 있다.

수의 상징 질서에 대한 저항은 그녀의 욕망 그 자체, 즉 아갈마에서 기인한 것으로 대타자, 상징 질서의 결핍을 드러내고, 상징 질서 내부에 여성 주체가 차지하는 위치의 불안정성을 말하며, 상징 질서에 위치하는 남성 주체인 주드의 정체성의 안정성을 붕괴시키고 있다.

정신분석학에서는 부정성을 긍정적으로 평가하고 있다. 역사와 시간이 무의식 속에 존재하지 않는다면 부정성도 존재하지 않는다. 프로이트는 부정성을 억압이 작용한 것으로 보면서, 이러한 사실을 사례 연구 - 특히 도라 케이스 - 에서 논하면서 환자의 거절을 정반대로 이해하고 있다. 환자의 거절은 곧 긍정적으로 평가될 수 있다는 것이다. '늑대 사나이'(Wolf Man) 사례 연구에서 프로이트는 무의식에서는 '아니오'가 존재하지 않는다 - 이와 마찬가지로 라캉의 실재계에서도 부정은 존재하지 않는다 - 고 말하고 있는데, 그곳에는 상반되는 요소도 없다. 게다가 프로이트는 도라 사례 연구에서 분석에 있어서 의식적 거절은 무의식적 긍정으로 이해될 필요가 있다고 주장하면서, 「부정」("Negation")이라는 에세이에서 이것을 설명하고 있다. 우리가 수의 성격을 분석한다면, 이것은 독자의 욕망의 원인이 되는 '오브제 $a$'로서의 그녀의 부정성을 거꾸로 이해하도록 하며, 이러한 반전 전략을 통해 우리는 영화의 보는 주체와 같이 수처럼 비뚤어진 성미, 즉 호기심을 불러일으키는 지점으로 나아간다.

라캉에 따르면 존재(existence)란 상징화의 산물, 즉 상징적 질서와의 통합과 동의어이다. 완전하게 상징화되는 것만이 '존재'하는 것이다. 라캉이 "여자는 존재하지 않는다."거나 "어떠한 성관계도 존재하지 않는다."라고 주장할 때, 그는 존재라는 말을 이러한 의미에서 사용하고 있다. 여자도, 성관계도 모두 그들 자신의 기표를 소유하지 못하며 의미화 작용적인 그물망에 각인될 수 없음을 의미한다. 수를 가리켜 여자가 아님을 부정하는 주드의 경우에서처럼, 라캉은 여자, 성관계와 같은 것은 상징적 세계에서 그것의 장소를 상실한 요소라고 주장한다. 그러나 수에게서도 보이고 있듯이, 라캉은 이러한 상징계에 대한 저항은 상징 질서를 보존함으로써만 가능하다고 주장하고 있다. 소설에서도 드러나듯이, 지적이고 사회의 인습을 꿰뚫어보는 지성을 갖추었던 수가 어려운 삶의 과정을 거치면서 결국에는 기계적이고 전통적인 가부장적 가치관을 갖고 있는 필롯슨에게 돌아간다는 점이다.

'정신분석에 대한 저항'이 논하고 있는 점은 프로이트 모델의 핵심에 의식적이고도 윤리적 자아의 탈중심화가 있다는 것으로, 이러한 도덕적 자아는 저항해야만 한다는 것이다. 이때 그것의 저항은 이미 도덕적 자아의 균열되기 쉬운 속성을 드러내는 징후이기도 하다. 라캉의 프로이트에로의 복귀는 견고한 정체성을 주장하는 자아심리학에서 분석을 구하여서, 본질상 주체의 균형을 깨뜨리는 공백을 강조하는 것이었다.


## 2. A. 히치콕의 『사이코』: 주체의 욕망과 응시/목소리


영화적 현실과는 다른 성질의 것이지만 그럼에도 불구하고 그것 속에 내재되어 있는, 즉 상징화 과정의[17) 잉여 혹은 잔여로서의 실재계는 주체를 사로잡는 매혹적인 대상으로서의 '오브제 $a$' – 예를 들어 응시 및 목소리 등이 여기에 속한다 – 인데, 알프레드 히치콕

---

17) 바치(Noël Burch)는 그의 화면에 나타나지 않는(off – screen) 공간에 관한 이론에서 쇼트(shot)와 역쇼트(counter – shot)의 상호작용을 설명하면서, 상징계 속에 내재되어 있는 실재계에 관한 문제를 처음으로 제기하였다. Noël Burch, *The Theory of Film Practice*(New York: Praeger, 1973). Cited in Slavoj Žižek, *Looking Awry: An Introduction to Jacques Lacan through Popular Culture*(Cambridge, Mass.: MIT P, 1992) 116.

의 작품 『사이코』가 이것을 예증하고 있다.[18] 라캉의 이론에서 환상이란 주체와 욕망의 대상-원인으로서의 불가능한 응시 및 목소리와의 관계를 가리키는데, 이 욕망의 원인이자 대상인 응시 및 목소리는 객관적인 시선에서는 존재하지 않는 대상으로 시선과 응시는 변증법적 관계에 놓여 있다.

실재계란 무엇인가? 실재계와는 달리 현실이라는 것은 우리의 지각과 이미지의 세계를 말한다. 보이지 않는 실재계는 현실의 한 부분은 아니지만, 정신병의 경우에서처럼 그것은 현실의 영역으로 귀환한다. 정신병의 경우 욕망의 대상-원인인 '오브제 *a*'는 주체를 바라보는 응시로서 그리고 환각적인 목소리로서 나타난다. 라캉은 응시 및 목소리와 같은 '오브제 *a*'를 뽕띠(Merleau-Ponty)의 『가시성과 불가시성』(*The Visible and the Invisible*)에서 차용하고 있다. 뽕띠에 관한 한 응시 뒤에는 상상적 존재(imaginary being)가 있으며, 그러한 존재는 존재하지(exist) 않는다. 이처럼 상상계에서는 시선과 응시의 변증법적 관계가 지배적이다.

라캉에게 있어서 매혹적인 욕망의 대상으로서의 실재계적인 응시 및 목소리는 주체 쪽에 있는 것이 아니라 대상 쪽에 있다. 응시 및 목소리가 대상으로 상징화될 때만 '주체는 존재가 되고'(the subject only comes into being) 충족감을 느낀다. 이 욕망의 원인이자 대상인 응시 및 목소리는 『사이코』에서도 구체화되고 있듯이, 주인공 노먼 베이츠(Norman Bates)의 욕망의, 즉 왜곡된 방식으로 인지된다. 이러한 왜곡을 벗어나서는 '오브제 *a*'가 본래 존재하지 않기 때문이다. '오브제 *a*'는 바로 이러한 '왜곡, 즉 욕망'이 소위 객관적 현실

---

18) Žižek, *Looking Awry* 116.

에 가져온 불안과 혼돈의 잔여를 구현하며, 그러한 잔여를 물질화한 것에 지나지 않는다. '오브제 *a*'는 객관적인 눈으로 바라볼 때는 무다. 그러나 욕망의 관점에서 그것은 어떤 형태를 띠게 되는데, 노먼 베이츠의 욕망은 그러한 무에 존재를 부여하고 있다. 욕망의 운동 속에서 무로부터 그 어떤 것이 나오게 되기 때문이다.

『사이코』에서 죽은 어머니의 목소리는 어떤 담지자(bearer)에게 귀속되어 있지 않으면서, 노먼 베이츠를 호명하는 초자아적 음성으로 낯선 사람처럼 개입하여 주체-노먼 베이츠-가 상징계 속에서 정체성을 이루지 못하게 한다. 이러한 담지자 없는 음성은 어떤 부정확한 틈새 속에서 배회하는데, 이러한 음성은 영화의 서사의 일부도 아니며 음향-해설, 음악-의 일부도 아닌 오히려 라캉이 '두 번의 죽음의 사이에 있는 영역'이라고 지적한 신비한 영역에 속해 있다. 두 번의 죽음 사이에 있는 영역에 출현하는 유령들은 어떤 무조건적인 요구를 제시한다. 그 유령들이 욕망 없는 순수한 무조건적 요구로서의 욕동의 화신이 되는 것은 바로 이러한 이유 때문이다.

라캉에 따르면 소포클레스의 『안티고네』에서 안티고네는 두 번의 죽음 사이에 있는, 즉 그녀의 상징적 죽음-상징적 거세-과 실재의 죽음 사이에 있는 영역으로 들어서는 바로 그 순간부터 최고의 미를 발하게 된다. 그녀의 가장 깊숙한 내면적 태도를 결정하는 것은 바로 그녀가 제 가족을 돌보기 위해 한 치도 양보하지 않는 무조건적 요구-국가의 반역자인 오빠를 매장-에 대한 고집에 있었다. 이것은 『햄릿』에서 드러나는 햄릿 아버지의 유령-유령의 형태는 상징계 속으로 귀환하는 실재계를 말한다-이 가졌던 것과 동일한 요구이다. 햄릿의 아버지는 햄릿에게 자신의 수치스러운 죽음

을 복수해 달라는 요구를 가지고 무덤에서 되돌아왔지만, 햄릿의 욕
망은 어머니에게 머물러 있었기 때문에 햄릿은 복수를 실천하지 못
하게 된다. 햄릿은 자신의 욕망과 어머니의 욕망을 구별할 수 없었
으며 자신의 욕망을 어머니의 욕망과 같은 것으로 간주하고 있는데,
라캉에 관한 한 햄릿의 비극은 대타자 혹은 어머니의 시간 안에 떠
도는 주체의 비극이다. 라캉은 『햄릿』에서 욕망의 문제를 해석하면
서, 비극의 변증법적 원인은 욕망에 있음을 주장한다.

　『사이코』에서도 어떤 결핍과 그것을 보상하려는 사람의 관계가
드러난다. 여기에서 우리는 실재계의 차원에 도달하게 된다. 노먼
베이츠가 어머니의 옷을 입고 어머니의 목소리로 말하지만, 그는
어머니의 이미지를 부활시키고자 하는 것이 아니며 어머니의 이름
으로 행동하는 것을 원하는 것도 아니다. 그는 어머니의 장소를 실
재 안에 두는 것을 욕망할 뿐인데, 이것이 바로 정신병적 상태를
증거하는 것이라 할 수 있다.

　『사이코』는 실재계적 대상으로서의 어떤 목소리 – 죽은 어머니의
목소리 – 와 그 목소리가 찾고 있는 육체와의 관계를 다루고 있는
데, 마침내 목소리는 육체를 발견한다. 그것은 어머니의 육체가 아
니라 노먼의 육체에 고착되는데, 이것은 주체가 욕동의 대상이 되
는 순간이다. 이미 프로이트는 욕동의 대상은 주체 자신의 육체의
한 부분이라고 해도 무방함을 시사했으며,[19] 라캉은 주체는 그러한
대상에 다름 아님을 주장한다.[20] 죽은 어머니의 목소리는 어떤 담

---

19) Sigmund Freud, "Instincts and Their Vicissitudes", in *General Psychological Theory* (New York: The Macmillan Company, 1963) 88.

20) Jacques Lacan, *Écrits: A Selection*, trans. Alan Sheridan(New York: Norton, 1977) 315.

지자에게도 지정되어 있지 않은 자유롭게 떠도는 목소리로 구현되는 모성적 초자아이다. 노먼은 죽은 어머니의 음성에 의해 직접적으로 조종되며, 어머니의 음성은 그가 성적 매력을 느끼게 되는 여자는 누구든지 죽이라고 지시한다. 어머니의 음성은 영화의 서사 안에서 혹은 상징 질서 안에 정당한 위치를 차지할 수 없는 것으로, 주체의 상징화 과정에 있어서의 어떤 교란을 나타내는 기호 역할을 한다.

이와 같은 모성적 초자아의 형상은 바로 라캉이 주장하는 성관계의 불가능성이라는 주제의 변주로도 이해될 수 있다. 아버지는 부재하며 아버지의 역할 - 평정하는 법의 기능, 즉 아버지의 이름 - 은 지연되며, 그 공백은 정상적인 성관계 - 이것은 오직 부성적 메타포의 기호 아래에서만 가능하다 - 를 변덕스럽게 악의적으로 차단하는 불합리한 모성적 초자아로 채워지고 있기 때문이다. 결핍된 부성적 자아 이상이 성적 쾌락에 악영향을 미치면서, 법을 잔혹한 모성적 초자아를 향해 퇴행하게 만들고 있다.

세미나 Ⅹ 『불안』(*L'angoisse*)(1962 – 63)에서 라캉은 '오브제 *a*'에 속하는 응시는 항상 주체 자신이 응시당하고 있다고 느끼는 감정, 즉 불안이 나타나는 데에 있다고 말하고 있다. '오브제 *a*' 없이는 불안도 없다고 라캉은 말한다. 『사이코』에서 등장하는 여성 주체 마리온(Marion)의 불안이 나타나는 곳에, 즉 그녀를 도둑의 위치에 놓는 지점에 카메라의 응시가 있다. 『사이코』의 시작 쇼트들은 도시 건물들의 외부를 보여주며, 도시의 스카이라인에서 호텔 방의 내부로 이동한다. 카메라는 블라인드가 4분의 3 정도 닫힌 창문의 밑바닥에 남겨진 공간을 침투해 들어가는데, 보는 주체는 이러한 쇼트의 불가능성, 즉 기술적 불가능성뿐만 아니라 도덕적 불가능성을 알고 있다. 왜냐하면 문제의 쇼트는 프라이버시를 침해하고 있기 때문이다.

카메라의 응시의 차원으로 보는 주체는 이러한 응시의 차원과 동일시하게 되는데, 이것은 호텔 방 내부의 첫 번째 쇼트에 의해 두드러지게 드러난다. 침대에 있는 마리온이 보이고 그 침대 옆에 서 있는 그녀의 애인 샘(Sam)이 보인다. 그녀는 영화 내내 수많은 강제적인 응시들의 대상이 된다.[21] 그들의 정사는 샘의 결혼에 대한 입장에 관한 논의와 그들의 비밀스런 만남에 의한 긴장으로 중단된다. 그녀는 그들 관계의 정상화에 대한 강렬한 욕망을 표현하며, 샘은 그러한 결합의 경제적 장애에 관하여 말하게 된다. 이후에 같은 날 마리온은 어떤 사람의 결혼 자금인 4만 달러를 잠시 맡게 되는데, 그것을 그녀에게 준 사람은 돈을 잃어버릴 것 같아 그녀에게 맡기고 그때 그녀는 문화가 금하는 수단을 통해서 야망을 달성하기로 결심한다.

뒤따르는 장면은 응시의 관점에서 아주 흥미로운 장면이다. 마리온은 침실의 벽장 쪽을 마주하고 서 있으며, 그녀의 오른쪽 편에 카메라가 위치해 있다. 이때 침대는 카메라와 그녀를 분리한다. 카메라는 갑자기 뒤쪽으로 움직이면서 이전에는 노출되지 않았던 침대의 모서리를 노출시킨다. 그 위에는 마리온이 훔친 돈 봉투가 놓여 있으며, 카메라는 줌 렌즈로 돈을 클로즈업한다. 그리고 카메라는 이동해서 옷으로 가득 찬 여행 가방을 보여주는데, 이러한 장면 동안 마리온은 벽장을 마주하고 서 있기 때문에 우리가 보는 것을 볼 수 없다.

---

21) Kaja Silverman, *The Subject of Semiotics*(New York: Oxford UP, 1983) 207.

다시 한 번 카메라는 돈뭉치를 노출한다. 다음 쇼트에서 마리온은 머리를 매만지고 옷을 입는다. 마침내 그녀는 침대에 앉아 돈을 가방에 넣고 여행용 가방을 들고 방을 떠난다. 이러한 시퀀스는 여러 가지 상황들을 획득한다. 그것은 마리온에게서뿐만 아니라 우리에게서도 마찬가지로 돈의 매력적인 힘을 보여주고 있다. 그녀가 돌아서 있을 때조차도 우리는 그것을 보지 않을 수 없기 때문이다. 이러한 카메라의 응시는 마리온을 도둑의 위치 안에 놓고 있다. 카메라가 드러내는 돈뭉치는 주체를 좌우하는 응시를 상징하고 있으며, 결국 영화는 돈과 초월적 응시를 관련시키고 있다. 그러한 응시는 마리온의 응시의 범위를 넘고 있으므로, 드러나지 않고서도 그녀를 볼 수 있게 된다. 그러한 응시는 그녀가 그녀 자신을 아는 것보다 훨씬 더 잘 아는 위치에 있다.

이 에피소드의 후반부를 강조하는 특권적 대상은 마리온이 아니라 돈뭉치이다. 전 공간이 4만 달러가 놓여 있는 침대 위의 한 지점과 관련하여 정의된다. 히치콕은 무생물적 대상의 시점에 우위를 둠으로써 '부재하는 자' – 서사 속에 내재되어 있는 말하는 주체, 즉 실재계적 주체가 이에 속한다 – 를 분명하게 인식하도록 하고 있으며, 카메라와 관객인 우리의 관계는 이러한 응시의 개입으로 인해 직접적이 된다.

영화는 보는 주체의 편집증에 영향을 미치며, 관객인 우리는 마리온보다 시각적으로 우위에 있다. 카메라의 응시는 우리를 능가해서 마리온을 위협할 뿐만 아니라 영화의 스펙터클에 노출되어 있는 어떤 사람까지도 위협하는데, 이것은 영화의 응시가 강제로 보는 주체로 하여금 영화의 담론적 위치들 중 하나의 위치를 차지하게 하며 또한 가학적이고 합법적인 엿보기 좋아하는 사람의 자리에 있게 하기 때문이다. 몇몇의 장면 후에 마리온이 비와 어두움 속에서 드라이브를 계속하고 있을 때, 그녀의 상사의 목소리와 그녀가 훔친 돈의 주인인 남자의 목소리, 그녀의 친구의 목소리가 사운드 트랙 위에 겹쳐 나타난다. 이러한 장치는 우리가 이제까지 본 쇼트들과 상응하는 음성적 상응물로서, 실제로는 아무것도 없는데도 주체는 응시를 당하고 있다고 느끼는 것이며, 또한 마리온이 어떤 목소리를 듣는 것은 마리온의 욕망에 의해 왜곡되어 나타난 형태이다.

바로 마리온의 욕망이나 노먼의 욕망과도 같이 불안의 절정에 나타나는 응시의 문제에 관하여 라캉은 『오이디푸스 왕』의 오이디푸스가 자신이 한 일을 깨닫는 순간을 한 예로 제시하고 있다. 서사는 오이디푸스를 범법자로 몰아가며, 오이디푸스는 대타자의 응시를 견딜 수 없어 자신을 범법자로 지목한다. 라캉은 영화의 스크린은 지각의 세계, 현실로서의 대타자로부터 응시를 가리지만, 어떤 자국(spot)에 의해 이러한 응시가 예증된다고 말하고 있다.[22] 그러한 자국은 응시를 숨기면서 동시에 드러내고 있다는 것이다. 『사이코』에서 마리온이 훔친 돈뭉치는 이러한 자국과도 같이 카메라의 응시를 숨기면서 동시에 드러낸다. 셰익스피어의 『맥베스』(*Macbeth*)에서 맥베스 부인이 "지워져라!, 지워지라니까! 이 망할 흔적 같으니"(Out! Out! damned spot)라고 항변하는 것처럼, 핏자국(a spot of blood)은 죄의 목격자 — 응시의 차원 — 가 된다.[23] 지우려고 하지만 지워지지

---

22) Lacan, *Seminar XI* 74.

23) Antonio Quinet, "The Gaze as an Object", *Reading Seminar XI: Lacan's Four Fundamental Concepts of Psychoanalysis*, eds. Feldstein, et al(New York: SUNY P, 1995) 144.

않는 핏자국은 맥베스 부인의 광기의 상징이 된다.

마리온의 샤워 장면은 카메라 – 서사 속에 내재하는 말하는 주체의 차원, 즉 실재계에 속한다 – 의 '초월적이며 거세하는 응시'(transcending and castrating gaze)에 대해 보는 주체 혹은 관객이 저항하는 것이 소용없음을 시사하고 있다. 이 장면은 마리온이 노먼 베이츠가 경영하는 모텔 방의 욕실로 들어간 이후에 카메라는 다시 한 번 시점의 우위를 점하게 되는데, 이것은 영화의 서사 속에서 그녀를 구멍을 통해 지켜보는 노먼이나 어떤 사람의 가능성을 배제하고 있기 때문이다. 카메라의 거세하는 응시는 그녀가 칼에 찔림과 더불어 드러나며, 이때 끔찍하게도 보는 주체는 마리온의 살인과 협상한 응시의 위치에 있게 된다. 이어서 대타자의 응시의 관점을 보여주는 영화의 트래킹 쇼트(tracking shot)는 모텔 방의 돈뭉치에 머물고, 그 다음에는 노먼의 집이 보이는 열린 창문에 머물고, 마지막으로는 노먼 자신에게 머문다. 이번에는 영화의 서사는 노먼과의 동일시를 강요하고 있는데,[24] 그는 냉정한 얼굴과 숙련된 솜씨로 마리온의 시체를 처리하고 모텔 방을 청소한다.

영화에서 드러나고 있는 공포스러운 새들의 형상은 상호주관적 관계에 있어서의 부조화, 해결되지 않은 긴장의 실재계를 구현하고 있다. 이 영화에서 카메라가 응시하고 있는 새들은 결코 상징이 아니다. 새는 설명할 수 없는 그 무엇, 사건들의 합리적인 연쇄 바깥에 있는 그 무엇으로서 불법적인 불가능한 실재계를 구현하며, 이야기 속에서 직접적인 역할을 담당한다. 노먼 베이츠의 환상을 통해 매혹의 대상 새와 모성적 법이 결속되어 나타나고 있기 때문이다.

---

24) Silverman 212.

이 영화에서 주인공은 아버지가 없으며, 굳세고 소유욕이 강하며 정
상적인 성관계를 방해하는 어머니만이 그를 지배하고 있다. 노면의
방은 그의 환상 공간으로 박제된 새들로 가득 차 있으며, 심지어는
미라가 된 그의 어머니의 몸까지도 박제된 새를 연상시키는데, 이것
은 모성적 법의 지배에 대한 대응물과 같은 작용을 하고 있다.

라캉의 주체는 존재의 결핍으로 정의되며, '오브제 *a*'로서의 응
시는 주체의 존재의 차원에 해당한다. '오브제 *a*'는 일관성이 없는
존재이며 우리가 이해할 수 있는 존재가 아니지만, 그럼에도 불구
하고 그것은 존재임을 라캉은 주장한다. 『사이코』에서도 드러나듯
이, 죽은 어머니의 목소리나 응시의 문제와 같은 상징화할 수 없는
실재계의 조각 '오브제 *a*'는 주이상스의 핵을 압축하고 있으며 욕
동의 대상이 되기 때문이다. 욕동이란 주체는 응시당한다는 사실을
나타내며, 또한 주체를 노리는 응시가 있다는 사실을 나타낸다. 따
라서 욕동은 상징계와 실재계 사이에 벌어진 균열 및 공백과 같은
것을 통해 드러난다.


## 3. A. 프로야스의 『암흑의 도시』와 정신분석의 정치성


라캉은 정신분석의 윤리적 차원을 논하면서 세미나 Ⅶ에서 "전
체의 만족 밖에 개인의 만족이 있을 수 없음"[25]을 주장하고 있는
데, 이것은 정신분석학적 견지에서 어떤 개인의 행동이든지 그것은

---

25) Lacan, *Seminar* Ⅶ 292.

필연적으로 집단적 함의를 가지고 있으며, 환상을 횡단하고 자신을 상징적 혹은 이데올로기적 제약들로부터 해방시키는 개인적인 행동은 동시에 정신분석에서 말하는 정치적 행동, 윤리적 행동이다. 바꿔 말하면 이러한 행동은 기본적으로 존재하는 사회의 조건들을 변화시키고 집단적 의미를 띠게 된다는 것으로, 알렉스 프로야스의 영화 『암흑의 도시』에서 분명히 드러난다. 이 영화는 정신분석학적 이데올로기 비판과 정치적 행동의 상관성을 예증하고 있다.[26]

『암흑의 도시』는 외계인인 이방인들이 지하에 있으면서 도시의 주민들을 통제하는 도시를 묘사하고 있다. 이방인들은 밤마다 튜닝 (tuning) — 이것은 그들이 도시를 다시 계획하기 위해서 정신적 힘을 이용하는 과정을 말한다 — 이라고 불리는 과정을 통해 도시를 통제한다. 이방인들의 튜닝 과정은 하나의 재현 체계로서, 그러한 재현은 상징계에 내재하는 모순으로 드러나는 실재계를 덮어 가리는 데 중요한 역할을 한다. 그들은 슈리버 박사(Daniel Paul Schreber)의 도움으로 사회를 재정리하는 동안, 인간들에게 새로운 정체성을 주입한다. 밤마다 도시와 주민들은 극적인 변화를 겪는데, 이러한 변화의 목적은 이방인들에 따르면 인간 영혼을 발견하는 데 있다. 인간 영혼의 발견이란 상징적 정체성을 초월하는 것으로, 라캉식으로 표현하자면 인간성의 '오브제 $a$', 즉 실재계적인 존재의 차원이다. 그들은 인간의 상징적 정체성을 끊임없이 변화시킴으로써, 인간 주체 속에 상징화되지 않고 남아 있는, 기표로도 환원될 수 없는 것을 발견하기를 원한다.

---

26) Todd McGowan, "Fighting Our Fantasies: *Dark City* and the Politics of Psychoanalysis", *Lacan and Contemporary Film*, eds. Todd McGowan and Sheila Kunkle(New York: Other P, 2004) 147.

영화는 이러한 변화의 실패와 함께 문을 연다. 한 인간 주체 머독은 변화가 완성되기 전에 깨어난다. 그는 자신의 새로운 정체성이 완전히 만들어지기 전에 깨어난다. 머독은 이방인들의 상징적 거세로부터 벗어나 그들이 행하고 있는 이데올로기적 조작을 폭로하고, 결국에 가서는 그들을 타도하고 그들의 도시 지배를 막는다. 자신을 이방인들의 이데올로기적 지배로부터 해방시키는 머독 개인의 행동은 이데올로기의 작용을 인식하는, 즉 주체가 끊임없이 이데올로기적 재현을 통해 자신을 재발견하는 문제와 관련된다. 여기서 주체가 대타자 혹은 이데올로기적 상징 질서가 결핍되어 있음을 깨닫는 것은 주체가 트라우마에 대처하는 순간이며, 뒤에서 살펴보게 되겠지만 이방인들이 제공하는 셸 비치(Shell Beach) 환상은 상징화되지 못한 채로 남아 있는 트라우마를 덮어 가리는 역할을 한다. 라캉은 이러한 트라우마에 직면하는 순간을 실재계와의 조우로 설명하고 있는데, 이것은 주체가 자신의 욕망을 일으킨 트라우마적 사건을 주관화하는 것을 말하며, 주체가 욕망의 원인인 '오브제 $a$'를 자신의 책임으로 돌리는 것을 말한다. 이러한 방식으로 『암흑의 도시』는 정신분석적 과정과 정치적 행동의 조화를 입증한다.

영화의 대부분에서, 프로야스는 진정한 정신분석적 의미의 정치적 행동을 방해하는 장벽은 상징적 권위에 의해 확립된 이데올로기적 지배임을 강조한다. 이방인들은 튜닝 과정을 통해 도시의 주민이 존재하는 의미세계를 창조한다. 튜닝 작용은 알튀세르의 억압적인, 이데올로기적 국가 장치와 같은 역할을 하며 이방인들의 권위의 버팀목이 된다. 이러한 의미로 볼 때, 이방인들의 지도자는 미스터 북(Mr. Book)으로 불리는 것이 적절하며, 그들은 모든 의미화 작용의 토대를 제공하며, 이러한 방식으로 의미의 세계를 창조한다. 영화 초반부에 슈리버가 서술을 시작하면서, 이러한 창조에 관하여 "최초에 암흑이 있었으며 그리고 나서 이방인들이 나타났다."고 설명하고 있다. 슈리버의 설명처럼, 이방인들 이전에는 그리고 그들의 상징 질서의 시작 이전에는 어떠한 차이도 없었으며 암흑이 전부였다.

따라서 이러한 의미화 작용의 시작이 모든 것을 변화시키며, 그것 이전에 존재했던 것의 모든 흔적을 제거하면서 모든 것을 변화시킨다. 주체와 그러한 주체가 기표 혹은 상징계에 의해 어떻게 좌우되는가에 관한 라캉의 개념화 작용이 시사하고 있듯이, 주체는 태어나 언어 속으로 진입하게 되며, 언어를 통해 주체 자신의 욕망을 표현해야만 한다. 주체는 라캉이 말하는 '담론의 회로'(circuit of discourse) 안에 고착되어 있다.

> 나는 이러한 담론의 회로 속에서 주체로 구성되어 있다. 나는 그것의 링크(link)들 중의 하나다. 그것은 나의 아버지의 담론이며, 나의 아버지가 실수하는 한, 나는 그러한 아버지의 실수를 반복해야만 하는 운명에 놓여 있다. 나는 그가 나에게 물려준 담론을 다시 선택해야만 하기 때문에, 그러한 실수들을 반복해야만 하는 운명에 놓여 있다. 그것은 내가 그의 아들이기 때문만이 아니라 누구든 담론의 고리를 막을 수는 없기 때문이며, 또한 나는 그것을 누군가에게 상궤를 벗어나는 형태로 전하는 것이 나의 의무이다.[27]

상징적 힘은 맨 먼저 과거를 결정하는 힘이 된다. 그것은 그것의 유사 이전의 역사를 상징 질서의 관점에서 쓰기 때문에 유사 이전

---

27) Jacques Lacan, *The Seminar of Jacques Lacan Ⅱ : The Ego in Freud' Theory and in the Technique of Psychoanalysis, 1954 - 55*, ed. J. A. Miller, trans. S. Tomaselli(New York: Norton, 1991) 89.

의 역사를 완전히 희미하게 만든다는 것이다. 이것이 『암흑의 도시』의 작중인물들 중 어느 누구도 이방인들의 도착 이전의 모습을 기억할 수 없는 이유이기도 하다. 슈리버가 이방인들에 관하여 경위 범스테드에게 설명하는 부분에서 드러나듯이, 도시의 모든 주민들에 관한 기억의 한계가 드러난다.

> 범스테드: 그들이 우리를 여기에 데려왔다고 말하지 않았느냐. 어디에서부터.
> 슈리버: 기억할 수가 없다. 우리들 중 누구도 그것을 기억하지 못한다. 우리가 한때 무엇이었는지조차도.

이방인들이 의미의 세계를 창조하는 것은 상징적 권위가 주체들에 대해 힘을 행사하는 방식들 중 하나로서, 알튀세르의 '호명' 모델에서도 바로 이러한 상징 질서의 이데올로기적 효과를 말하고 있다. 알튀세르의 호명 모델에서의 경찰의 호명 – "Hey, you there!" – 처럼 자신이 호명되었다고 인식하는 문제는, 곧 주체가 이데올로기적 재현 체계, 즉 담론의 회로 안에 각인되는 문제이다.

영화는 도시의 주민들을 통제하고 조작하는 이방인들을 묘사함으로써 이데올로기의 작용에 대한 통찰력을 제공하고 있다. 이방인들과 그들의 튜닝(tuning) – 이데올로기와 같은 역할을 한다 – 은 이데올로기가 사회적 구조를 결정하는 방식을 분명하게 보여주며, 도시의 구성은 사회를 정의하는 모든 차이들을 만들어 내는 이데올로기에 좌우된다. 매일 밤, 이방인들은 집을 재정비하고 도로를 고치고 부를 회전시키면서 새로운 세계를 만들어 낸다. 주체들은 알지도 못하는 사이에 잠에서 깨어나 자신들의 세계가 완전히 변화되었음을 발견하는데, 머독 또한 자신의 집이 완전히 바뀌어졌음을 보게 되며 검소한 집, 가구 그리고 옷 모두가 풍부한 상태로 변했음을 보게 된다. 이와 같이 이방인들의 중개작용을 통해서 부는 그들 환경의 모든 측면에서 불가사의하게 나타난다. 가족의 부는 오로지 튜닝의 결과로, 즉 도시의 사회적 구조를 통제하는 이방인들의 튜닝의 결과로 드러난다.

여기에서 부의 분배를 결정하는 이데올로기의 힘을 보게 되는데, 부는 가족의 힘든 노동과는 아무 관련이 없다. 대신에 그것은 이방인들이 사회질서를 배열하고 재배열하는 방식에서 나온 것이며, 가족 구성원들은 자신들의 부가 이방인들의 활동으로부터 나온 것임을 알지 못한다. 영화는 이러한 변화를 보여줌으로써, 모든 일상 경험 속에서 우리가 접근할 수 없는 이데올로기관을 제공하고 있다. 여기에서 이데올로기는 거의 자연 발생적인 존재의 양상을 띠게 된다. 다시 말해 우리는 이데올로기를 하나의 제도로 경험하거나 일련의 논의들로서 경험하게 된다기보다는 본능적이며 자연적인 것으로 경험하게 된다는 것이다. 이러한 견지에서 지젝은 상품 물신 숭배를 그러한 자연성의 예로 들고 있다.[28]

지젝에 따르면 이데올로기란 하나의 사회적 현실이며, 바로 그러한 사회적 현실의 존재는 그것의 관계자들이 그것의 본질에 관하여 모른다는 사실에 근거한다.[29] 그러한 본질은 한 사회가 자연적인, 평화적이고 민주적 방식으로 발전하는 상태로, 합법성을 주장하기 위해서는 잔학한 행위, 갈등 그리고 적대심은 억압되어야 하

---

28) Tony Myers, *Slavoj Žižek*(New York: Routledge, 2003) 71.
29) Žižek, *The Sublime* 21.

는 요소이다. 이처럼 대개 우리는 사회를 구성하는 이데올로기적 힘들이 작동하는 방식을 볼 수 없지만, 『암흑의 도시』에서는 이데올로기적 힘들이 이방인들의 형태로 드러나기 때문에 확인할 수 있다. 튜닝의 메커니즘은 우리가 보는 모든 것에 대한 이데올로기의 힘을 분명하게 드러내 보여주고 있다.

이데올로기는 심지어는 더 멀리 침투해 들어간다. 도시의 주민들의 머릿속에 기억들을 주입하는 것에서 드러나듯이, 이데올로기는 주체들이 보는 것을 통제할 뿐만 아니라 심지어는 그들이 그것을 바라볼 수 있는 위치조차 통제한다. 이데올로기는 주체들에게 그들의 상징적 정체성을 제공하는데, 심지어는 그들 정체성을 구성하는 가장 사적이고 소중한 기억들까지도 제공한다. 밤마다 이루어지는 튜닝에는 정체성을 제공하는 과정이 병행되는데, 슈리버가 머독과 범스테드에게 설명하듯이, 이방인들은 그들이 적합하다고 생각하는 대로 주민들의 기억들을 혼합하고 결합한다.

그러나 영화 속에 정체성 변화가 포함되어 있는 것은, 주체가 자신의 과거와의 관련 방식에 있어 이데올로기가 어떤 역할을 하고 있음을 시사하는 부분이다. 지젝의 알튀세르 읽기에서 드러나듯이, 성공적인 이데올로기는 이데올로기적 국가 장치들과 같이 구체적 형태를 띠면서 그것에 대한 신뢰를 유도한다. 이데올로기적 국가 장치들은 이데올로기적 원리에 구체적 실체가 부여된 형태이다. 이것은 바로 이방인들이 정체성을 제공하는 과정이 병행되는 튜닝이라는 메커니즘을 통해서 자신들의 이데올로기적 지배에 대한 정당성을 요구하며 이익을 증진시키는 방식과 유사하다.

이방인들의 이데올로기는 이데올로기적 통제에 대한 편집광적인 사고를 드러낸다. 허구적, 이데올로기적 대타자 뒤에는 진정한 대타자의 대타자가 있다는 것을 가정하기 때문이며, 이방인들은 이러한 대타자의 대타자 역할을 한다. 그들은 장면들 뒤에 존재하면서 이데올로기를 조작해서 그들 자신의 이익을 증진시키며, 대타자의 대타자인 척함으로써 이데올로기의 본질을 놓치고 있다. 『암흑의 도시』는 어떠한 양상으로 편집병적 구조임을 드러내고 있는가? 프로야스는 영화의 서술자를 '슈리버 박사'라고 부름으로써, 프로이트가 편집병과 정신병을 논할 때 언급한 환자이자 정신병에 관한 회고록의 작가인 슈리버를 전면에 드러내고 있다. 이방인들에 관하여 알고 그들이 도시를 처음부터 조작하는 사실에 관하여 알고 있는 사람은 머독이 아니라 슈리버이다. 슈리버는 대타자의 대타자가 이데올로기로 가장하고 있다고 이해하고 있는데, 슈리버의 편집병은 영화의 이데올로기 비판을 해체하는 편집병에 해당한다.

『암흑의 도시』는 슈리버로 하여금 영화를 서술하도록 함으로써 이데올로기는 하나의 이미지에 불과함을 드러낸다. 다시 말해『암흑의 도시』는 이데올로기를 거울 이미지화(specularize)하며, 그것(이데올로기)의 줄을 조종하는 사람은 아무도 없음을 폭로하고 있다. 영화는 편집증을 전면에 드러냄으로써 영화의 이데올로기 비판의 절박함에 방심하지 않게 하며, 이러한 비판은 편집증과 완전하게 거리를 둘 수는 없지만 이데올로기의 허점을 드러내는 장점을 가지고 있다.

이데올로기의 힘은 과거와 현재를 통제할 수 있음에도 불구하고 절대적이지 못하다. 이데올로기는 완벽하게 작용하지 못하기 때문에 정치적 가능성들을 가지고 있다. 이데올로기 작용에서의 구멍(hitch)은 주체들이 저항할 수 있는 지점을 나타내며, 정신분석학적 해석은 우리에게 그러한 저항의 지점을 인식하도록 한다. 우리가 이미 보았듯이, 『암흑의 도시』는 이데올로기적 지배가 실패하는 순간으로 시작되며, 탐정 월렌스키(Eddie Walenski)가 이후에 머독에게 "그들이 상황들을 변화시키고 있는 동안에 때때로 우리들 중 하나는 깨어난다. 그것은 일어나기로 되어 있지 않지만 일어난다. 그것은 나에게 일어났다."고 말하듯이, 이러한 이유 때문에 이데올로기적 지배는 실패한다. 그것은 또한 영화 초반부에 머독에게 일어난다. 튜닝과정과 기억을 주입시키는 과정 동안, 머독은 슈리버가 새로운 정체성을 성공적으로 주입하기 전에 깨어난다. 그 결과로 머독은 자신이 누군지 모른다. 그에게는 기억들의 파편들만 있다. '깨어난다'는 것은 이데올로기적 호명과정을 자각한다는 것을 의미하며, 이데올로기가 정체성을 만들어 낸다는 사실을 자각하는 것을 의미한다. 이와는 대조적으로 잠잔다는 것은 이데올로기적 지배에 순응하는 것이며, 이것은 영화 후반부의 다른 튜닝과정 동안, 머독이 자신의 주변에 있는 사람으로 하여금 깨어나 이데올로기적 지배를 인식하라고 권하는 이유이기도 하다.

이데올로기는 이러한 종류의 인식에 영향받기 쉬우며 실패하기 쉬운 이유는 상징적 권위가 불완전하기 때문이다. 이데올로기는 결핍에 시달린다. 마치 주체가 그것의 지배하에서 결핍에 시달리는 것처럼 말이다. 상징적 권위는 단순히 그것의 힘을 주체에게 행사할 뿐만 아니라 주체들로부터 어떤 것을 원하기 때문이다. 『암흑의 도시』에서 상징적 권위의 유형들, 즉 이방인들 스스로도 욕망한다. 슈리버가 이방인들은 인간 개인성이 이방인 자신들을 죽음으로부터 구할 것임을 믿고 있다고 말하는 부분에서 알 수 있듯이, 그들도 어떤 결핍에 시달리고 있다. 그는 머독에게 "우리가 그들과 다른 것은 바로 우리의 영혼이다. 그들은 인간 영혼을 찾을 수 있다고 생각한다. 그들이 가진 모든 것은 집단적 기억들이며, 그들은 죽어가고 있다. 그들의 종족은 전멸 직전에 있다. 그들은 우리가 그들을 구할 수 있다고 생각한다."고 설명하는 부분에서 알 수 있듯이, 이방인들은 상징적 권위를 상징하지만, 그들 스스로도 욕망한다는 사실이다. 그들은 인간성의 숨은 비밀, 즉 인간 주체 안에 내재되어 있는 욕망의 대상이자 원인인 '오브제 $a$', 즉 주이상스의 핵을 발견하기를 원한다. 그들은 머독에게 특별한 관심을 가지는데, 그것은 이데올로기적 지배과정이 그에게 미치지 못하기 때문이다. 따라서 그는 이데올로기에 의해 정복될 수 없는, 다시 말해 상징적 거세에도 불구하고 살아남는 주체의 존재 차원을 정의하는 주이상스의 핵을 소유하고 있는 것처럼 보인다. 그들이 인간들 속에서 찾고자 한 것은 성공적인 이데올로기적 지배가 아니라, 그것에 저항할 수 있는 실재계적인 능력에 있었다.

『암흑의 도시』는 이방인들에 대한 이러한 묘사를 통해서 상징적 권위는 욕망한다는 사실뿐만 아니라 그것이 금지하고 있는 바로 주이상스를 욕망한다는 것을 드러낸다. 상징적 권위는 순종을 요구하지만, 저항, 즉 이데올로기에 의해서 동화될 수 없는 주체 안에 있는 주이상스의 핵, 즉 '오브제 $a$'를 욕망한다. 상징적 권위의 욕망은 요구로 환원될 수 없다. 권위는 그것의 요구, 즉 "법에 복종하라."(Obey the law)를 명확히 표명하지만, 그것의 욕망은 요구의 행간 사이로 나타난다고 라캉은 지적한다. 그는 요구로부터 욕망은 생겨나며, 욕망은 요구의 부산물에 불과하다고 덧붙여 말하고 있는

데, 욕망은 요구로부터 출현하기 때문에 근본적으로 수수께끼 같은 기표들을 통해서 인식할 수 없다는 것이다. 라캉은 기표의 어느 곳에서도 욕망을 나타낼 수 없다고 말하고 있는데,30) 요구와는 달리 욕망은 붙잡기 어려우며 욕망은 완전하게 말해질 때마다 빠져나간다. 이방인들은 도시의 인간 주체들이 그들의 조작에 순종하기를 요구하면서도 진정으로 욕망하는 것은 성공적으로 저항할 사람을 발견하는 것이었다. 여기서 저항은 '영혼' 혹은 '오브제 $a$' - 주체의 외존재에 해당하며, 주체 속에 내재하는 모순 - 의 존재를 나타낸다. 바로 모든 지배는 이러한 실재계적인 조각인 '오브제 $a$'에 대한 욕망에 의해 제약을 받고 방해받는다는 것이다.

『암흑의 도시』는 상징적 권위의 욕망을 드러낼 뿐만 아니라, 상징적 권위는 주이상스를 경험할 수 없음을 예증한다. 슈리버가 지배와 주이상스의 차이를 강조하는 것은 이방인들은 지배의 위치를 차지하기 때문에, 그들의 위치가 그들에게 거절하는 주이상스를 끊임없이 추구한다는 것이다. 이것이 바로 모든 지배의 기본적인 난국이다. 지배는 그것이 통제하는 사람들을 필요로 하고 지배의 위치를 떠받치는 주체들을 필요로 할 뿐만 아니라, 주체들이 주이상스에 사로잡히는 것을 피할 수 없다. 따라서 상징적 권위는 저항의 공간을 열어둘 뿐만 아니라 실제로는 그것의 전복을 조장하기까지 한다는 점이다.

정치적 행동에서 극복해야 할 가장 강한 장벽은 상징적 권위가 균열이 없다는 믿음이며, 행동이 일어날 수 있는 여지를 만들어주는 구멍이 없다는 믿음이다. 영화는 끊임없이 주체의 주이상스의

---

30) Jacques Lacan, *Kant with Sade*, trans. J. B. Swenson, Jr. *October* 51(1989) 62.

핵, 즉 '오브제 $a$'를 찾고 있는 이방인들을 보여줌으로써, 이러한 믿음을 해체하고 있다. 이방인들은 믿음에 대한 모든 도전들을 방해하는 지배를 구현하고 있다기보다는 지배의 모순, 즉 그것의 결핍을 드러낸다. 영화는 상징적 권위조차도 결핍되어 있기 때문에 그것의 요구에 복종할 필요가 없음을 보여주는데, 상징적 권위의 결핍은 주체가 그것과 대립할 수 있는 공간을 만들어 내고 있다. 그러나 영화는 정치적 행동에 대한 가장 중요한 장벽은 상징적 권위의 결핍을 채우는 환상에 투자하는 것임을 말한다.

이데올로기가 단순히 복종을 요구한다면, 주체들은 마지못해 그것의 주주가 될 것이다. 그러나 환상은 이데올로기가 복종의 대가로 제공하는 보상－주이상스의 이미지－을 제공하면서, 이러한 공백을 채우려 한다. 따라서 환상은 이데올로기적 지배를 전복시키는 것이 결코 아니라 그것을 영속화하려고 한다. 이방인들은 도시의 주민들에게 환상을 제공하며, 이러한 환상은 조장되는데, 머독에 관한 한 이러한 환상은 셸 비치의 환상이며 어두운 황량한 도시와 대조되는 온기와 빛의 장소이다. 셸 비치는 머독의 정신적 경제(psychic economy) 속에서 중요한 자리를 차지한다. 왜냐하면 그것은 그의 시원의 지점, 즉 고향을 나타내기 때문이다. 머독은 만약 자신이 이러한 시원의 지점으로 돌아갈 수 있다면, 자신의 정체성에 관한 모든 의문에 대한 해답을 발견할 것이며 완전함을 회복할 것이라고 믿는다.

영화 스크린이 보여주고 있듯이, 머독과 도시의 모든 사람은 영속적인 암흑 속에 살고 있다. 프로야스는 빛의 부재를 강조한다. 도시 내부의 모든 세팅은 희미하다. 작중인물들은 어두운 색깔을 입고 있으며 자주 어두움 속에서 나타난다. 어떤 장면도 낮 동안 일어나는 것은 없으며, 이러한 세계는 널리 퍼져 있는 불만족을 가져오는 것처럼 보인다. 그러나 환상은 사이에 끼어들어 상상적 만족을 통한 만족을 조장하며, 주체들을 과거 그리고 미래와의 만족의 이미지 속에서 위안을 얻게 한다. 사회적 현실이 어둡고 희망이 없는 반면, 환상은 빛으로 가득 찬 세계를 제시한다. 머독의 셸 비치에 관한 상상적 이미지 속에서 밝은 태양은 아름다운 해변에 비치고 있다. 이러한 환상은 이데올로기적 지배를 초월하는 지점 - 다른 미래를 위한 희망 - 을 펼쳐 보이는 것 같다. 그러나 이데올로기는 주체들로 하여금 이데올로기 속에서 자신의 존재에 대해 만족하도록 하기 위해서 실제로 이러한 지점에 관한 이미지에 의존한다는 것이다.

환상이 이러한 방식으로 이데올로기를 보충하기 위해 형태가 없고 분절되지 않은 채로 남아 있어야 하는데, 그러한 사실은 다음에서 분명히 드러난다. 머독은 셸 비치로 가는 길을 묻지만, 그의 대화자들은 방향에 관하여 확실히 알고 있음에도 불구하고 말을 더듬는다. 머독이 택시 운전수에게 셸 비치로 가는 길을 물을 때 다음과 같은 상황이 일어난다.

머독: 혹시 셸 비치로 가는 길을 아세요?
택시 운전수: 농담하시는 거예요. 연인들이 거기에서 신혼여행을 보내요…… 메인스트리트에서 서쪽으로 돌아서…… 아니 크로스 - …… 이상하다. 메인 스트리트인지 크로스 타운인지 기억할 수가 없을 것 같군요.

처음에는 안다고 생각했던 것이 나중에는 불확실하게 되는 것은 셸 비치의 상상적 위치의 단서가 되고 있으며, 그것은 환상의 장소 역할을 하기 때문에 주체들은 마치 자신들이 그것을 상세하게 알고 있는 것처럼 느낀다. 그러나 그것은 상상적이기 때문에, 그들은 알고 있다고 생각한 것을 말로 옮길 수 없다. 영화는 다른 주체들이 머독에게 셸 비치로 가는 길을 가르쳐 줄 수 없음을 강조함으로써, 다시 개인의 사적 환상과의 관계와 사회의 정치적 상황 사이의 연관성을 계속 주장한다. 심지어는 머독의 환상이 사적일지라도―셸 비치는 도시의 모든 사람의 환상이 아니다―다른 주민들은 그에게 그곳에 이르는 길을 말해 줄 수 없기 때문에, 그가 셸 비치에 관한 상상을 지속하도록 돕는다. 바꿔 말하면 그들의 침묵은 머독이 자신의 환상과 거리를 유지하도록 한다. 셸 비치에 관한 환상은 계속해서 머독을 지배한다. 왜냐하면 모든 사람이 이러한 사적 환상에 대해 관심을 드러내기 때문이다. 머독의 동료 시민들은 머독의 환상을 분명하게 표명되지 않고 그리고 현실화되지 않은 채로 남겨 두면서, 머독으로 하여금 환상이 가리고 있는 공백에 직면하지 못하도록 한다. 그러나 한 주체의 환상이 깨어지고 그 환상이 상징적 구조의 핵심에 있는 공백을 덮어 가리는 것을 그만둔다면, 그때 환상은 의심스러운 것이 된다. 마치 주체가 환상을 횡단하는 것이 사회에 정치적 중요성을 띠는 것처럼, 정치적으로 환상을 숨기는 데 전념하는 것은 주체의 환상 횡단에 대해 어떤 장벽 역할을 한다.

『암흑의 도시』에서 주체가 자각하는 순간은 머독이 셸 비치로 가는 지하철을 타려고 할 때에 일어난다. 이 장면은 상징계 내부에 환상의 불가능한 위치를 정확하게 묘사하고 있다. 머독이 셸 비치로 가는 보통 열차를 탈 때, 열차는 도착하기도 전에 멈추어버리고 승객들에게 열차에서 내려야 한다고 알려준다. 그는 열차에서 내리고 난 후에 유일하게 고속열차만이 셸 비치로 간다는 사실을 듣게된다. 그러나 고속 열차를 탈 수 있는 역이 없으며, 주체가 할 수있는 것이라고는 그것이 지나가는 것을 지켜보는 것밖에는 없다.여기에서 우리는 환상의 딜레마에 직면한다. 주체가 탈 수 있는 보통 열차는 결코 목적지에 도달할 수 없으며, 주체가 탈 수 없는 고속열차만이 거기에 도착한다. 우리는 여기에서 대상을 놓친다. 이러한 실패들은 환상을 실현하는 데 있어 경험적 방해물일 뿐만 아니라 환상을 지속시키는 효과가 있다. 환상은 머독의 상황 속에 있는 한 계속해서 작용할 뿐이다.

환상이 효과적이 되기 위해서 주체는 그것으로부터 거리를 유지해야만 하며 셸 비치에는 접근할 수 없어야 한다. 그러나『암흑의도시』가 예증하고 있듯이, 주체가 환상에 너무 가까이 다가갈 때환상은 깨어진다. 셸 비치를 찾을 수 없음에 불만족스러워하는 머독은 마침내 슈리버에게 자신을 거기에 데려다 줄 것을 요구한다.그들은 배를 타고 고립된 강 아래로 내려가 좁은 오솔길을 통과해들어간다. 머독이 셸 비치에 이르는 마지막 문을 열 때, 카메라는그 뒤에 위치해 있어서 우리는 머독이 선명한 푸른색의 해변처럼보이는 것을 바라보는 것을 보게 된다. 그것은 처음에는 마치 머독이 실제로 환상을 실현한 것처럼 보이며, 그가 마침내 셸 비치에도달한 것처럼 보인다. 그러나 셸 비치는 다름 아닌 벽에 붙여진셸 비치에 관한 포스터에 불과함이 드러난다. 처음의 긴 쇼트로부터 푸른색의 실제의 해변처럼 보이는 것은 포스터의 바랜 색이었음이 드러난다. 자신을 환상으로부터 분리시키는 거리를 무너뜨린다면 바로 "주체의 '오브제 $a$'와의 불가능한 관계"를 드러내는 환상의 상상적 본질이 명백하게 드러나며, 이것은 '공백, 무로 재현되는 실재계'와 조우하는 순간이다.

『암흑의 도시』는 주체가 환상에 직면할 때, 환상에 일어나는 모든 것을 밝힐 뿐만 아니라 환상이 가리고 있는 것을 분명하게 보여준다. 정신적 경제 내부에서 환상의 가장 중요한 역할은 트라우마적 실재계를 덮어 가리는 데 있으며, 모든 이데올로기는 그러한 실재계에 기초를 두고 있다. 지젝이 지적하고 있듯이, 공적 이데올로기적 텍스트의 기초가 되는 환상은 동시에 실재계의 침입을 차단하는 역할을 한다.[31] 환상은 항상 주체를 삼키려고 위협하는 실재계와의 조우를 피하도록 하며, 『암흑의 도시』는 이러한 역동성을 표현하고 있다. 머독은 셸 비치의 포스터와 그 아래의 벽에 직면하며 해머를 가지고 벽에 다가가서 환상을 깨부수고 벽 너머에 있는 광대한 공간 - 실재계 - 을 드러낸다. 셸 비치의 이미지가 무한의 공간을 덮어 가리고 있었으며, 머독과 범스테드는 지금 도시는 행성 위에 위치해 있는 것이 아니라 광대한 공간 속에 자유로이 표류하고 있는 것임을 깨닫게 된다. 이것은 곧 이데올로기적 체제를 의미 없게 만드는 것이며, 머독과 범스테드는 결국 그들의 발아래에는 어떠한 토대도 없음을 알게 되며, 모든 것의 아래에는 '실재계적 공백, 무'가 있음을 알게 된다. 이 시점에서 머독은 자신은 결코 환상에 도달할 수 없음을 깨닫게 되고 그의 욕망의 대상인 '오브제 $a$'는 자신이 가정한 산물임을 깨닫는데, 이 순간이 트라우마적 실재계와 조우하는 순간이다. 바꿔 말하면 주체가 욕망의 원인인 '오브제 $a$'

---

31) Slavoj Žižek, *Plague of Fantasies*(New York: Verso, 1998) 64 - 65.

를 자신의 책임으로 돌리는 순간이다. 슈리버가 그에게, "대양은 없어, 도시 너머에는 아무것도 없어. 고향이 존재하는 유일한 장소는 너의 머릿속에서일 뿐이야."라고 말하듯이, 머독은 벽을 부숨으로써 이러한 깨달음에 이른다. 이것은 라캉이 말하는 환상의 횡단을 말하며, 그것은 곧 정신분석의 종점이다.

주체가 환상을 횡단할 때, 욕망에서 욕동 ― 대상 없는 공백 주위를 선회하는 것으로, 상징계와 실재계 사이에 벌어진 공백을 통해 드러난다 ― 으로 나아가는데, 욕망에서 욕동으로 나아가는 변화는 도피하고자 하는 희망을 상실하게 되기 때문에 사람은 이러한 변화에 저항한다. 욕망은 현재의 제약 너머에 있는 초월적 미래를 약속하지만, 욕동은 어떠한 약속도 하지 않는다. 그것은 영속적으로 순환만 할 뿐이다. 영화에서 머독만이 욕망에서 욕동으로 나아가는 것은 아니다. 탐정 월렌스키 또한 묘사된 시간의 초반부 이전에 이러한 변화를 겪는다. 그러나 그는 무서운 욕동의 단조로움에 직면할 수 없어 결국에는 미치게 되며, 또한 머독이 정치적 행동을 감행하도록 도와줄 수 없다. 월렌스키는 사무실과 집 벽에 욕동으로부터 벗어날 수 없음을 나타내기 위해 소용돌이 모양을 그려 놓는다. 욕망은 환유적으로 대상에서 대상으로 옮겨가는 일직선적 유형으로 진행하는 반면, 욕동은 순환적 움직임이다. 월렌스키는 욕동의 단조로움을 피하기 위해 결국 자살하는데, 그것은 셸 비치와 같은 장소에 관한 환상이 그를 계속 지배하고 있었음을 나타낸다. 현 상황으로부터 해방되기 위한 자살은 상상적 보충물 ― 어떤 다른 곳에 더 좋은 장소가 있다는 이미지 ― 을 수반한다. 자살을 선택하는 월렌스키는 그가 대상의 비존재에 체념할 수 없음을 드러내며, 이에 반해서 머독이 환상의 지배로부터 해방될 수 있는 것은 그를 이데올로기적 지배력으로부터 해방시켜 주며, 그를 이방인들과의 마지막 전투를 위해 준비하게 한다. 머독은 셸 비치가 그에게 완전한 만족을 가져다줄지도 모른다는 희망을 포기할 때까지는 완전하게 과격한 주체가 될 수 없다. 그러나 그가 셸 비치 환상을 횡단할 때, 이방인들의 헤게모니에 대한 정치적 도전을 하는 그를 방해하는 것은 아무것도 없다.

　머독이 셸 비치 환상을 부수고 그것이 가리고 있는 공백을 드러내는 지점은 『암흑의 도시』의 극단적 시점을 나타낸다. 머독과 범스테드가 셸 비치 포스터를 뚫어 공백을 드러낸 직후에 이방인들과의 싸움이 벌어지면서 이방인들 중 하나가 벽 속의 무한의 공간 속으로 떨어진다. 이러한 쇼트가 제시하고 있는 것은 우리가 존재하는 세계 너머의 실재적인 세계(real world) - 셸 비치 - 를 가정한 것이라는 점이다. 이 지점에서 영화는 무한한 공간 자체를 우리가 환상을 횡단한 후에 도달하는 지점과 같은 실재계적 영역으로 제시한다. 그러나 이것은 상상적 제스처이다. 상상계에서는, 라캉에 따르면, 이러한 욕망과 인식의 영속적인 싸움으로 이어지는 변증법적 관계가 지배적이다. 환상을 횡단하는 것은 주체가 현 상황의 한계를 벗어나도록 허락하지 않는다. 그 대신에 그것은 주체로 하여금 그러한 한계 너머에는 아무것도 없다는 것을 인식하도록 하며, 저 너머에 관한 이미지는 한계 자체의 결과 및 효과임을 인식하도록 하는 것이다. 환상을 횡단하는 것은 저 너머의 세계가 없음을 인식하는 것을 의미하며, 오히려 저 너머의 세계는 현 세계 내부에 존재한다는 것을 깨닫도록 하는 것을 의미한다. 이데올로기를 공격

할 수 있는 지점이 공백 상태로 있어야 한다는 것은 바로 그 지점은 어떤 명백하게 결정된 현실에 의해 지배될 수 없음을 말한다. 우리가 이러한 유혹에 넘어가는 순간, 우리는 이데올로기 속으로 후퇴하게 되는 것이다.

이 지점에서 우리는 가장 분명하게 정신분석과 정치적 행동과의 관련성을 알게 된다. 정신분석은 환자 혹은 피분석가가 환상을 횡단하도록 도와주며 그렇게 함으로써 환자를 상징적 권위에 상상적으로 투자하는 것으로부터 해방시킨다. 우리가 살펴보았듯이 영화에서 머독은 정신분석과 유사한 과정, 즉 셸 비치 환상을 횡단하는 것으로 끝나는 과정을 겪는다. 이것은 머독이 이방인들을 타도하는 정치적 행동을 가능하게 하는 과정이 되며, 환상 횡단 없이는 진정한 정치적 행동은 없다. 따라서 머독이 환상의 층위에 있는 이방인들의 권위에 상상적 투자를 하는 한, 정치적 행동의 기회를 인식할 수 없다. 그러나 그가 환상을 횡단함으로써 이러한 장벽(환상)을 부수고, 그렇게 함으로써 정신분석이 정치학에서 하는 역할을 드러낸다. 물론 머독이 실제로 정신분석과정을 겪는 것은 아니지만, 영화에서 그의 궤도, 즉 환상을 횡단하는 것은 분석의 궤도를 따르고 있다. 따라서 『암흑의 도시』는 모든 사람으로 하여금 분석과정을 겪도록 하는 정치적 필연성을 말하는 것이 아니라, 정신분석적 과정을 수용하는 정치적 함의를 말하고 있다.

정신분석은 상징적 권위의 본질 때문에 진정한 정치적 행동에 필수적이다. 상징적 권위의 지배력은 초월적 힘의 결과가 아니다. 이방인들은 인간보다 훨씬 수적으로 작지만 지배한다. 대신에 상징적 권위의 지배하에 있는 사람들은 그러한 통제 속에 상상적 투자를 하며 그것에 복종한다. 왜냐하면 그러한 권위는 인간 자신들에게 상징적 정체성과 그러한 정체성에 대한 상상적 버팀목을 제공하기 때문이다. 상징적 권위에 상상적으로 투자하는 것은 인간들에게 현상 유지를 위한 이유를 제공하면서 정치적 행동에 장벽 역할을 한다. 주체들은 정신분석이 장려하는 행동, 즉 환상을 횡단하는 행동을 통해서만 이러한 상상적 투자로부터 벗어날 수 있으며, 상징적 권위에 대항할 수 있다. 따라서 정신분석과 정치적 행동 사이의 연관성은 새로운 시각에서 이해되어야 한다. 라캉은 정신분석이 없다면 정치학은 상징적 구조 안에 갇힌 마이크로 정치학으로 남을 수밖에 없으며, 정신분석과 더불어 진정한 정치적 행동에 이를 수 있음을 시사하고 있다.

결말 부분에서 머독은 이방인들로부터 새로운 정체성 – 안나 – 을 제공받은 엠마와 조우한다. 그녀는 더 이상 엠마 머독이 아니다. 안나는 머독을 기억하지 못한다. 그럼에도 불구하고 그녀는 어렴풋이 알아본다. 이 시점에서 낭만적 사랑은 아무도 횡단할 수 없는 환상을 의미하며, 이런 점에서 낭만적 사랑은 궁극적으로는 정치적 행동에 장벽이 된다는 사실을 드러낸다.

# V. 결 론

라캉은 정신분석학의 핵심 콤플렉스, 즉 오이디푸스 콤플렉스를 상징적 구조로 설명하고 있다. 따라서 그에 관한 한 거세 위협은 실제로 육체에 가하는 위협이 아니라 하나의 상징적 과정을 의미한다. 왜냐하면 아이 주체는 욕망하는 주체로서 상징적 질서 안에서 하나의 위치를 받아들이기 때문이다. 주체는 기표들의 장소, 즉 상징계에 의해 재현되며, 기표의 출현 이전에는 주체는 존재하지 않는다. 기표가 주체를 재현할 때에만, 살아 있는 존재의 차원은 주체가 된다. 따라서 기표의 출현 이전에는 주체는 무에 불과하다. 라캉은 세미나 XI에서 바로 이러한 기표의 효과로서의 주체가 존재의 차원인 주이상스와 서로 어떻게 관련되고 있는지 설명하고 있으며, 여기에서 존재를 추구하는 주체가 바로 히스테리적 주체이다.

라캉은 아버지의 역할을 새롭게 설명하면서, 아버지의 역할은 실제로 존재하는 아버지의 존재와 관계가 있는 것이 아니라 기표, 즉 부성적 메타포와 관계가 있음을 말한다. 부성적 메타포는 어머니의 욕망을 상징적 법으로 대체하는 것을 말하며, 이때 어머니와 아이의 상상적 관계가 단절되는 분리가 일어난다. 아버지의 이름의 중재를 통해서 팰러스는 최초의 상실한 대상으로 각인된다. 팰러스는 욕망의 최초의 대상－원인이며, 무의식을 구성하고 있는 욕망의 기표가 된다. 이러한 사고는 상징적 법을 내재화하는 문제인 동시에 이러한 법을 위반하는 욕망, 즉 주이상스의 문제이다.

욕망은 담론, 즉 법적인 담론과 언어학적인 담론에 의해 억압된다기보다는 만들어진다. 욕망은 법 때문에 출현하는 것으로 법과 대립하고 있는 것이 아니라 그 속에 내재하는 모순이 된다. 라캉의 정신분석학은 정신이라는 내적 공간에 살고 있는 개인적이긴 하지만 용납될 수 없는 외밀성(extimaté), 즉 주체의 욕망과 관련된 주체의 환상과 같은 무의식적 구성물을 다룬다. 라캉은 언어의 구조를 통해서 언어 너머에 있는 어떤 것, 즉 무의식적 욕망의 영역을 분명하게 설명하려고 했다. 그의 저작은 독자로 하여금 의미와 이해의 한계에 직면하게 하면서, 모든 의미 뒤에는 무의미가 있음을 인식하게 하려는 시도로 보인다. 무의식의 주체, 욕망의 주체는 개별적인 인간 존재와 같은 것이 아니라, 상징계와 실재계 사이의 균열을 통해 구성되는 어떤 것이다. 주체는 자신의 운명이 언어에 의해 결정되는 한, 기표의 주체인 동시에 상징계, 의미화 과정의 균열, 즉 상징계와 실재계 사이에 생겨난 공백으로서의 주체이다. 그러한 공백을 통해서 욕동은 나타난다는 것이다. 지젝은 『이데올로기의 숭고한 대상』에서 "주체는 대타자 속에 있는 공백이며 구멍이다."라고 주장하고 있다. 따라서 주체는 긍정적 실체가 아니라 대타자 속에 필요불가결하게 끊임없이 나타나는 공백이다. 주체는 상징계가 불완전하게 분열되어 있기 때문에 나타난다는 것이며, 상징계가 장애가 없이 순조롭게 작용한다면 주체성의 문제는 결코 나타나지 않는다.

실재계 속에 정박되어 있는 욕망의 원인인 '오브제 $a$'를 상징 질서, 법과의 관계 속에서 이해하지 않을 수 없는 것은, '오브제 $a$'는 주체의 상징화 과정 속에서, 즉 실재계가 상징계의 상징적 거세 후에 혹은 상징적 거세에도 불구하고 뒤에 남는 어떤 나머지이며 흔적이며 잉여이기 때문이다. 한 기표가 모든 다른 기표들을 위해 주체를 재현하는 주인 담론에서 잉여는 항상 생겨난다는 것이다. '오브제 $a$' 개념은 욕망을 작동시키는 대상들, 특히 욕동을 정의하는 부분 대상들이다. 욕동은 '오브제 $a$'에 이르고자 하는 것이라기보다는 그 주위를 선회하며, 그러한 욕동 개념은 프로이트의 성 이론의 핵심에 있다. 프로이트에 관한 한 인간의 성의 독특한 특징은 그것이 어떤 본능에 의해 통제되는 것이 아니라 욕동들에 의해 통제되는 데 있다. 프로이트의 욕동 개념은 복잡한 구조를 나타낸다. 그것은 동일한 에너지나 단순한 육체적인 충동이라기보다는 다양한 작용들을 결합하고 있다. 프로이트는 「욕동과 그것의 변형」("Drives and Their Vicissitudes")에서 욕동은 원인, 압력, 목적, 대상의 합성임을 규정하고 있다. 본능은 전 언어적인 욕구를 나타내는 반면, 욕동은 완전히 생물학과는 거리가 멀다. 욕동들은 만족될 수 없고 어떤 대상을 목적으로 하지 않고 오히려 그 주위를 선회한다는 점에서, 생물학적 욕구와 다르다. 주체가 상징계에 의해 완전히 좌우되지 않음을 의미하는 욕동의 개념은 관습적인 성애 개념이 거짓임을 밝히는 방식으로서, 성애 – 이성애와 동성애 – 에 관한 사고는 욕망이 단 하나의 방향으로 통제될 수 있다는 사실을 가정한 것에 불과하다. 따라서 욕동, 즉 '오브제 $a$'는 무의식의 성(sexuality)을 상징하고 있다. 라캉의 이러한 성의 개념은 성애에 관한 논의, 즉 생물학적 본질주의나 문화적, 재현적 구성에 대해 대안을 마련해 주었으며, 성은 모든 규범들에 대한 저항의 초점으로 간주되고 있다.

프로이트의 욕동 이론 및 라캉의 '오브제 $a$' 이론은 성애의 상보적 관계를 불신할 뿐만 아니라 주체의 통일성을 불신한다. 성애적 본능과는 대조적으로, 욕동은 상징적 존재의 결과로 주체 내부에 일어나는 주체의 반자연주의적, 반휴머니즘적 방식을 폭로하며, 주체의 삶을 위협하는 지점까지 무의식의 층위에서 계속 자기주장을 한다. 이러한 이유로 라캉은 욕동은 죽음욕동임을 주장하면서, 욕동을 삶보다는 죽음과 동일선상에 놓고 있다. 라캉은 인간 주체성을 언어학적인 관점에서 개념화하면서, 전통적인 정신분석학이 주장해 온 생물학주의의 잔재를 없애고 있다. 이와 같이 라캉은 이러한 정신적 부정성, 즉 죽음욕동 혹은 주이상스 이론을 전개하면서, 정신적 부정성을 실증하는 주이상스는 고통 속에 얻는 쾌락의 모순적 형태임을 드러낸다.

라캉의 실재계는 환상의 역할－'오브제 $a$'와 주이상스－에 대한 이해와 불가분의 관계에 있다. 이것은 실재계가 언어 속에서 어떻게 말하는가의 문제를 입증하는, 다시 말해 사회적 관계들의 구조에 역행하는 주체의 행위의 문제를 입증하는 것으로, 실재계에 정박되어 있는 '오브제 $a$'가 환상으로 말함을 시사하고 있는 것이다. 환상은 주체의 '욕망의 원인인 오브제 $a$'와의 불가능한 관계를 보여주듯이, 그것은 욕망의 대상이 아니라 욕망의 무대이다. 주체가 주체 안에 있는 비주체성, 즉 반영적 자의식으로도 환원될 수 없는 모호하면서도 맹렬한 힘과 조우한다는 것이다. 따라서 '오브제 $a$'는 주체가 어떤 것이 결핍되어 있음을 끊임없이 의식하는 것으로, 이러한 의식으로 실재계를 존재의 핵심에 있는 공허, 심연으로 이해하게 되는데, 정신분석학의 관심사는 무의식적 욕망과 같은 정신적 현실에 있지 사회적 현실에 있는 것이 아니다. '오브제 $a$'는 시간과 관계없는 실재계적 사물로, 보다 정확히 말하자면 그것은 실재와 상상계, 상징계적 현실의 교차점에 있는 것으로 영원과 순간의 분리를 나타낸다. 이러한 무의식적 욕망은 환상을 통해 드러나며, 그러한 환상은 문학, 영화, TV와 같은 매체 속에서 순환하고 있다. 욕망이 문학 및 영화와 같은 텍스트 속에서 상연될 때, 우리가 그러한 텍스트에 이끌리게 되는 것은 텍스트에 내재하는 거부할 수 없는 기괴한 타자성 때문이다. 그러한 타자성, 즉 실재의 조각은 상상계, 상징계라는 베일 뒤에 시간을 초월하여 존재한다.

또한 본고가 '오브제 $a$', 타자 주이상스, 환상과 같은 라캉의 모델에 근거하여 다루었던 텍스트 읽기는 문학뿐만 아니라 영화에 대한 논의도 병행되어 있는데, 이것은 문학, 영화 모두 정신분석학의 특수성과 관계있는, 다시 말해 서사 구조를 통해 재현되는 주체의 문제와 관계가 있기 때문이다.

하디의 소설 『무명의 주드』에서 여성 주체인 수의 상징 질서에 대한 저항은 그녀의 욕망 그 자체, 즉 아갈마에서 기인한 것으로, 대타자, 상징계의 결핍을 드러내며 상징 질서 내부의 여성 주체가 차지하는 위치의 불안정성을 말한다. 라캉은 이러한 저항이 띠고 있는 형태가 히스테리적임을 말한다. 실재계적 아갈마는 상징계 내부에서 생성되는 키메라와 같은 것으로, 그에 관한 한, 히스테리는 상징계에 이의를 제기하는 태도를 나타낸다. 수에게서 드러나고 있듯이, 그녀의 재현될 수 없는 여성성 – 여성의 성 – 은 상징 질서에 위치하는 남성 주체인 주드의 정체성의 안정성을 붕괴시키고 있다. 수는 주드의 환상 속에 불가사의한 영기를 부여하는, 어떤 실증적 속성으로도 고정될 수 없는, 그리고 상징계 안에서 이해할 수 없고 도달할 수 없는 X인 '오브제 $a$'를 구체화하고 있다. 본고는 수의 단순한 존재가 그녀를 둘러싸고 있는 주드의 정신적 타락을 가져오고 있다는 점에 주목해 왔으며, 또한 주드의 수에 대한 재현에서도 드러나듯이, 상징계에서 이해할 수 없는, 의미화 과정에 저항하는 여성성은 타자 주이상스를 구체화하고 있다.

실재계적 욕망의 원인인 '오브제 $a$', 즉 응시 및 목소리는 히치콕의 영화『사이코』에서 상징계 속으로 침입해 들어오는, 의미화할 수 없는 어떤 실재계적 대상이 되고 있다. 라캉의 이론에서 환상이란 주체와 그러한 욕망의 대상-원인으로서의 불가능한 응시 및 목소리와의 관계를 가리킨다. 그것은 주체를 바라보는 불가능한 응시이며 불가능한 목소리이기 때문이다.『사이코』에서 죽은 어머니의 응시 및 목소리가 객관적인 시선에서는 존재하지 않지만 그럼에도 불구하고 그러한 어머니의 응시와 같은 대상은 주인공 노먼 베이츠의 왜곡된 방식으로만 인지되고 있는데, 이것은 영화의 서사 라인 속으로 실재계가 귀환했음이 드러나고 있는 지점이다.

알렉스 프로야스의 영화『암흑의 도시』에서는 이방인들의 이데올로기적 지배로부터 해방되는 머독 개인의 행동이 사회 전체를 그러한 지배로부터 해방시키는 효과를 가지고 있다. 이러한 자유가 바로 정신분석에서 말하는 정치적 행동, 윤리적 행동에 좌우된다. 머독은 이방인들의 지배로부터 벗어나기 위해서는 환상을 횡단해야만 하며 트라우마적 실재계와 조우해야만 한다. 이러한 방식으로 『암흑의 도시』는 정신분석적 과정과 정치적 행동의 조화를 입증해 보이고 있다. 영화『암흑의 도시』의 대부분에서는 진정한 정신분석학적 의미의 정치적 행동을 방해하는 것은 상징적 권위에 의해 확립된 이데올로기적 지배이다. 이방인들은 영화에서 상징적 권위를 상징하지만, 그들 스스로도 욕망한다. 그들은 인간성의 숨은 비밀, 즉 인간 주체 안에 있는, 기표로도 환원될 수 없는 '오브제 $a$', 주이상스의 핵을 발견하기를 원한다.

　환상과 실재계 사이에서 중개 역할을 하는 라캉의 '오브제 *a*' 개념은 욕망은 이성애에서 비롯된 것이 아님을 입증하는 데 있어 핵심 개념이 된다. 욕망을 작동시키는 어떤 원인이든지 간에 그것은 '오브제 *a*'이며 욕동을 정의하는 부분 대상들이다. 욕동은 '오브제 *a*'에 이르는 것을 목적으로 한다기보다는 오히려 그 주위를 선회한다. '오브제 *a*'는 불안의 대상인 동시에 환원될 수 없는 리비도이다. 그것은 라캉의 네 가지 담론에서도 제시되고 있으며, 한 기표가 모든 다른 기표들을 위해 주체를 재현하려고 할 때 항상 생겨나는 잉여로 잉여 의미 혹은 잉여 쾌락이다. 이러한 개념은 마르크스의 잉여 가치 개념에서 차용된 것으로, 효용 가치는 없으며 단지 주이상스만을 추구한다. 상징계와는 다른 의미 체계인 주이상스는 욕동의 증거가 되는 욕망과 분리될 수 없으며, 그러한 욕망은 욕동들을 통해 실현된다. 이때 욕동들은 욕망을 부분적으로 명시하고 있으며, 라캉에 관한 한 모든 욕동들은 성과 관련되어 있다. 또한 모든 욕동은 과도하며 반복적이며 궁극적으로는 파괴적인 죽음욕동이다.

　정신분석학적 관점에서 중요한 성차의 문제는 자연이나 문화로도 환원될 수 없는, 지식의 한계를 말해 주고 있다는 점에서 라캉의 이론 중에서 가장 복잡한 영역이 된다. 우선 성차에 관한 라캉의 사고를 두 가지 단계로 나누어 생각해 볼 수 있다. 첫 단계로 라캉은 성차를 팰러스와 관련하여 정의하고 있다. 남성성은 팰러스를 소유하고 있는 반면, 여성성은 팰러스가 된다는 것이다. 이러한 위치와 관련하여 중요한 사실은 팰러스는 하나의 속임수에 불과하다는 것이다. 여자가 팰러스가 될 수 없는 것과 마찬가지로 남자 또한 팰러스를 소유할 수 없기 때문이다. 라캉은 두 번째 단계에서 초기의 팰러스 중심주의로부터 탈피하여 여자들의 욕망을 설명하려고 한다. 따라서 후기 라캉에 있어, 남성성과 여성성은 주이상스의 유형과 관련하여 정의된다. 남성성은 항상 실패를 동반하는 팰러스적 주이상스, 즉 상징적 주이상스를 경험하는 반면, 여성성은 경험할 수는 있지만 말로 표현할 수는 없는 타자 주이상스에 이를 수 있다. 라캉에 관한 한 여자는 사물 혹은 실재계로 지적되는 트라우마적 타자성에 해당한다. 11세기에서부터 13세기 유럽에서 유행하던 숙녀와 기사의 사랑인 궁정 연애의 구조에서 드러나듯이, 여자는 현실 속의, 상징계 속의 구멍과 같은 역할을 하는 극단적 타자성이다. 바꿔 말하면 여자는 상징계의 한계를 드러내며, 주체가 그러한 한계 너머의 세계에 도달할 수 없음을 시사하고 있다.

요컨대 정신분석학이 무의식적 욕망과 환상 개념을 통해 우리에게 시사하고 있는 것은, 그러한 욕망과 환상이 본질적으로 불가능하다는 것이다. 항상 상징계가 이해할 수 없는 어떤 것, 즉 실재계의 조각 '오브제 $a$'가 남는다는 점이다. 바로 서사는 문학 및 영화와 같은 매체 속에서 순환하는 환상의 층위에서 드러나는 욕망의 구조를 인지할 수 있게 해 준다는 점에서 중요하다. 무의식적 욕망은 재현 속에 스며들어 주체성의 핵심에 있는 불안정성과 분열을 초래하는데, 바로 정신분석학의 중요성은 정신분석학이 새로운 주체성의 공간을 열어두고 있다는 점과, 또한 욕망이 문학이나 영화 텍스트를 통해 표출되는 방식을 분석하는 점에 있다. 정신분석학과 문학은 주체의 문제와 재현의 문제 위에 수렴하고 있으며, 이것은 또한 과거의 정서들이 현재 속에 투사되는 '마치 ……인 것처럼'의 영역인 전이가 일어나는 지점이 된다. 전이는 본질상 텍스트적이며, 모든 텍스트는 내재되어 있는 수신인, 즉 독자를 가지고 있으므로 본질적으로 그것의 구조가 대화적이다. 텍스트가 독자의 욕망을 이끌고 조종하는 것과 마찬가지로, 독자는 독서 행위를 통해 텍스트에 참여한다. 전이의 중요성은 그것이 욕망이 투사되는 장소, 즉 상징적 공간에서 일어나는 독자와 텍스트의 만남을 조명해 주고 있는 데 있다.

# 참고문헌


박찬부. 「실재와 상징 - 라캉의 재현론」. 『영미어문학』 제67호(2003): 117
　　－34.

______. 「대타자에 대한 주체의 위치 - 라캉의 성 담론」. 『영어영문학』
　　제51권 1호(2005): 69 － 98.

Althusser, Louis. "Freud and Lacan." *Essays on Ideology*. London: Verso,
　　1984. 141 － 71.

______. *Lenin and Philosophy*. Trans. Ben Brewster. London: Monthly
　　Review P, 1971.

Barnard, Suzanne and Bruce Fink, eds. *Reading Seminar XX: Lacan's
　　Major Work on Love, Knowledge and Feminine Sexuality*. New York:
　　SUNY P, 2002.

Benveniste, Emile. *Problems in General Linguistics*. Trans. Mary Elizabeth
　　Meek. Miami: U of Miami P, 1971.

Butler, Judith. *The Psychic Life of Power: Theories in Subjection*. Palo Alto:
　　Stanford UP, 1997.

Copjec, Joan. *Read My Desire: Lacan against the Historicists*. Cambridge,
　　Mass.: MIT P, 1994.

Eagleton, Terry. *Criticism and Ideology: A Study in Marxist Literary Theory*.
　　London: Verso, 1978.

Ellmann, Maud, ed. *Psychoanalytic Literary Critics*. New York: Longman,
　　1994.

Feldstein, Richard, et al, eds. *Reading Seminars I and II: Lacan's Return
　　to Freud*. New York: SUNY P, 1996.

______. *Reading Seminar XI: Lacan's Four Fundamental Concepts of
　　Psychoanalysis*. New York: SUNY P, 1995.

Fink, Bruce. *A Clinical Introduction to Lacanian Psychoanalysis: Theory and Technique*. Cambridge, Mass.: Harvard UP, 1997.

______. *The Lacanian Subject: Between Language and Jouissance*. Princeton: Princeton UP, 1995.

Foucault, Michel. *Discipline and Punish: The Birth of the Prison*. Trans. Alan Sheridan. New York: Vintage, 1977.

______. *The History of Sexuality: An Introduction*. Trans. Robert Hurley. New York: Vintage, 1978.

______. *Madness and Civilization: A History of Insanity in the Age of Reason*. Trans. Richard Howard. New York: Vintage, 1965.

Freud, Sigmund. *Beyond the Pleasure Principle, Group Psychology and Other Works*. Vol. 18. *The Standard Edition of the Complete Psychological Works*. 24 vols. Trans. James Strachey. London: The Hogarth P, 1953.

______. *The Ego and the Id and Other Works*. Vol. 19. *The Standard Edition of the Complete Psychological Works*. 24 vols. Trans. James Strachey. London: The Hogarth P, 1953.

______. *The Future of an Illusion, Civilization and Its Discontents and Other Works*. Vol. 21. *The Standard Edition of the Complete Psychological Works*. 24 vols. Trans. James Strachey. London: The Hogarth P, 1953.

______. *Pre−Psycho−Analytic Publications and Unpublished Drafts*. Vol. 1. *The Standard Edition of the Complete Psychological Works*. 24 vols. Trans. James Strachey. London: The Hogarth P, 1953.

Frosh, Stephen. "The Other." *American Imago* 59. Baltimore: Johns Hopkins UP, 2002. 389−407.

Hardy, Thomas. *Jude the Obscure*. New York: Norton, 1978.

Heidegger, Martin. *Being and Time*. Trans. John Macquarrie and Edward Robinson. New York: Harper and Row, 1962.

Homer, Sean. *Fredric Jameson: Marxism, Hermeneutics, Postmodernism*. New York: Routledge, 1998.

______. *Jacques Lacan*. New York: Routledge, 2005.

Irigaray, Luce. *Je, tu, nous: Towards a Culture of Difference*. Trans. Alison

Martin. New York: Routledge, 1993.

__________. *This Sex Which Is Not One*. Trans. Catherine Porter. Ithaca: Cornell UP, 1985.

Johnston, Claire. "Towards a Feminist Film Practice: Some Theses." *Edinburgh Magazine* 1(1976): 50 − 59.

Kant, Immanuel. *Critique of Practical Reason*. New York: Macmillan, 1956.

Kofman, Sarah. *The Enigma of Woman: Woman in Freud's Writings*. Trans. Catherine Porter. Ithaca: Cornell UP, 1985.

Lacan, Jacques. *Écrits: A Selection*. Trans. Alan Sheridan. New York: Norton, 1977.

______. "Introduction to the Names − of − the − Father Seminar." *Télévision: A Challenge to the Psychoanalytic Establishment*. Ed. Joan Copjec. Trans. Jeffrey Mehlman. New York: Norton, 1990. 81 − 95.

______. *Kant with Sade*. Trans. J. B. Swenson. Jr. October 51(1989): 55 − 104.

______. *The Seminar of Jacques Lacan Ⅰ: Freud's Papers on Technique, 1953 − 54*. Trans. John Forrester. New York: Norton, 1988.

______. *The Seminar of Jacques Lacan Ⅱ: The Ego in Freud' Theory and in the Technique of Psychoanalysis, 1954 − 55*. Ed. J. A. Miller. Trans. S. Tomaselli. New York: Norton, 1991.

______. *The Seminar of Jacques Lacan Ⅶ: The Ethics of Psychoanalysis, 1959 − 60*. Ed. J. A. Miller. Trans. Dennis Porter. New York: Norton, 1992.

______. *The Seminar of Jacques Lacan ⅩⅠ: The Four Fundamental Concepts of Psychoanalysis*. Trans. Alan Sheridan. New York: Norton, 1981.

______. *The Seminar of Jacques Lacan ⅩⅩ: Encore: On Feminine Sexuality, the Limits of Love and Knowledge, 1972 − 73*. Ed. J. A. Miller. Trans. Bruce Fink. New York: Norton, 1998.

______. *Télévision*. Ed. Joan Copjec. Trans. Denis Hollier, et al. New York: Norton, 1990.

Lacoursiere, Roy B. "Proust and Parricide: Literary, Biographical and Forensic − Psychiatric Explorations." *American Imago* 60(2003): 179 − 210.

Laplanche, Jean, and J. − B. Pontalis. "Fantasy and the Origins of Sexuality." *Formations of Fantasy*. Eds. V. Burgin, et al. London:

Routledge, 1986.

______. *The Language of Psychoanalysis*. Trans. Donald Nicholson − Smith. New York: Norton, 1973.

Lemaire, Anika. *Jacques Lacan*. Trans. David Macey. New York: Routledge & Kegan Paul, 1977.

McGowan, Todd. "Fighting Our Fantasies: *Dark City* and the Politics of Psychoanalysis." *Lacan and Contemporary Film*. Eds. Todd McGowan and Sheila Kunkle. New York: Other P, 2004. 145 − 71.

Miller, Jacques − Alain. "A Reading of Some Details in *Télévision* in Dialogue with the Audience." *Newsletter of the Freudian Field* 4(1990): 4 − 30.

______. "To Interpret the Cause: From Freud to Lacan." *Newsletter of the Freudian Field* 3(1989): 30 − 50.

Millot, Catherine. "Feminine Superego." *The Woman in Question*. Trans. Ben Brewster. Eds. Parveen Adams and Elizabeth Cowie. Cambridge, Mass.: MIT P, 1990. 294 − 306.

Mouffe, Chantal. *The Return of the Political*. London: Verso, 1993.

Myers, Tony. *Slavoj Žižek*. New York: Routledge, 2003.

Quinet, Antonio. "The Gaze as an Object." *Reading Seminar : Lacan's Four Fundamental Concepts of Psychoanalysis*. Eds. Richard Feldstein, et al. New York: SUNY P, 1995. 139 − 47.

Rabaté, Jean − Michel. *Jacques Lacan: Psychoanalysis and the Subject of Literature*. New York: Palgrave, 2001.

Rose, Jacqueline. "The Cinematic Apparatus: Problems in Current Theory." *The Cinematic Apparatus*. Eds. Teresa de Lauretis and Stephen Heath. New York: St. Martin's P, 1980. 172 − 86.

Roustang, François. *The Lacanian Delusion*. Trans. Greg Sims. Oxford: Oxford UP, 1990.

Salecl, Renata, and Slavoj Žižek, eds. *Gaze and Voice as Love Objects*. Durham, NC: Duke UP, 1996.

Shepherdson, Charles. "Lacan and Philosophy." *The Cambridge Companion to Lacan*. Ed. Jean − Michel Rabaté. Cambridge: Cambridge UP,

2003. 116 – 52.

______. *Vital Signs: Nature, Culture, Psychoanalysis*. New York: Routledge, 2000.

Silverman, Kaja. *The Subject of Semiotics*. New York: Oxford UP, 1983.

Soler, C. "What Does the Unconscious Know about Woman?" *Reading Seminar XX: Lacan's Major Work on Love, Knowledge, and Feminine Sexuality*. Eds. S. Barnard and B. Fink. New York: SUNY P, 2002. 99 – 108.

Van Haute, Philippe. *Against Adaptation: Lacan's "Subversion" of the Subject*. Trans. Paul Crowe and Miranda Vankerk. New York: Other P, 2002.

Verhaeghe, Paul. *Beyond Gender: From Subject to Drive*. New York: Other P, 2001.

Williams, Linda Ruth. *Critical Desire: Psychoanalysis and the Literary Subject*. Eds. Patricia Waugh and Lynne Pearce. New York: Edward Arnold, 1995.

Žižek, Slavoj. *Enjoy Your Symptom: Jacques Lacan in Hollywood and Out*. New York: Routledge, 1992.

______. *For They Know Not What They Do: Enjoyment as a Political Factor*. New York: Verso, 1991.

______. *Looking Awry: An Introduction to Jacques Lacan through Popular Culture*. Cambridge, Mass.: MIT UP, 1992.

______. *The Metastases of Enjoyment: Six Essays on Woman and Causality*. London: Verso, 1994.

______. *Plague of Fantasies*. New York: Verso, 1998.

______. *The Sublime Object of Ideology*. New York: Verso, 1989.

______. *Tarrying with the Negative: Kant, Hegel, and the Critique of Ideology*. Durham, NC: Duke UP, 1993.

______. *The Ticklish Subject: The Absent Centre of Political Ontology*. New York: Verso, 1999.

Zupančič, Alenka. "Ethics and Tragedy in Lacan." *The Cambridge Companion to Lacan*. Ed. Jean – Michel Rabaté. Cambridge: Cambridge UP, 2003. 173 – 90.

김경순 ─────────────────────────────────

▌약 력

　경북대학교 신문방송학과 학사 졸업
　경북대학교 영어영문학과 석사 졸업(영미문학비평 전공)
　경북대학교 영어영문학과 박사 졸업(영미문학비평 전공)
　현, 한국영어영문학회 회원, 한국영미어문학회 회원, 신영어영문학회 회원,
　　새한영어영문학회 회원, 대한영어영문학회 회원
　　　경북대학교에서 강의

# 라캉의 질서론과 실재의 텍스트적 재현

초판인쇄 | 2009년 8월 10일
초판발행 | 2009년 8월 10일

지은이 | 김경순
펴낸이 | 채종준
펴낸곳 | 한국학술정보㈜
주　소 | 경기도 파주시 교하읍 문발리 파주출판문화정보산업단지 513-5
전　화 | 031) 908-3181(대표)
팩　스 | 031) 908-3189
홈페이지 | http://www.kstudy.com
E-mail | 출판사업부　publish@kstudy.com

등　록 | 제일산 115호(2000. 6. 19)
가　격 | 23,000원

ISBN　978-89-268-0258-8 93840 (Paper Book)
　　　　978-89-268-0259-5 98840 (e-Book)

내일을여는지식 ■ 은 시대와 시대의 지식을 이어 갑니다.